ÜB´ IMMER TREU UND REDLICHKEIT

gertrud deck

Sindelfingen, Oktober 2021

Inhaltsverzeichnis

Mord im Kloster

Kapitel 1

Dorothee Weber, von ihren Freunden kurz Doro genannt, stieg aus ihrem Kleinwagen und streckte sich erst einmal. Es war eine lange Fahrt gewesen, die Autobahn war voll wie immer, obwohl es erst Donnerstag war. Und die vielen Baustellen! Sie atmete tief durch, nahm ihre kleine Reisetasche aus dem Gepäckraum und schritt auf die imposante Klosteranlage zu. Sie freute sich auf ein verlängertes Wochenende und das bestimmt interessante Seminar hier im Kloster. Jedenfalls klang die Beschreibung im Prospekt sehr gut. Die anderen Teilnehmer sollten erst am Freitag eintreffen. Sie hatte sich bewusst dafür entschieden, einen Tag eher anzureisen, so konnte sie sich erst mal ein wenig umschauen und sich eingewöhnen. Sie ging zur Pforte, um sich anzumelden. Eine alte Nonne schenkte ihr ein freundliches Lächeln, gab ihr einige Auskünfte, sie musste ein Anmeldeformular ausfüllen und unterschreiben und schließlich bekam sie einen großen, etwas unhandlichen Schlüssel. Sie schritt einen langen Gang entlang und suchte ihre Zelle. Zelle – was für ein Wort! Erwartungsvoll schloss sie auf und staunte erst einmal. Sie hatte sich ein schmales Zimmerchen mit einem unbequemen Bett vorgestellt, einem wackeligen Tisch und einem Stuhl. Auf sie wartete ein, wenn auch nicht allzu geräumiges Zimmer, das sehr ansprechend möbliert war mit einem Schrank, einem Schreibtisch, einem Sessel samt kleinem Tischchen mit Stehlampe. Sie ließ sich auf das Bett plumpsen und stellte mit Befriedigung fest, dass es sehr komfortabel war. Sie würde also nicht auf einen angenehmen Luxus verzichten müssen.

Da das Seminar offiziell erst am nächsten Tag begann, gab es auch noch kein gemeinsames Abendessen. Sie hatte sich unterwegs in einer Raststätte etwas Essbares gekauft. Nachdem sie sich eingerichtet hatte, ließ sie es sich schmecken. Dann holte sie ein Buch heraus, setzte sich in den Sessel und machte es sich gemütlich. Draußen war es schon dunkel als sie merkte, dass sie den Inhalt ihres Buches nicht mehr so ganz erfasste. Ein Blick auf die Uhr zeigte ihr, dass es Schlafenszeit war. Sie machte sich für die Nacht zurecht und kuschelte sich wohlig in das weiche Federbett. Aber so richtig einschlafen konnte sie doch nicht, es war noch alles zu neu um sie herum. Also legte sie sich auf den Rücken, verschränkte die Arme unter ihrem Kopf und dachte über das Seminar nach. Das Thema Meditation interessierte sie, ihr Alltag war einigermaßen stressig und es würde ihr so richtig gut tun, einmal abzuschalten und an gar nichts mehr zu denken. Sie war sehr gespannt darauf, ob ihr das gelingen würde. Mit autogenem Training hatte sie schon einige Erfahrungen gemacht und sie wandte es auch immer wieder an, hauptsächlich beim Zahnarzt. Auch freute sie sich auf die Vorträge und die anschließenden Diskussionen. Langsam fielen ihr die Augen zu. Plötzlich war sie wieder hellwach. Sie meinte Schritte zu hören, schwere Schritte, dabei war sie doch die einzige im Besuchertrakt des Klosters. Sie stand auf und ging zur Tür, sie war sehr neugierig, wer da wohl noch so spät angekommen war.

Vorsichtig öffnete sie die Tür einen Spalt weit und lugte den Gang entlang. Sie sah einen sehr großen und kräftig gebauten Mann, der einen Sack trug, der sehr schwer schien. Er war ungefähr fünf oder sechs Meter von ihr entfernt, sie konnte ihn also gut erkennen. Er hatte dichtes, graues und etwas struwwelige Haare und breite Schultern, also ein Mensch, der an schwere Arbeiten gewöhnt war. Plötzlich riss der Sack ein Stück weit auf und sie sah, wie der Absatz eines roten Damenschuhs sich durch den Sack bohrte. Als das Loch etwas weiter aufriss, bemerkte sie, dass der Schuh an einem Fuß steckte. Der Mann zog den Sack etwas mehr auf seine Schultern und der Schuh fiel mit einem leisen Geräusch auf den Steinboden, der mit einem Sisalläufer belegt war. Durch die Last, die er trug, konnte er sich nicht bücken, um ihn aufzuheben. Er ging auf die massive Tür zu, öffnete sie und verschwand. Doro, sehr neugierig geworden, schlüpfte, nur mit ihrem Pyjama bekleidet und auf nackten Füßen auf den Gang und schlich zu dem Schuh. Sie wollte ihn schon aufheben, besann sich aber und beugte sich nur vor, um ihn zu betrachten. Es war ein sehr eleganter, roter Schuh mit einem sehr hohen und dünnen Absatz. Sie selbst hatte in ihrer Jugend solche Schuhe getragen, wenn sie schick ausgegangen war.

Plötzlich hörte sie ein knarrendes Geräusch und verzog sich ganz schnell in ihre Zelle. Der Mann war zurückgekommen, hob den Schuh auf und verschwand wieder durch die Tür. Doro war sehr verblüfft: Wurde da eine Nonne verschleppt, die heimlich mit hochhackigen, knallroten Schuhen unterwegs war? Trotz ihrer Anspannung musste sie lächeln, das war sehr schwer vorstellbar. Neugierig, wie sie nun einmal war, ging sie zur Tür, öffnete sie und sah hinaus. Sie konnte aber nichts mehr entdecken. Die Schatten der Nacht hatten den Mann verschluckt. Es war stockdunkel, kein Mond stand am Himmel und Sterne waren auf dem von Wolken bedeckten Himmel auch nicht zu sehen. War das dunkel und vor allen Dingen kalt! Fröstelnd ging sie rasch zu ihrem Zimmer zurück und verriegelte sorgsam die Tür. Sie war so aufgeregt, dass sie lange Zeit brauchte um einzuschlafen und dann plagten sie richtige Alpträume. Der Kräftige legte seine Pranken um ihren Hals und wollte sie erwürgen. Sie wachte an ihrem eigenen Schrei auf, stand auf und holte sich das Buch. Vielleicht würde sie das auf andere Gedanken bringen.

Sie war froh, als am nächsten Tag die anderen Seminarteilnehmer eintrafen. Sie vermied es, alleine spazieren zu gehen, in der Gruppe fühlte sie sich sicherer. Vielleicht hatte der Mann sie ja doch bemerkt, sie glaubte das zwar nicht, aber was heißt in einem solchen Fall schon glauben? Die Themen waren hochinteressant, aber es fiel ihr schwer, ihnen zu folgen. Die Meditation, auf die sie sich so sehr gefreut hatte, gelang ihr nicht. Ihre Gedanken schweiften ständig ab und immer wieder sah sie das Bild des Mannes vor sich und wie sich der dünne Absatz durch das Rupfen des Sackes gebohrt hatte und der Schuh mit dem Fuß sichtbar wurde. Jeden Morgen fuhr sie mit dem Auto in den nahe gelegenen Ort und kaufte sich die aktuelle Tageszeitung, doch sie fand keinen Hinweis auf einen Mord oder eine Leiche. Sie hätte gerne die ganze Parkanlage des Klosters durchsucht, aber das getraute sie sich nicht. Sie wollte unbedingt in der Gruppe bleiben. Vielleicht war das Ganze nur ein böser Traum gewesen? Aber dann sah sie das ganze Geschehen wieder sehr real vor sich.

Am Sonntag besuchten die Seminaristen zum Abschluss den Gottesdienst. Doro war nicht besonders religiös und fromm schon gar nicht. Dennoch beschloss sie, zur Beichte zu gehen. Sie war sich nicht sicher, ob sie ihr Erlebnis dem Priester erzählen sollte oder vielleicht besser nicht? Vor dem Beichtstuhl stand niemand, aber ein rotes Licht brannte. Sie wartete, aber als nach einer ganzen Weile niemand den Beichtstuhl verließ, öffnete sie beherzt sie die Tür und kniete sich auf den Schemel. „In Demut und Reue bekenne ich meine Sünden", begann sie. Sie durchforschte ihren Geist nach möglichen Unterlassungen oder Dingen, die nicht so gut waren, Hilfe, die sie nicht geleistet hatte. Am Steuer ihres Autos war sie nicht immer gleichmütig, sie konnte sich über vermeintliche oder wirkliche Idioten so richtig aufregen und schimpfte dann immer wie ein Rohrspatz. Auch einer Kollegin hatte sie neulich deutlich ihre Meinung gesagt, weil sie sich über diese sehr geärgert hatte. Und dann plauderte sie die ganze nächtliche Begebenheit doch aus. Sie wartete gespannt auf eine Antwort oder eine Frage oder irgendeine Reaktion. Aber der Priester saß mit gesenktem Kopf ganz still da. Eine ganze Zeit war sie still und versuchte, durch das Beichtgitter zu spähen, aber es tat sich nichts. Wann kam das „ego te absolvo“ und die Buße? Schließlich stand sie auf und verließ den Beichtstuhl. Sie nahm an der Messe teil, aber so ganz war sie nicht bei der Sache. Selbst die gregorianischen Gesänge der Nonnen hörte sie kaum und von der Predigt bekam sie so gut wie gar nichts mit, weil ihre Gedanken ständig abschweiften. War der Priester nur eingeschlafen oder hatte er vielleicht gar ein gesundheitliches Problem?

Nach dem Gottesdienst ging sie auf eine ältere Nonne zu und berichtete ihr. „Wir sehen nach“, entschied diese und nahm sie am Arm mit zum Beichtstuhl. Sie öffnete ihr die Tür und dann kippte ihr der Körper des Priesters entgegen. Sie fing ihn auf und rief Doro zu: „Schnell, rufen Sie einen Krankenwagen!“ Der herbeigerufene Arzt konnte aber nur noch den Tod des Pfarrers feststellen. Die Sanitäter legten ihn auf eine mitgebrachte Bahre und der Arzt telefonierte mit der Polizei. Als Doro aufsah, war eine richtige Menschentraube um sie versammelt. Wo kamen die Menschen nur alle her, einfach schrecklich diese Neugier! Es dauerte nicht lange bis zwei Polizisten kamen und die Menschen anwiesen, den Ort zu verlassen. Doro allerdings musste etwas abseits warten. Schließlich kam einer der Polizisten auf sie zu, verlangte ihren Personalausweis und sagte, sie solle umgehend zur Polizeistation kommen. Eigentlich hatte sie ja heimfahren wollen, und zwar so schnell als möglich. Ihre Nerven lagen blank und Angst hatte sie auch. Aber sie fügte sich, fuhr in den Ort und wartete darauf, vernommen zu werden.

Es dauerte eine Weile, dann trat ein Mann, so etwa Mitte dreißig, auf sie zu und stellte sich als Frank Hagenlocher, Kriminalkommissar, vor. Er führte sie in einen Raum, in dem ein Schreibtisch mit jeweils einem Stuhl davor und dahinter stand. Auf dem Tisch war ein Aufnahmegerät installiert, Schreibblöcke lagen da und Stifte. Hagenlocher machte eine einladende Geste und Doro setzte sich. Sie musterte ihn aufmerksam. Er war groß und schlank, fast schlaksig, mit kurz geschnittenem blondem Haar und Geheimratsecken. Er war zivil und ziemlich salopp gekleidet mit Jeans, einem Sweater und Turnschuhen. „Ich muss unser Gespräch aufnehmen für das Protokoll“, sagte er und stellte das Aufnahmegerät an. Zuerst wollte er ihre Personalien wissen: „Ihren Namen, bitte, Ihren Geburtsort und Datum und Ihre Anschrift“ wollte er wissen. „Dorothee Weber, geboren in Ulm am 20. Mai 1963“. „Danke, Familienstand und was machen Sie hier oder weshalb sind Sie hier?“ Doro wollte zuerst sagen ‚ledig‘, besann sich dann aber und sagte: „Geschieden, aber schon seit über dreißig Jahren. Ich habe an einem Seminar hier in diesem Kloster teilgenommen. Es fing am Freitag an und endete heute mit dem Besuch der Messe“. „Ihren Beruf brauche ich auch noch“. „Ich bin Buchhalterin in einem mittelständischen Unternehmen“, gab Doro Auskunft.

Hagenlocher lehnte sich etwas zurück und streckte seine langen Beine von sich. Unter halb gesenkten Augenlidern musterte er sie unauffällig, er hoffte jedenfalls, dass sie es nicht bemerkte. Dorothee Weber war nicht besonders groß, nicht besonders schlank und auch nicht besonders hübsch, sie sah durchschnittlich aus. Ihr mittelbraunes Haar trug sie in einem adretten Kurzhaarschnitt, sie hatte Jeans und einen hellgrauen Pullover an und um den Hals hatte sie ein dezent gemustertes Halstuch geschlungen. Am linken Zeigefinger trug sie einen großen, auffälligen, silbernen Ring, das war ihr einziger Schmuck. „Aha, doch nicht so ganz graue Maus“, dachte Hagenlocher. „Sie sagten, Sie waren heute bei der Beichte, stimmt das?“ „Ja, ich dachte, wenn ich schon einmal im Kloster bin, kann ich das auch einmal tun“, antwortete Doro. „Fiel Ihnen nicht auf, dass der Priester tot ist?“ „Nein, er hatte den Kopf gesenkt und ich hatte den Eindruck, er wollte sehr diskret sein.“ „Aber wann merkten Sie, dass etwas mit ihm nicht stimmt?“ „Nun, er sagte kein ‚ego te absolvo‘ und gab mir auch keine Buße auf, das machte mich stutzig. Ich dachte, vielleicht hört er schon stundenlang die Beichte und ist einfach nur müde und macht ein Nickerchen.“ „Sie verließen den Beichtstuhl und was geschah dann?“ „Ich nahm an der Messe teil. Aber irgendwie kam mir alles so merkwürdig vor und ich ging zu einer Nonne und bat sie, nach dem Priester zu sehen.“ „Wie hieß die Nonne?“ „Ich habe sie nicht nach ihrem Namen gefragt. Sie klopfte an den Beichtstuhl und nach einer kurzen Weile öffnete sie die Tür. Da fiel ihr der Priester sozusagen in die Arme – leider tot.“ „Und weiter?“ „Ich alarmierte die Polizei, indem ich über mein Mobiltelefon die 110 anrief. Nach etwa zehn Minuten kamen zwei Polizisten und die riefen Sie an, als sie merkten, dass der Pfarrer tot ist.“ „Wo waren Sie bevor Sie in die Kirche gingen?“ „Wir, das heißt, die anderen

Seminarteilnehmer und ich hatten ein gemeinsames Frühstück. Ob von den anderen jemand ebenfalls die Messe besuchte, weiß ich nicht. Wir haben nicht darüber gesprochen. Wir verabschiedeten uns und jeder ging seiner Wege, die einen zum Auto und die anderen zur Kirche, das war so kurz vor zehn Uhr." „Kannten Sie den Priester?" „Nein, ich bin zum ersten Mal hier in dieser Gegend und das auch nur wegen des Seminars. Wie sollte ich ihn da kennen?"

Der Kommissar musterte sie eingehend. Sie wich seinem Blick nicht aus, sondern sah ihn mit ihren klaren, grauen Augen an. „Allerdings hatte ich ein etwas merkwürdiges Erlebnis. Ich reiste einen Tag früher an als die übrigen Seminarteilnehmer, und zwar am Donnerstag. Freitags ist immer so ein Verkehr auf den Autobahnen und ich wollte frisch und ausgeschlafen am ersten Seminartag sein." Dann schilderte sie das Erlebte, der Mann, mit dem schweren Sack und dem Schuh, der mit seinem spitzen Absatz ein Loch in den Sack gerissen hatte und dass der Schuh von einem Frauenfuß gerutscht war. Interessiert hörte Hagenlocher zu. „Sind Sie sicher, dass Sie das nicht geträumt haben?" fragte er ungläubig. „Das habe ich auch versucht mir einzureden. Aber nein, ich habe die ganze Zeit darüber nachgedacht, es war vollkommen real." „Haben Sie den Schuh aufgehoben und angefasst?" „Das wollte ich zuerst tun, habe es dann aber doch nicht gemacht. Ich hatte große Angst, dass der Mann zurückkommt und mich sieht. Aber ich habe den Schuh genau betrachtet: Es war ein eleganter, roter Damenpumps mit einem hohen, dünnen Absatz, Größe – na ja, ungefähr 38 oder 39." „Merkwürdig, aber wenn Sie es so genau schildern ... Ich kann dazu jetzt nichts sagen. Dann danke ich Ihnen für diese Aussage und wünsche Ihnen eine gute Heimfahrt." Der Kommissar stand auf, gab Doro die Hand und verabschiedete sich.

Doro nahm ihre Reisetasche und ging zu ihrem Auto. Sie blieb noch einmal stehen und betrachtete die mächtige Klosteranlage mit den einzelnen Gebäuden, der Kirche und dem umgebenden Park. Statt ins Auto zu steigen, legte sie nur die Reisetasche in den Kofferraum und ging dann zum Gästetrakt, in dem sie untergebracht war. Da war der Eingang, aber sie wollte nicht noch einmal an der Pforte vorbei gehen. Wie konnte sie hinter diesen Trakt gelangen? Sie ging ein paar Schritte und dann sah sie einen kleinen Weg, der um das Gebäude herumführte. Sie folgte ihm und gelangte so zu der Hintertür, durch die der Mann mit dem Sack verschwunden war. Ein kiesbestreuter Weg führte durch einen mit Bäumen bestandenes Rasenstück und endete an einem kleinen Fluss. Nachdenklich betrachtete sie diesen. Hatte der Mann den Sack einfach ins Wasser geworfen? Aber dann hätte man ja die Leiche finden müssen. Der Fluss hatte zwar ein gewisses Gefälle, aber das Wasser floss eher gemächlich dahin. Vielleicht hatte der Mann die Leiche ja am Flussrand abgelegt und begraben, genügend Buschwerk wuchs ja am Ufer. Sie hielt Ausschau nach irgendetwas, nach was wusste sie selbst nicht so genau, konnte aber nichts finden, kein Schuh, kein Taschentuch, kein abgerissenes Stückchen Stoff, keine abgeknickten Zweige. Einfach nichts. Lange Zeit stand sie so am Ufer, dann sah sie auf ihre Armbanduhr. Wenn sie nicht in die Nacht kommen wollte, musste sie jetzt aufbrechen. Morgen früh um acht musste sie schließlich wieder an ihrem Arbeitsplatz sein. Sie ging zurück zum Auto, startete den Motor und machte sich auf den Weg.

Kapitel 2

Hagenlocher saß an seinem Schreibtisch. Er hatte die Füße auf den Tisch gelegt, die Arme hinter dem Kopf verschränkt und hörte sich die Vernehmung Dorothee Webers noch einmal auf dem Band an. War sie die Mörderin von Josef Keller, dem Priester? Er konnte beim besten Willen kein Motiv erkennen. Sollte sie es wirklich gewesen sein, wäre es viel logischer gewesen, sich einfach aus dem Staub zu machen. Kein Mensch wäre je auf sie gekommen, sie war einfach eine Seminarteilnehmerin. Wie viele Teilnehmer hatten eigentlich an dem Seminar teilgenommen? Er musste sich unbedingt eine Teilnehmerliste an der Pforte abholen. Er notierte sich diesen Punkt auf einem Schreibblock. Vielleicht gab es irgendwelche persönlichen Motive? Irgendwelche Kränkungen, Racheakte für angetanes Leid? Aber wen sollte Josef Keller so verletzt haben, dass er ihn ermordete? Warum ging er eigentlich von Mord aus? Es konnte ja auch einfach ein Herzinfarkt, Schlaganfall oder so etwas in der Richtung gewesen sein. Der Gute war einigermaßen beleibt und sportlich war er mit an Sicherheit grenzender Wahrscheinlichkeit auch nicht. Manchmal setzte ihm sein Beruf ganz schön zu, immer dachte er bei einem Todesfall zuerst an Mord. Die Spurensicherung hatte keine fremden Fingerabdrücke feststellen können, auch keine sichtbare äußere Gewalteinwirkung. Es wurde lediglich ein kleiner sogenannter Flachmann im Beichtstuhl gefunden. Eine der Nonnen hatte erzählt, Pfarrer Keller brauchte immer mal einen kleinen Schluck gegen seine Kreislaufbeschwerden. Natürlich sei er kein Alkoholiker gewesen, nein mitnichten. So ab und zu ein

Schlückchen und wenn es dann noch der Gesundheit dient, kann man wohl niemandem verbieten. An diesem Flachmann waren ebenfalls nur Fingerabdrücke des Pfarrers festgestellt worden. Nun, er würde wohl die Obduktion abwarten müssen.

Dorothee Weber – sie ging ihm nicht aus dem Kopf. Vor allen Dingen nicht die Geschichte, die sie ihm erzählt hatte. Die machte nun überhaupt keinen Sinn. Ein Mann im Kloster, der in einem Sack die Leiche einer Frau transportiert und dann bohrt sich auch noch der Absatz eines Schuhs durch den Sack und fällt zu Boden – reiner Unsinn! Wer weiß, was die alles an diesem einsamen Abend gepichelt hatte! Diesen Unsinn würde er ganz bestimmt nicht weiterverfolgen. Auf der anderen Seite war diese Weber eine sehr nüchterne Frau, zumindest wirkte sie so. Na ja- wenigstens äußerlich. 56 Jahre alt, lebt allein, hat nur ihre Buchhaltung, geschieden, zwar vor mehr als dreißig Jahren, da kann man schon seltsam werden. Klimakterium, kam ihm in den Sinn – das macht Frauen manchmal ganz schön zu schaffen. Er hatte von einem Fall gehört, wo die Betroffene in die Psychiatrie gesteckt werden musste, weil sie sich ständig verfolgt fühlte. Er erinnerte sich daran, dass sie Margret hieß, und als sie eine Karikatur in einer harmlosen Zeitschrift sah, auf der der Karikaturist ein paar Blümchen hingezeichnet hatte, kam sie ins Kommissariat und wollte Anzeige erstatten. Die Blümchen, behauptete sie, wären eine Anspielung auf ihren Namen! War diese Buchhalterin Weber auch so eine psychisch gestörte Person?

Er nahm die Beine vom Schreibtisch und rief seinen Assistenten. Er brauchte nun ganz dringend eine Tasse starken Kaffees. Und dann würde er die Obduktion abwarten, vielleicht entpuppte sich der Mord ja als ein ganz normaler Todesfall. Das jedenfalls wünschte er sich und auch dem Pfarrer.

Auch als der Kaffee, heiß, schwarz und süß vor ihm stand ließ ihn das Thema nicht los. Was war mit den Nonnen? Sicher waren das nicht alle Heilige, Missgunst und Streit gab es auch im Kloster. Eine Nonne war ihm besonders aufgefallen, eine große, breite und sehr kräftige. Wie hieß sie noch mal? Er kramte in seinem Gedächtnis, es war ein Doppelname, eine Zusammensetzung zweier Namen, richtig, Ingeberta. Sie sah ziemlich angriffslustig aus, also mit der war bestimmt nicht gut Kirschen essen. Zu seiner Ausbildung gehörte auch ein Kurs in Psychologie, er hatte gelernt genau hinzuschauen und Menschen zu beobachten. Es waren manchmal nur kaum wahrnehmbare, flüchtige Veränderungen der Mimik, aber sie waren ungeheuer wichtig, um zu den richtigen Schlüssen zu kommen. Er fragte sich, ob alle Nonnen sich von Gott berufen fühlten oder ob es nicht auch durchaus weltliche Gründe gab, in ein Kloster einzutreten. Diese Schwester Ingeberta gehörte bestimmt zu den Letzteren. Sie strahlte eine gewisse Unzufriedenheit aus, Frust und Aggressivität, obwohl, das war wahrscheinlich zu hart ausgedrückt. Hinter mancher lieblichen und arglosen Mine konnte sich auch allerhand Neid und Frustration verbergen. Er musste sich die Nonnen unbedingt am nächsten Tag vorknöpfen, so viele konnten es nicht sein, vielleicht sechs oder acht? Auch diesen Punkt notierte er sich.

So, und nun war Schluss für heute. Er brauchte nun unbedingt Bewegung und vor allen Dingen frische Luft, damit sein Kopf wieder klar wurde. Bewegung tat ihm gut und seine Laufschuhe waren immer im Kofferraum seines Autos. Er könnte ja, ging ihm durch den Kopf, in der Parkanlage des Klosters joggen. So prägte er sich die Örtlichkeit am besten ein und das konnte nicht schaden. Er brachte seine leere Tasse in die kleine Teeküche und verabschiedete sich von seinem Assistenten „bis morgen!“, dann ging er zu seinem Auto.

Kapitel 3

Am nächsten Morgen ging Hagenlocher zuerst in die Gerichtsmedizin. Der Raum war ganz mit weißen Fließen gekachelt, Boden ebenso wie die Wände. Schrank, Tische, verschiedene Waschbecken waren aus Edelstahl. Dadurch wirkte alles sehr steril und vor allen Dingen kalt. Der Kommissar fröstelte, das war für ihn kein angenehmer Ort und er beneidete den Gerichtsmediziner nicht wegen dieses Arbeitsplatzes. Der Doktor saß an seinem Schreibtisch und schrieb seinen Bericht in den Computer. Er blickte kurz auf, sagte „guten Morgen“ und fuhr in seiner Arbeit fort. Hagenlocher wartete geduldig. Endlich blickte der Mediziner auf und meinte: „Da hat jemand nachhaltig Sterbehilfe geleistet. Er wurde vergiftet und zwar mit E 605. Das ist ein Pflanzenschutzmittel, das früher oft verwendet wurde, nun aber schon seit langem vom Markt genommen wurde, genau seit Juli 2001. Reste dürften aber noch auf so manchem Bauernhof zu finden sein. Eigentlich heißt es Parathion und wird im Volksmund „Schwiegermuttergift“ genannt. Beim Einstäuben der Pflanzen reicht schon die kleinste Menge aus, um schwere Gesundheitsschäden herbeizuführen. Der weltweit dokumentierte erste Selbstmord mit dem Zeug wurde 1952 von einer Frau verübt, von einer Christa Lehmann. Parathion ist eine Flüssigkeit, die äußerst toxisch gegen Insekten und Warmblütler wirkt. Es kommt zu Kopfschmerzen, Krämpfen, Erbrechen und schließlich zu einer Atemlähmung. Das ist keine angenehme Art, diese schöne Welt zu verlassen. Ich schicke Ihnen den Bericht via Mail.“ Schweigend betrachteten der Kommissar und der Mediziner den Toten. Beide dachten das Gleiche: Was hat der Pfarrer verbrochen, dass ihn jemand so abgrundtief hasste! Hagenlocher bedankte sich und ging in sein Büro.

Auf dem Weg ins Büro holte sich Hagenlocher noch einen Kaffee aus dem Automaten in der Teeküche. Er sah auf seinen Notizblock, richtig, die Nonnen wollte er befragen. Er glaubte zwar nicht, dass er Aufschlussreiches erfahren würde. Aber es interessierte ihn, was für ein Mensch Josef Keller war. Er rief nach seinem Assistenten und bat ihn, ihn zu begleiten. Vier Augen sahen immerhin mehr als zwei.

An der Klosterpforte wies er sich aus und bat um ein Gespräch mit der Priorin. Die beiden Polizisten wurden in ein kleines Sprechzimmer hinter der Pforte geführt. Dieses war nur spärlich möbliert mit einem Tisch und vier Stühlen. Auf einem kleinen Regal waren Schriften des Klosters ausgelegt, Programme über die einzelnen Veranstaltungen des Klosters mit Anfahrtsplan und einige religiöse Traktate. An der Wand hing das übliche Kreuz. Die beiden blätterten etwas gelangweilt in den Schriften und warteten auf die Priorin. Es dauerte eine ganze Weile, dann trat sie ins Zimmer, stellte sich vor und begrüßte sie. „Ich bin Schwester Hildegard und stehe unserer Gemeinschaft vor. Ich habe lange und intensiv darüber nachgedacht, wer wohl etwas gegen unseren guten Pfarrer Keller haben könnte, aber ich kann nichts finden, einfach nichts. Es ist eine entsetzliche und unbegreifliche Tat.“ Ihrem Gesichtsausdruck merkte man an, wie bekümmert sie war. Hagenlocher konnte seinem Drang, sie genau zu mustern nicht widerstehen.

Sie war eine ruhige und beherrschte Frau ungefähr Mitte fünfzig und ihre sanften, rehbraunen Augen sahen ihn offen an. Er fand sie sympathisch, sie war ganz anders als Schwester Ingeberta, verständnisvoll, freundlich und bereit, auf ihr Gegenüber einzugehen. „Was können Sie mir über Pfarrer Keller erzählen, was war er für ein Mensch und wie lebte er?" wollte er wissen. „Er lebte im Pfarrhaus im Dorf zusammen mit seinem jungen Kaplan. Die beiden haben keine Haushälterin, sondern managen ihren Haushalt selbst. Sie wechseln sich auch mit der Messe ab, einmal der eine, die Woche darauf der andere. Einer der beiden ist immer gegen zehn Uhr im Beichtstuhl, wobei jeder seinen eigenen mit Namen versehenen hat. Der andere hält die Messe. Er ist oder vielmehr war ein freundlicher Herr, aber so richtig gekannt habe ich ihn nicht. Er hatte eine kleine Schwäche, sein „Fläschchen Medizin" wie er es nannte. Er litt unter Kreislaufbeschwerden und das half ihm offensichtlich. Aber vielleicht wäre ein Spaziergang in unserem Park besser für ihn gewesen und, im Hinblick auf seine Todesart, auch weniger todbringend." Hagenlocher bedankte sich und meinte, er würde gerne auch noch mit den anderen Schwestern reden. Schwester Hildegard wollte das organisieren und bat ihn, hier zu warten, dann verabschiedete sie sich.

Nacheinander trafen die Nonnen ein, alle sagten ungefähr das Gleiche über Pfarrer Keller aus. Die Gespräche brachten keine neuen Ergebnisse. Nachdem die Letzte das Sprechzimmer verlassen hatte, sahen sich die beiden Polizisten achselzuckend an. Auch dem Assistenten war nichts Außergewöhnliches aufgefallen, kein Zögern, kein Versuch, etwas zu beschönigen oder gar zu vertuschen. Alle Nonnen hatten offen und ehrlich die gestellten Fragen beantwortet. „Und jetzt?“ „Tja, gehen wir zurück ins Kommissariat, was sonst! Doch, ich weiß noch etwas, wir gehen ins Pfarrhaus und interviewen den Kaplan. Er hat schließlich mit dem Pfarrer unter einem Dach gelebt und wird ihn am besten kennen.“ „Wir können den Kaplan auch ins Kommissariat kommen lassen“, meinte der Assistent, aber Hagenlocher wehrte ab. Er wollte gerne das Ambiente, die Lebensumstände der beiden kennen lernen und gerade die Art zu wohnen, sich einzurichten sagt viel über einen Menschen aus. An der Pforte ließ er sich die Telefonnummer des Kaplans Thomas Müller geben und rief ihn an. Der hatte den ganzen Vormittag in der Schule Religionsunterricht gehalten und war gerade zuhause angekommen. Er bat um etwas Zeit für sein Mittagessen, aber er sei den ganzen Nachmittag anzutreffen. Hagenlocher und der Assistent fuhren ins Dorf und machten nun ebenfalls eine Mittagspause im Gasthaus.

Das Pfarrhaus war direkt neben der alten Dorfkirche mit ihrem spitzgiebeligen Turm. Es war ein altes Fachwerkhaus, etwas windschief, aber doch irgendwie romantisch anzusehen. Ein kleiner, gepflegter Vorgarten mit einer Bank lud zum Verweilen ein. Kaplan Thomas Müller stand in der offenen Tür und erwartete die beiden Polizisten. „Möchten Sie zuerst zu mir in den ersten Stock kommen? Wir könnten dann bei einer Tasse Kaffee reden. Einen Schlüssel für Pfarrer Kellers Wohnung im Erdgeschoss habe ich. Ich gehe davon aus, dass Sie diese gerne sehen möchten". Hagenlocher entschied: „Nehmen wir zuerst Kaffee bei Ihnen und dann sehen wir uns die Wohnung des Pfarrers an".

Kaplan Müller stieg vor ihnen die Treppe hinauf. „Der Kaffee ist schon fertig und freue mich, dass Sie sich so entschieden haben." Die Wohnung des Kaplans war klein und eng und auch ziemlich niedrig. Da er gut mittelgroß war, schien ihn das nicht zu stören. Hagenlocher dagegen hatte schon Probleme, denn er musste seinen Kopf einziehen. In dem kleinen Wohnzimmer war der Tisch mit Kaffeegeschirr gedeckt, auch Kekse lagen in einer Schale bereit. Der Kommissar sah den jungen Priester an und meinte: „Eigentlich hatte ich Sie mir anders vorgestellt, jung schon, aber nicht so sportlich." „Ich spiele in der Handballmannschaft hier im Ort, und das mit großer Begeisterung. Auch ein Priester braucht ein soziales Umfeld und mit meinen Mitspielern verstehe ich mich sehr gut."

„Können Sie mir etwas über Pfarrer Keller erzählen? Sie haben ja praktisch mit ihm unter einem Dach gewohnt." „Zusammen unter einem Dach, wie sie so schön sagen, haben wir wohl gelebt, aber in zwei verschiedenen Wohnungen und irgendwie auch in zwei verschiedenen Welten.

Er lebte sehr zurückgezogen und uns verband auch keine persönliche Freundschaft. Alle dienstlichen Angelegenheiten besprachen wir natürlich, aber das waren auch unsere einzigen Berührungspunkte. Privat saßen wir nie zusammen, wenn wir uns zu Dienstgesprächen trafen, dann unten in seinem Besprechungsraum.“ „Hatte er Freunde?“ „Freunde?

Er kannte natürlich alle hier im Dorf, aber wirklich befreundet war er mit niemandem. Bei mir ist das anders: Ich habe hier eine ganz tolle Jugendgruppe aufgebaut. Wir machen zusammen Fahrradtouren, gehen wandern oder grillen.“ „Pfarrer Keller beteiligte sich nicht daran?“ „Nein, er war mehr ein Einzelgänger. Wie gesagt, unseren Dienstplan sprachen wir immer gemeinsam durch. Immer abwechselnd hielten wir sonntags eine Frühmesse hier im Dorf und dann um zehn Uhr ein Hauptamt im Kloster. Auch im Beichtstuhl wechselten wir uns ab, einmal er, die nächste Woche ich.“ „Wussten Sie von dem Flachmann im Beichtstuhl?“ Der Kaplan grinste jungenhaft. „Ja natürlich, aber ich habe ihn nie betrunken erlebt. Pfarrer Keller war da immer korrekt. Vielleicht war das auch ein Mittel gegen seine Einsamkeit. Ich glaube, so ganz glücklich war er nicht. Einmal erzählte er mir, der größte Wunsch seiner Mutter sei es immer gewesen, dass er Priester werde. Sie hat ihn wohl auch dazu erzogen und ihn so hingebogen.“ „Wie war das bei Ihnen“, Hagenlocher war neugierig, das wollte er einfach wissen. Müller lachte: „Ich bin zwar in einem christlichen Elternhaus aufgewachsen, aber meine Eltern waren liberal. Sie zwangen weder meinen Bruder noch mich sonntags die Messe zu besuchen. Ich muss gestehen, ich war in diesem Punkt auch sehr lässig. Später dann nach dem Abitur änderte sich meine Einstellung und ich bin sehr glücklich, diesen Beruf ergriffen zu haben, oder besser, auf meine Berufung gehört zu haben.“

Die Besichtigung von Pfarrer Kellers Wohnung bescherte den Polizisten keine besonderen Erkenntnisse. Die Einrichtung wirkte eher bäuerlich: Eine Eckbank mit Tisch und zwei Stühlen, ein typischer Wohnzimmerschrank und eine Anrichte, ein paar anspruchslose Blattpflanzen. Ein Herrgottswinkel durfte natürlich nicht fehlen, unter dem Kreuz, das an der Wand befestigt war, standen ein paar halb verwelkte Blumen. Auch die anderen Räume waren sehr spartanisch eingerichtet, es stand kein Nippes herum, die Möbel waren alt, wahrscheinlich von seinen Vorgängern ausgesucht. Ein paar Bilder hingen an den Wänden, sie zeigten ausschließlich religiöse Motive. Auch die Bücher im Besprechungsraum hatten religiöse Themen, es waren keine Romane oder dergleichen dabei. Hagenlocher fragte, ob Pfarrer Keller irgendwo Fotos hätte. Der Kaplan zuckte die Schultern, er konnte diese Frage nicht beantworten. Der Kommissar und sein Assistent begannen dann im Schrank nachzusehen und tatsächlich fanden sie einen Schuhkarton mit Fotos. Sie setzten sich an den Tisch im Besprechungszimmer und sahen sie durch. Auf den Fotos waren ältere Leute zu sehen, wahrscheinlich die Eltern oder Verwandte. „Hatte Pfarrer Keller Geschwister?“ wollte Hagenlocher wissen. „Ja, ich meine er hatte noch zwei Brüder und eine Schwester, aber die wohnen nicht hier in der Gegend.“ Hagenlocher zog seinen Notizblock hervor und notierte: ‚Verwandte benachrichtigen‘. Dann fand er ganz unten in dem Schuhkarton doch noch einige Fotos, die ihn interessierten. Es waren Aufnahmen einer jungen, dunkelhaarigen Frau und eines kleinen Mädchens. Er zeigte die Fotos dem Kaplan: „Kennen Sie die?“ Der schüttelte den Kopf: „Nein, leider nicht, habe ich nie gesehen. Wahrscheinlich auch Fotos von irgendwelchen Verwandten.“

Er nahm zwei Fotos aus dem Stapel und steckte sie ein. Er wollte im Kommissariat fragen, vielleicht kannte jemand die Personen. Dann verabschiedete er sich und es ging zurück ins Büro.

Kapitel 4

Der Reichenbach-Hof war ein großes Anwesen und seine Besitzerin, Margarete Reichenbach, bezeichnete man als reich. Sie hatte das Glück gehabt, ein Einzelkind zu sein, und so wurde der Hof nicht geteilt und sie war die Alleinerbin. In jungen Jahren war sie eine durchaus ansehnliche Person gewesen, aber nun Mitte fünfzig wirkte sie älter, als sie eigentlich war. Man sah ihr die schwere Arbeit an. Sie scheute sich nicht, die Ställe auszumisten, Traktor zu fahren, nichts entging ihr und sie fasste überall tatkräftig mit an. Ihre Ehe war nicht so zufriedenstellend gewesen, wie sie es sich gewünscht hätte. Irgendwann hatte ihr Mann das Trinken angefangen und die Nachbarn tuschelten, dies sei Margaretes Schuld, da sie ein hartes Regiment auf dem Hof führte. Er war dann auch betrunken vom Traktor gefallen und dabei so unglücklich mit dem Kopf auf einen Stein geschlagen, dass er eine Hirnblutung erlitt und daran gestorben war. Die Nachbarn meinten auch, darüber sei Margarete nicht allzu traurig gewesen. Ihr Sohn Max half kräftig bei der Arbeit mit, aber er konnte sich auch ein Leben ohne Hof vorstellen. Er hatte dichtes, blondes Haar, eine kräftige Figur und sah gut aus, ein fescher Bursche. So manches Mädchen hätte sich gerne an seiner Seite gesehen, allerdings ohne seine Mutter. Die galt als ziemlicher Drache. Außer den beiden arbeiteten noch Knecht Friedemann und die Magd Luise auf dem Hof. Friedemann war seiner Chefin sehr ergeben. Nach dem Tod des Bauern hatte er sich Chancen ausgerechnet, sozusagen der Prinzgemahl zu werden, aber Margarete hatte keine Zweifel aufkommen lassen, dass sie die

Herrin des Hofes war und keinen Mann neben sich haben wollte. Zur Erntezeit wurden Helfer aus Osteuropa eingestellt, denn alleine konnten sie die Arbeit nicht bewältigen. Margarete hätte nichts gegen eine Schwiegertochter gehabt, die ebenfalls mit anpacken könnte, doch Max hielt sich sehr bedeckt. Vor einiger Zeit hatte er ein Mädchen kennen gelernt, aber die war nicht nach dem Geschmack seiner Mutter, die konnte sie sich nun wirklich nicht als zukünftige Bäuerin vorstellen. Hübsch war sie ja mit ihrer schlanken Figur und ihren dunklen Locken. Sie liebte modische Kleidung und vor allen Dingen ihre hochhackigen Schuhe. Margarete stellte sich vor, wie Marlene in Stilettos den Stall ausmistete! Nein, mit Landwirtschaft hatte das Mädchen nun wirklich nichts im Sinn.

Abends saßen alle Hofbewohner bei einer Brotzeit zusammen und beredeten den vergangenen Tag und die Arbeiten, die der nächste Tag bringen würde. Als Friedemann und Luise sich für die Nacht verabschiedeten, saßen Mutter und Sohn noch zusammen. Max untersuchte sein Handy nach neuen Nachrichten, aber es waren keine da. Marlene, seine Freundin, hatte sich nun schon zwei Tage nicht gemeldet. Er tippte eine Nachricht und sandte sie ab. Besorgt sah er seine Mutter an: „Ich weiß nicht wo sie steckt. Sie hat sich nicht gemeldet, obwohl ich ihr etliche Nachrichten geschickt habe.“ „Nun, sie wird auch noch andere Dinge im Kopf haben und nicht nur dich! Sie wird sich schon noch melden“, damit stand sie auf und begann den Tisch abzuräumen. „Wenn sie sich nicht bald meldet, werde ich zur Polizei gehen und eine Vermisstenmeldung machen.“ „Wieso denn das? Vielleicht will hat sie einen anderen

Mann gefunden. Ich weiß sowieso nicht, was sie von dir will, denn eine Bäuerin will sie bestimmt nicht werden." Mit hochgezogenen Augenbrauen sah Margarete ihren Sohn an. „Es gibt doch genug nette Mädchen, denk nur an die Ursula vom Nachbarhof. Die ist eine richtige Bäuerin und da würde alles zusammenbleiben, da hättest du dann einmal einen doppelt so großen Hof. Die Ursula ist doch eine ganz Liebe und Tüchtige und ich weiß, dass sie dich mag." Max verdrehte die Augen: „Wo die Liebe halt hinfällt! Die Ursula ist ja nett, aber ich liebe sie nicht." „Bist du sicher, dass die Marlene dich liebt? Die hat es doch nur auf dein Geld abgesehen!" „Was du immer denkst, Mutter. Manchmal wäre ich froh, ich würde in der Stadt leben und hätte auch einmal richtigen Feierabend, könnte ins Kino gehen und schön ausgehen zum Essen und Tanzen. Hier ist es furchtbar öde und immer nur Arbeit und nochmal Arbeit." Die Mutter sah ihren Sohn verständnislos an. „Dieser Hof gehört der Familie seit Generationen. Das ist eine Verpflichtung! Ich war immer sehr stolz auf unser Anwesen, und das solltest du auch sein." Kopfschüttelnd sah sie ihn an. Hoffentlich machte der Junge keine Dummheiten, aber da hatte sie auch noch ein Wörtchen mitzureden.

Sie stellte ihrem Sohn noch ein Bier auf den Tisch und verabschiedete sich ebenfalls für die Nacht. „Mein Rücken schmerzt und für heute reicht es mir. Bleibe nicht mehr zu lange auf, morgen müssen wir wieder früh aufstehen und die Nacht ist schnell vorbei".

Als Max alleine war, schaltete er sein Handy ein und suchte nach dem Bild von Marlene und sich selbst. Er war ein Selfy und er konnte sich genau an den Tag, als er es gemacht hatte, erinnern. Sie hatten sich in einer Diskothek kennen gelernt, seine Freunde hatten ihn dorthin mitgenommen. Am Anfang kam er sich wie in einem falschen Film vor, lauter Jungen und Mädchen, die in einem wilden Rhythmus um ihn herumtanzten. Er versuchte mitzuhalten, aber er kam sich so richtig albern vor. Da sah er Marlene. Es traf ihn wie ein Blitz aus heiterem Himmel. Sie nahm ihn bei der Hand und sie tanzten zusammen, sie scherzte und lachte solange, bis auch er einstimmte. Es war die verrückteste Nacht seines Lebens gewesen, nie im Leben hatte er sich so etwas auch nur vorstellen können.

Mit Ursula, der Nachbarstochter, war er aufgewachsen. Sie waren zusammen zur Schule gegangen. Jeden Morgen war sie vor der Tür gestanden und hatte ihn abgeholt und nach der Schule hatte er sie nach Hause gebracht. Für alle war klar gewesen, die beiden würden einmal heiraten. Bis vor kurzem hatte er das auch geglaubt. Schon seit langem wollte er ihr einen Antrag machen, aber er konnte es nicht, er hätte nicht sagen können, was ihn davon abgehalten hatte. Ursula war ein nettes Mädchen, fröhlich, arbeitsam und strebsam.

Er war ein eher fauler Schüler gewesen, aber sie zog ihn mit, animierte ihn, ebenfalls zu lernen. Sehr oft war sie mit ihrer Schultasche vor der Tür gestanden und sie hatten zusammen gelernt. Die Eltern hatten das mit sehr viel Wohlwollen gesehen, zwei ansehnliche Höfe wären so zusammengekommen. Ursula hatte noch eine Schwester, aber die interessierte sich nicht für Landwirtschaft. Sie wollte unbedingt Ärztin werden, und zwar Landärztin. Das hatte sie auch geschafft und führte nun eine gutgehende Praxis im Dorf. Sie war mit Leib und Seele bei der Sache und besuchte ihre Patienten sogar nachts, wenn dies nötig war.

Ursula und er studierten an der Landwirtschaftlichen Hochschule. Sie hatten gelernt, einen großen Hof ökonomisch und ökologisch zu führen. Zuerst wollte Max das nicht, er meinte, er würde genug von der Arbeit als Landwirt verstehen und studieren wäre nur vergeudete Zeit. Ursula überzeugte ihn, dass ein Studium ungeheuer wichtig war. Im Nachhinein musste er zugeben, dass das eine richtige und wichtige Entscheidung gewesen war. Da Arbeitskräfte schwer zu bekommen war, hatte er den Hof automatisiert, er hatte alle erforderlichen Hilfsmittel im Laufe der Zeit angeschafft. Anders war die Arbeit nicht zu schaffen. Seine Mutter stand diesem Vorhaben zunächst skeptisch gegenüber, als sie aber sah, wie die Gerätschaften die Arbeit erleichterten und wie viel mehr damit zu erreichen war, war sie sehr zufrieden und stolz auf ihren Sohn.

Alles war so klar vorgezeichnet gewesen, eine gerade Straße auf der er einfach nur losmarschieren musste. Und dann kam Marlene. Und die krempelte sein Leben total um. Sie kam ihm wie ein Schmetterling vor, der sommerselig über eine Wiese flatterte. So unbeschwert konnte sie lachen und tanzen, dass ihm ganz schwindlig davon wurde. Als er sie zum ersten Mal auf den Hof brachte, war seine Mutter sehr mürrisch gewesen. Sie

hatte ganz offen zum Ausdruck gebracht, dass dies in ihren Augen keine gute Verbindung war. Marlene war seit damals auch nicht mehr auf dem Hof gewesen, sie mochte Margarete genau so wenig, wie die sie. Einen größeren Gegensatz als diese beiden Frauen konnte man sich auch kaum vorstellen: Margarete war mehr als praktisch gekleidet, eine modische Komponente konnte man beim besten Willen nicht erkennen. Ihre krausen braunen Haare, die schon sehr stark mit grau gesprenkelt waren, verbarg sie unter einem Kopftuch und ihre Füße steckten ständig in Gummistiefeln, die sie nur in der Wohnung auszog. Dann kamen ihre alten, abgelatschten Hausschuhe zum Einsatz. Sie war sehr einsilbig, außer wenn sie ihre Anweisungen an das „Personal“ gab. An ihr war ein Feldwebel verloren gegangen. Sie bestimmte über alles und jeden und es musste immer nach ihrem Willen gehen. Sie kannte nur Arbeit und ein Blumenstrauß auf dem Tisch war in ihren Augen schon fast eine Sünde, jedenfalls völlig überflüssig. An den Sonntagen ging sie zur Kirche, aber eigentlich nur aus Tradition und der Leute wegen, gläubig war sie nicht.

Marlene war der genaue Gegenpol mit ihren beschwingten und sehr modischen Kleidchen, die sie so gerne trug. Max musste grinsen, wenn er sich vorstellte, wie sie mit hochhackigen Schuhen den Stall ausmistete oder das Federvieh fütterte.

Seit sie in sein Leben getreten war, träumte er davon, einmal etwas anderes zu machen, vielleicht in die Stadt zu ziehen. Wie er allerdings den Lebensunterhalt erarbeiten sollte, dafür hatte er noch keine Antwort, schließlich war er diplomierter Landwirt. Vielleicht könnte er ja einen Großmarkt leiten, dazu brauchte man ja auch ein geschicktes Management. Ach, wie gerne würde er mit Marlene einmal Urlaub machen im Süden unter Palmen am blauen Meer! Margarete und Marlene könnten nie und nimmer zusammen auf diesem Hof leben, das wäre ein Desaster, da wäre Mord und Totschlag angesagt.

Hatte Marlene ihn tatsächlich verlassen? Sie war erst Anfang zwanzig, er schon dreißig. Und hübsch war sie obendrein, nein nicht nur hübsch, sondern ganz bezaubernd. Gab es Anzeichen, dass er ihr überdrüssig geworden war? Er hatte keine bemerkt. War sie krank? Oder sollte er wirklich zur Polizei gehen, wie er es Mutter gegenüber gesagt hatte?

Seufzend stand Max auf. Es war spät geworden und morgen klingelte wie üblich der Wecker um halb fünf. Er spülte sein Glas aus, stellte die Bierflasche weg und ging in sein Zimmer.

Kapitel 5

Dorothee Weber schloss mit einem Seufzer der Erleichterung ihren Computer. Die Abrechnung des Monats März war in trockenen Tüchern. Wie gewohnt, hatte sie präzise ihre Arbeit gemacht. Sie lehnte sich auf dem Bürostuhl zurück und schloss einen Augenblick lang die Augen und streckte sich. Sie war jedes Mal froh und auch ein bisschen stolz, wenn alles so reibungslos geklappt hatte. Dann rief sie ihre Freundin Melanie Kraft an, die im gleichen Betrieb als Sekretärin arbeitete. „Wollen wir heute Abend zum Italiener gehen?“ fragte sie. „Mit Vergnügen!“ Melanie war immer dabei, wenn es galt, gut essen zu gehen. „Ich hole dich in ungefähr einer halben Stunde ab“.

Die beiden gingen gerne in ‚ihr‘ italienisches Restaurant. Es herrschte dort eine entspannte Atmosphäre, die Stühle waren bequem, die Ober freundlich, die Musik angenehm leise und das Essen ausgesprochen gut und erfreulicherweise nicht zu teuer.

Im Laufe des Abends kam Doro wieder auf ihr Erlebnis im Kloster zu sprechen. Es beschäftigte sie immer noch sehr. Nein, das hatte sie tatsächlich erlebt und nicht nur geträumt, wie der Kommissar es ihr unterstellt hatte. Wenn sie die Augen schloss, sah sie immer noch den Mann mit dem Sack, aus dem sich der Schuh bohrte und zu Boden fiel und den Fuß – der Fuß einer Frau, der zum Vorschein kam. Melanie zweifelte nicht an dem Erlebnis ihrer Freundin, sie kannte sie als nüchtern denkende Frau, die absolut nicht zu Spinnereien neigte oder sich aufspielen wollte.

„Wie wäre es, wenn du einfach noch einmal hinfahren würdest? Miete dich aber dieses Mal im Dorf ein und höre ein bisschen herum, es gibt immer Menschen, die gerne erzählen“, schlug Melanie vor. „Jetzt, Anfang April ist eine angenehme Jahreszeit, du könntest dich also erholen, schöne Spaziergänge machen und gleichzeitig recherchieren. Vielleicht erfährst du ja etwas Interessantes. Wenn nicht, ist es auch egal, dann hattest du eben ein paar schöne Tage.“ Doro überlegte: „Keine schlechte Idee. Meine Abrechnung ist fertig, ich hätte also Zeit für ein paar Tage Urlaub.“ Die beiden malten sich alles Mögliche im Laufe des Abends aus und als sie zu Hause war, stand ihr Entschluss fest: Sie würde noch einmal in das Dorf fahren.

Kurz entschlossen sah sie im Internet nach Übernachtungsmöglichkeiten nach. Ein Gasthof in der Ortsmitte bot sich. Der Preis für die Übernachtung mit Frühstück hielt sich in einem angenehm günstigen Rahmen, das konnte sie sich zwischendurch schon einmal leisten. Aber zuerst musste sie ihrem Chef Bescheid sagen und Urlaub einreichen. Aber das war kein Problem, ihr Vorgesetzter schätzte sie und ihre Arbeit.

Und so packte sie ihre Reisetasche und fuhr erwartungsvoll zu ihrem Ziel. Im Gasthof hatte sie vorab ein Zimmer gebucht und wurde schon erwartet. Es war alles sehr einfach, aber das störte sie nicht. Am nächsten Morgen machte sie sich auf und fuhr zum Kloster. Die Bäume hatten schon kleine Blätter bekommen, die Osterglocken blühten und es war angenehm warm. Sie schlenderte durch die Klosteranlage, besuchte die Kirche und

spazierte dann durch die Parkanlage. Sie genoss die Ruhe sehr und freute sich, dass sie sich entschlossen hatte, nochmals hierher zu fahren. Bei ihrem Rundgang entdeckte sie, dass sie um die Klostergebäude herum gehen konnte, aber es gab auch eine Tür, die zum Gästetrakt führte. Die Tür war nicht verschlossen, und so betrat sie den langen Gang, sah ihre Zelle, in der sie vor drei Wochen übernachtet hatte, und folgte dem Gang bis zu der Tür, durch die der Mann verschwunden war. Auch diese Tür war nicht abgeschlossen. Sie trat hinaus und ging den kleinen Weg entlang bis zum Fluss hinunter. Durch die Schneeschmelze floss er etwas munterer dahin, er führte auch wesentlich mehr Wasser mit sich. Sie entdeckte eine Bank und ließ sich darauf nieder. Die Luft roch so richtig nach Frühling und die ersten Bienen summten in den blühenden Weiden – welch ein Friede!

Am Abend begab sie sich in das Restaurant des Gasthofes und genoss ein ländlich deftiges Abendessen und einen Humpen Bier. Sie schlief in dieser Nacht tief und fest und hätte fast das Frühstück versäumt. Dann bummelte sie durch den Ort. Es gab nicht viel zu sehen, das alte Rathaus und die Dorfkirche waren nicht spektakulär, sondern sehr einfach. Sie fand einen kleinen Tante-Emma-Laden, einen Bäcker und eine Metzgerei, es war ein schlichtes Dorf, in das sich wohl kaum einmal ein Urlauber verirrte.

Sie kehrte in den Gasthof zurück, sie wollte ja etwas herausfinden. Es waren nur wenige Gäste da und sie überlegte sich, zu wem sie sich an den Tisch setzen sollte. Da sah sie eine alte Frau

in einer Ecke sitzen, ihr Essen und ein Glas Bier vor sich. Sie erinnerte sich, das war die Mutter des Gastwirtes. Vielleicht könnte sie die ja zum Reden bringen. Sie steuerte auf den Tisch zu und fragte, ob sie sich dazu setzen könnte. Die alte Dame war hoch erfreut, Gesellschaft zu erhalten und bald waren die beiden in ein lebhaftes Gespräch vertieft. Doro wusste den Inhalt so zu steuern, dass sie bald auf den Pfarrer zu sprechen kamen. Die alte Dame hatte den toten Pfarrer gut gekannt und alle im Dorf rätselten, warum er vergiftet wurde und das auch noch im Beichtstuhl. Dann erzählte ihre Tischgenossin: „Der Pfarrer stammt eigentlich aus der Kreisstadt, aber als junger Vikar war er hier im Dorf. Er war ein sehr aufgeschlossener, junger Mann und alle mochten ihn gern, besonders die jungen Mädchen. Auch die Reichenbacherin, die reichste Erbin hier, himmelte ihn an. Aber er wollte nichts von ihr wissen und auch die anderen Dorfschönheiten, zu denen ich auch einmal gezählt wurde, beachtete er nicht. Ich fand ihn sehr nett, aber schließlich war er ein Priester und ich hielt mich sehr zurück. Dann wurde er nach München versetzt und wir hörten nichts mehr von ihm. Irgendwann berichtete eine Frau aus dem Dorf, dass sie ihn in München gesehen hat, und zwar mit einer jungen, sehr hübschen Frau. Sie sollen Händchen haltend über den Marienplatz gebummelt sein. Ja, eine hat sogar behauptet, die junge Frau wäre schwanger gewesen. Aber das kann ich nicht bezeugen, das habe ich nur gehört und ich kann es nicht so recht glauben." Gespannt hörte Doro zu, der sehr korrekte Pfarrer sollte ein Kind haben? Sie sah ihn in Gedanken vor sich und konnte es nicht so recht glauben, nach allem was man über ihn berichtet hatte. Aber Menschen verändern sich, vielleicht stimmte es doch. „Irgendwann wurde er dann wieder hierher versetzt", berichtete ihre Tischnachbarin weiter, „aber er war viel stiller und in sich gekehrter geworden. Er versah seinen Dienst in der Kirche hier am Ort und im Kloster sehr gewissenhaft und hielt sich fern von den Dorfbewohnern und ihrem Geschwätz."

Dann erzählte die Dame noch, dass der Sohn der Reichenbach-Bäuerin ab und zu mal hier im Gasthaus gewesen war zusammen mit einer jungen, hübschen, dunkelhaarigen Frau. Die beiden waren aber schon einige Zeit nicht mehr gekommen. Vielleicht hatten sie sich getrennt. „Sie waren sehr verliebt gewesen, sie hielten sich dauernd an den Händen und strahlten sich nur so an", berichtete sie weiter.

Doro erzählte noch ein wenig von sich und verabschiedete sich dann. Das musste sie erst einmal alles überdenken. Sollte die Vergangenheit Josef Kellers mit seinem Tod zu tun haben, fragte sie sich. Könnten da Wut, Enttäuschung und Eifersucht eine Rolle gespielt haben? Aber das war lange her, schon gut zwanzig Jahre waren seither vergangen. Was sollte sie nun machen, vielleicht den Kommissar aufsuchen? Sie befürchtete, dass der sie für verrückt halten könnte und sie auslachen würde. Sollte sie es trotzdem versuchen?

Nachdem sie den ganzen Abend darüber nachgedacht hatte, stand ihr Entschluss fest: Sie würde Kommissar Hagenlocher aufsuchen. Mehr als sie auslachen konnte er schließlich nicht. Sie ließ sich die Telefonnummer des Kommissariats in der Kreisstadt geben und die Dame in der Telefonzentrale stellte sie durch. „Was machen Sie hier? Hat Ihnen die Gegend so gut gefallen, dass sie hier Urlaub machen?“ wollte Hagenlocher wissen. „Nun ja, mich hat das Geschehen einfach nicht losgelassen und ich mache hier tatsächlich ein paar Tage Urlaub. Dabei habe ich etwas Interessantes erfahren, das ich gerne mit Ihnen besprechen möchte.“ Sie vereinbarten, dass sie am nächsten Tag am frühen Nachmittag vorbeikommen könnte und Doro legte zufrieden auf.

Kapitel 6

Frank Hagenlocher konnte es fast nicht glauben, dass sich Dorothee Weber bei ihm meldete. Er hatte nicht geglaubt, sie jemals wieder zu sehen, zudem sie mit dem ganzen Fall nichts zu tun hatte. Die Geschichte im Gang des Klosters glaubte er ihr immer noch nicht, das gehörte in das Reich der Märchen. Er gab Anweisung, sie in sein Büro bringen zu lassen.

Erwartungsvoll blickte er ihr entgegen. Was sie ihm wohl zu berichten hatte? Er stand auf, begrüßte sie und bat, Platz zu nehmen. Er fragte seine Besucherin, ob sie einen Kaffee haben wollte und als sie das bejahte, ließ er sich zwei Tassen kommen. „Nun, was haben Sie mir zu berichten?" wollte er neugierig wissen. Sie sah ihn nachdenklich an. „Sind Sie im Mordfall des Pfarrers schon weitergekommen?" „Ich darf Ihnen leider nichts über den Stand der Ermittlungen sagen, das müssen Sie verstehen. Nun gut, wir tappen immer noch im Dunkeln, leider. Aber zunächst möchte ich gerne wissen, was Sie hierhergebracht hat." „Ich mache ein paar Tage Urlaub. Ich genieße die Ruhe und gehe viel spazieren." „Und das soll ich Ihnen glauben? Sie haben mich neugierig gemacht als sie ankündigten, Sie hätten interessante Neuigkeiten erfahren." „Ich habe mich im Gasthof mit der Mutter des Wirtes etwas angefreundet und die hat mir Dinge erzählt, die Sie vielleicht auch interessieren könnten." Dann erzählte sie, dass Josef Keller wahrscheinlich eine Tochter hatte, deren Mutter und Stiefvater in München lebten. Hagenlocher erinnerte sich an das Foto, auf dem eine dunkelhaarige Frau zu sehen war, die ein kleines Mädchen im Arm hielt. Das war also das Geheimnis. Warum war er nicht auf die Idee gekommen, im Dorf einige Ältere zu befragen? Aber wahrscheinlich hätte ihm niemand etwas erzählt, vor der Polizei gibt man nicht gerne Geheimnisse preis. „Sie sagte auch noch, dass der Max Reichenbach einige Male mit einem Mädchen, jung, hübsch und dunkelhaarig, im Gasthaus gewesen war. Das Mädchen lebt und arbeitet wahrscheinlich in der Kreisstadt. Allerdings waren die beiden in letzter Zeit nicht mehr gekommen."

„Warum sollte der Max Reichenbach keine Freundin haben?" „Nun, die Dame erzählte mir auch noch, dass die Margarete Reichenbach von dieser Liebe nicht begeistert war. Das Mädchen missfiel ihr, weil sie nicht auf den Hof passte. Ihr wäre die Ursula, die Jugendfreundin von Max und reiche Nachbarin sehr viel lieber gewesen." Hagenlocher sah nicht so ganz ein, was das mit seinem Mordfall zu tun hatte. Mütter waren selten mit der Wahl ihrer Söhne einverstanden. Er sah auch keine Verbindung zwischen den Reichenbachs und dem Pfarrer, außer, dass die sich gekannt hatten. Bei der Beschreibung der jungen Frau allerdings erinnerte er sich an das Foto. Es könnte sich dabei vielleicht wirklich um Kellers Tochter handeln. „Wurde eine Vermissten-Anzeige aufgenommen?" wollte Doro wissen. „Hier bei uns ist keine eingegangen, aber ich könnte mal in München nachfragen. Diese Nachrichten bekommen wir nicht automatisch", meinte der Kommissar. „Mein Gefühl sagt mir, dass da ein Zusammenhang besteht. Aber ich bin Buchhalterin und keine Polizistin." Hagenlocher hätte ihr das gerne bestätigt, aber er wollte nicht unhöflich sein. Immerhin war die Nachricht, dass Pfarrer Keller eine Tochter hatte, nicht uninterssant. Sollte an der Geschichte Dorothee Webers doch etwas dran sein? Zwei Morde, warum und von wem wurden sie begangen?

„Frau Weber, wie lange bleiben Sie noch hier?" „Eigentlich wollte ich morgen zurückfahren." „Wäre es eventuell möglich, noch bis zum Wochenende zu bleiben. Ich habe das Gefühl, dass ich Sie noch mal brauche". „Nun ja, das kann ich schon einrichten. Ich muss erst am Montag wieder im Geschäft sein. Rufen Sie mich einfach an." Dann hinterließ sie ihre Telefonnummer.

Als Dorothee sich verabschiedet hatte, legte er seine Füße auf den Schreibtisch, kippte seinen Bürostuhl nach hinten und dachte nach. Wenn so viele Mädchen hier im Dorf Josef Keller schöne Augen gemacht hatten und er für keine zugänglich gewesen war, könnte vielleicht Eifersucht im Spiel sein. Liebe und Eifersucht waren zusammen mit Geldgier immer starke Motive. Aber nach über zwanzig Jahren? Das war eher unwahrscheinlich, in diesen vielen Jahren hatten sich die Gemüter beruhigt. Aus den jungen Mädchen von damals waren inzwischen gestandene Ehefrauen und Bäuerinnen geworden, die selbst erwachsene Kinder hatten und gewiss keine Rachegefühle mehr hegten.

Er nahm die Füße vom Schreibtisch und suchte nach der Telefonnummer des Hauptkommissariats in München. Er musste sich gedulden, bis er endlich mit der Vermissten-Stelle verbunden war. Die Beamtin erklärte ihm, dass schon vor zwei Wochen eine Vermissten-Meldung eingegangen war. Es handelte sich um eine Marlene Fink, die in der Kreisstadt lebte und als Friseurin arbeitete. Die Eltern hatten ihre Tochter als vermisst gemeldet. Bisher hatte sich noch nichts ergeben, von der jungen Frau fehlte jegliche Spur. Er bat um ein Foto der Vermissten. Es dauerte nur wenige Minuten und das Bild war vor ihm auf dem Bildschirm seines Computers.

Er studierte es genau. Es zeigte eine junge Frau, hübsch, mit dunklen Locken. Genauso hatte Dorothee Weber die Freundin von Max Reichenbach beschrieben. Sollte da wirklich ein Zusammenhang bestehen?

Hagenlocher stützte seine Hand auf und massierte sein Kinn, dabei sah er zum Fenster hinaus, ohne jedoch etwas wahr zu nehmen. Was hatte das zu bedeuten, fragte er sich. Warum war der junge Reichenbach nicht hier gewesen und hatte seine Freundin als vermisst gemeldet? Hatte er mit ihrem Verschwinden zu tun, weil sie ihn verlassen wollte? Es war nirgendwo eine Leiche gefunden worden, aber es war auch nicht danach gesucht worden, musste er zugeben.

Für alle Fälle sagte er dem Beamten, der für Vermisste zuständig war, Bescheid. Sollte eine Meldung eingehen, wollte er unbedingt sofort unterrichtet werden.

Kapitel 7

Zwei Tage später wurde Kommissar Hagenlocher ein Besucher gemeldet. Max Reichenbach hatte sich nun doch entschlossen, eine Vermisstenanzeige aufgegeben. „Guten Tag, Herr Reichenbach“, begrüßte ihn der Kommissar, „wie lange vermissen Sie Ihre Freundin schon?“ „Seit ungefähr drei Wochen.“ „Und da kommen Sie erst heute?“ Max wirkte ziemlich verunsichert. „Es ist so, ich habe Marlene einen Heiratsantrag gemacht. Sie hat nicht ‚ja‘ gesagt, sondern hat sich Bedenkzeit ausbedungen. Meine Mutter ist gegen unsere Verbindung. Sie findet, Marlene sei keine Bäuerin, womit sie völlig recht hat. Marlene ist Friseurin, liebt Mode und ich kann sie mir nur sehr schwer in Arbeitskleidung und Gummistiefeln vorstellen. Ich habe ihr versprochen, mit ihr in die Stadt zu ziehen. Ich bin sicher, ich werde dort Arbeit finden.“ „Sie würden also den Hof aufgeben wollen?“ „Ja, dazu bin ich entschlossen. Ich wage nur nicht mir vorzustellen, wie meine Mutter reagieren wird. Der Hof ist seit Generationen in der Familie und ihr ganzer Stolz.“ „Wo waren Sie an dem Donnerstag vor drei Wochen?“ „Zu Hause. Marlene und ich wollten uns treffen, aber nach dem Abendbrot wurde ich plötzlich so müde, dass ich am Tisch einschlief. Irgendwann weckte mich dann Mutter und meinte im Bett würde ich sicher besser schlafen. Als ich auf die Uhr sah, war es schon fast zehn Uhr und ich hatte mich für acht Uhr verabredet. Sofort schickte ich Marlene eine Nachricht und entschuldigte mich, aber ich bekam keine Antwort. Marlene hat sich bis heute nicht bei mir gemeldet.“ „Passiert Ihnen das öfter, dass Sie am Tisch einschlafen? Ihre Arbeit ist anstrengend, da kann das schon vorkommen." „Nein, normalerweise schlafe ich nicht ein. Die schwere Arbeit bin ich von Kindheit an gewöhnt." „Wo war Ihre Mutter?" „Sie geht nie aus, sie ist immer zu Hause. Sie muss den ganzen Abend gebügelt haben, denn der Wäschekorb war leer und die Wäsche lag aufgestapelt im Arbeitsraum. Ich weiß das genau, denn am nächsten Morgen holte ich mir ein frisches Hemd aus dem Stapel." Der Kommissar bedankte sich und verabschiedete Max.

Je länger Frank Hagenlocher nachdachte, desto mehr beschlich ihn ein seltsames Gefühl. Diese Margarete Reichenbach muss ich mir unbedingt näher ansehen. Ein Stapel gebügelte Wäsche ist noch kein Alibi, den kann sie irgendwann im Laufe des Tages gebügelt haben. Eigenartig war auch, dass der Sohn am Tisch eingeschlafen war. Hatte Mutter da nachgeholfen?

Dann rief er Dorothee Weber an und sagte, er würde sie morgen früh abholen. Sie solle sich darauf vorbereiten, dass er sie vielleicht als Zeugin brauchen würde.

Kapitel 8

Am nächsten Morgen fuhr Hagenlocher mit Dorothee und einem nachfolgenden Streifenwagen zum Hof der Reichenbachs. Es war ein beeindruckender Hof umgeben von Feldern, die so weit man sehen konnte, reichten.

„Frau Weber, Sie bleiben bitte im Auto sitzen. Ich werde mir jetzt den Knecht vorknöpfen. Bitte achten Sie genau auf seine Figur und seine Bewegungen." „Aber ich habe den Mann mit dem Sack ja nur von hinten gesehen", wandte Doro ein. „Dann werde ich es so einrichten, dass Sie ihn jetzt auch von hinten sehen, also, beobachten Sie ihn genau." Er stieg aus und ging über den Hof zu den Stallungen. Er sprach kurz mit einer Magd, die gerade die Hühner und Gänse fütterte. Sie zeigte in die Richtung eines Stalles und der Kommissar ging hin. Der Knecht war gerade dabei, den Kühen frisches Heu vorzulegen und war über die Unterbrechung nicht erfreut. Mürrisch erwiderte er den Gruß, konnte sich aber nicht dazu entschließen, in seiner Arbeit inne zu halten. „Guten Morgen, ich bin Kommissar Hagenlocher. Und Sie sind wer?" Der Knecht zischelte seinen Namen und man sah ihm an, dass er sehr ungehalten war. „Kennen Sie Marlene Fink, die Freundin des Max Reichenbach?" „Ja schon. Aber was habe ich mir der zu schaffen?" „Genau das will ich von Ihnen wissen." Hagenlocher sah ihn streng an und forderte ihn auf, mit ihm in den Hof zu gehen. Er positionierte ihn so, dass Dorothee ihn von hinten sehen konnte. Sie betrachtet den Mann genau und erkannte ihn tatsächlich wieder.

Dieselbe gedrungene Gestalt, der schwere Schritt und die gebeugte Körperhaltung waren identisch. Sie gab Hagenlocher ein Zeichen und der nickte.

Der Knecht wirkte nun sehr unsicher. „Ich kann doch nichts dafür, dass die einen Unfall hatte“, brach es aus ihm heraus. „Einen Unfall?“ wollte Hagenlocher wissen. „Ja, die Chefin rief mich an und ich kam und half ihr, das ist alles. Mit allem anderen habe ich nichts zu tun.“ „Mit welchen anderen Dingen haben Sie nichts zu tun?“ „Nun ja, mit dem Unfall halt.“ „So und nun legen Sie Ihre Heugabel hin und erzählen Sie mir alles der Reihe nach.“

An jenem Donnerstagabend wollte seine Chefin sich mir Marlene treffen und aussprechen. Dabei war es zu einer Auseinandersetzung gekommen und die aufgeregte Bäuerin hatte Marlene eine Ohrfeige verpasst. Diese fiel durch die Heftigkeit dieser Ohrfeige gegen den Baum, vor dem sie stand und knallte so vehement dagegen, dass sie am Stamm zu Boden rutschte. Die Bäuerin schrie sie an, aber das Mädchen rührte sich nicht mehr. Daraufhin fühlte sie nach dem Puls, aber da war keiner mehr und geatmet hatte sie auch nicht mehr. Daraufhin rief die Bäuerin den Knecht an, er soll so schnell wie möglich in den Klosterpark kommen, und zwar zu der Stelle, die sie ihm genau beschrieb und einen Sack mitbringen. Er hatte alles so gemacht und fand das Mädchen am Boden liegend an. Bäuerin und Knecht packten den leblosen Körper in den Sack und er trug ihn zum Auto. „Gingen Sie durch den Park?“ „Nein, natürlich nicht, da hätte man mich ja sehen können. Außerdem war der Weg durch den Gästetrakt des Klosters viel kürzer. Die Seminargäste kommen immer erst am Freitag, also brauchte ich keine Angst zu haben, jemandem zu begegnen." „Beim Gang durch den Gästetrack verlor die Tote dann einen Schuh?" Der Kommissar sah ihn lauernd an. „Ja, blödsinnigerweise bohrte sich dieser dämliche Absatz durch den Sack. Aber woher wissen Sie das?" „Sie wurden dabei beobachtet. Ein Seminarteilnehmer war schon da und beobachtete Sie." Ungläubig starrte der Knecht ihn an und schüttelte den Kopf.

Hagenlocher rief die Streifenbeamten zu sich und die nahmen den Knecht fest. „Was geschieht nun mit mir? Ich habe doch nur getan, was die Bäuerin von mir verlangte. Ich habe nichts mit dem Tod des Mädchens zu tun." „Wo ist eigentlich die Tote?" „Die Bäuerin sagte mir, ich solle sie unauffällig auf einem Feld vergraben. Da wurde frisch gepflügt und kein Mensch käme je auf den Gedanken, dass da eine Frau begraben wurde." Hagenlocher atmete tief ein und drehte sich um.

So, und nun zur Bäuerin. Die Magd sagte ihm, er würde sie im Haus finden. Sie war tatsächlich in der Küche und bereitete das Mittagsmahl vor. „Guten Tag, Frau Reichenbach, ich muss dringend mit Ihnen sprechen." „In welcher Angelegenheit?" murrte Margarete. „In Sachen der verschwundenen Marlene Fink, der Freundin Ihres Sohnes." „Das geht mich gar nichts an, mit der habe ich nichts zu tun." Die Bäuerin musterte ihn böse. „Eben habe ich mit Ihrem Knecht gesprochen und der hat mir die ganze Geschichte erzählt."

„Dieser Idiot, das hätte ich mir denken können, dass der das Maul nicht halten kann!“ Fast sah es so aus, als ob die Frau auf den Kommissar losgehen würde. Sie besann sich dann aber und legte das Gemüsemesser aus der Hand. „Setzen wir uns“, meinte sie.

„Gut, Sie wissen also schon Bescheid. Ich wollte einmal in Ruhe mit Marlene sprechen. Ich wollte ihr sagen, dass sie jung und hübsch ist und jeden Mann haben könnte, den sie nur wollte. Aber sie hörte mir nicht zu, sondern lachte mir höhnisch ins Gesicht. ‚Max und ich lieben uns und wir wollen heiraten. Er hat mir versprochen, mit mir in die Stadt zu ziehen und dort nach Arbeit zu suchen, denn als Bäuerin sehe ich mich nicht‘. Ich fragte sie, ob Max das tatsächlich so gemeint hatte, dass er alles aufgeben und mich mit dem Hof alleine lassen wollte. Sie bejahte das und sagte grinsend, ich könnte den Hof ja verkaufen. Da käme genügend Geld zusammen, so dass sie und Max sich eine schöne Wohnung in der Stadt leisten könnten. Für mich würde das Geld auch noch reichen. Außerdem sei ich ja schon alt und könnte sowieso nicht mehr lange auf dem Hof arbeiten. Können Sie sich vorstellen, wie wütend mich das machte? Ich fühlte mich verhöhnt und verspottet, und das von diesem jungen Luder, der unehelichen Tochter eines Pfarrers. Das ist doch unglaublich! Verstehen Sie das denn nicht, Herr Kommissar?“ Doch, der verstand sie schon. „Aber Sie hätten doch einfach weggehen können. Sie hätten sich noch einen Knecht oder vielleicht sogar zwei nehmen können. Der Hof gehört schließlich Ihnen und niemand – auch ihr Sohn nicht – kann Ihnen den wegnehmen und zum

Verkauf zwingen!“ „Nachher habe ich das auch gedacht. Aber in diesem Augenblick habe ich einfach die Beherrschung verloren und habe so richtig ausgeholt und ihr ins freche Gesicht geschlagen. Dass sie auf ihren hohen Absätzen keinen Halt hatte und gegen den Baum geknallt ist, konnte ich nicht voraussehen.“ „Und warum haben Sie nicht die Polizei gerufen? Sie hatten doch Ihr Mobiltelefon dabei? Das war nur eine Körperverletzung mit Todesfolge. Das Mädchen hat sie schließlich provoziert. Warum haben Sie Ihren Knecht gerufen und den mit hineingezogen?“ Margarete sah ihn kleinlaut an. „Kurzschlusshandlung. Ich hatte einfach nur Angst.“

„Sie haben Marlene ‚die uneheliche Tochter des Pfarrers‘ genannt. Sie wussten also über den Fehltritt des Josef Keller Bescheid?“ „Ja, es gab da so Gerüchte. Als er noch Seminarist war, habe ich mich in ihn verliebt. Aber er hat mich nicht beachtet. Dabei hätte er mit mir keine schlechte Partie gemacht. Aber er wollte ja lieber ein Diener Gottes sein, wie er das nannte. So ernst kann es ihm aber nicht gewesen sein, sonst hätte er nichts mit der anderen angefangen.“

„Haben Sie etwas mit dem Tod von Josef Keller zu tun?“ Margarete wurde rot, puterrot. „Der Mensch hat mich erpresst!“ „Erpresst, womit denn?“ „Eines Tages kam er zu mir und meinte, die Liebe der jungen Leute sei wichtiger als meine wirtschaftlichen Interessen. Aber wie viele Ehepaare lassen sich heutzutage denn scheiden? So einen großen Hof zu bewirtschaften, das ist eine Lebensaufgabe! Und eine mit Tradition, seit Generationen gehört er unserer Familie, das gibt man doch nicht so einfach auf! Die junge Frau hätte sich ja bemühen können, eine gute Bäuerin zu werden. Wenn sie meinen Sohn wirklich geliebt und mit angepackt hätte, nun, dann hätte ich den beiden ja meinen Segen gegeben. Aber verspottet und verhöhnt hat sie mich, verstehen Sie, Herr Kommissar? Verhöhnt und verspottet!“ Tränen liefen der Bäuerin über die zerfurchten Wangen. „Wieso waren Sie so wütend auf den Pfarrer? Die Vorhaltungen wegen Liebe und so können ja nicht ausschlaggebend gewesen sein!“ „Mein Mann hat schon kurz nach unserer Hochzeit angefangen zu trinken. Mit den Jahren ist es immer schlimmer geworden. Zuletzt war er nur noch betrunken. In diesem Zustand ist er Traktor gefahren und heruntergefallen. Er ist mit dem Kopf auf einem Stein aufgeschlagen und hat eine Gehirnblutung erlitten. Bis wir ihn endlich gefunden haben, war er schon tot. Und nun kommt dieser Keller und behauptet, da hätte ich wohl nachgeholfen. Das würde mir doch niemand glauben, wenn auf einem Feld nur ein einziger Stein liegt und er ausgerechnet auf den gefallen wäre! Wenn ich mich weiterhin so gegen seine Tochter stellen würde, würde er das der Polizei melden! Erpresst hat er mich, erpresst!“ Nun war die Bäuerin vollends außer Kontrolle. „Erpresst!“, schrie sie. „Dieser Mensch hat mich erpresst! Anzeigen wollte der mich, der Hund, anzeigen! Er hat mich beschuldigt, ich hätte meinen Mann ermordet! Mit einem Stein soll ich ihn erschlagen haben! Können Sie sich das vorstellen?“ Margarete war außer sich, ihr Gesicht war rot und sie rang nach Atem. Sie fuhr fort: „Ich hatte noch E 605 in der Scheune und da ich wusste, dass er immer einen Flachmann im Beichtstuhl hat, ging ich am Samstag in die Kirche, zog meine Arbeitshandschuhe über und tat ihm ein guter Schuss von dem Zeug in die Flasche. So ein scheinheiliger Kerl, im Beichtstuhl muss der saufen!“

Irgendwie tat Frank Hagenlocher die Frau leid. Es war Schwerstarbeit, diesen großen Hof zu bewirtschaften, an dem sie mit Leib und Seele hing. Ihr Mann war ihr alles andere als eine Hilfe gewesen. All ihre Hoffnung hatte sie auf den Sohn gesetzt und der schleppte ein Mädchen an, das denkbar ungeeignet für das Leben als Bäuerin war. Dann kam der Pfarrer, redete ihr ins Gewissen und wollte sie dann auch noch erpressen. Das war mehr, als sie verkraften konnte. „Frau Reichenbach, ich muss Sie leider mit auf das Kommissariat nehmen. Ich hoffe sehr, dass Sie einen verständnisvollen Richter finden.“

Er gab dem in der Tür stehenden Streifenbeamten ein Zeichen. Der trat zu der Bäuerin, nahm sie am Arm und führte sie zur Küche hinaus zum Streifenwagen.

Ein Überfall

Kapitel 1

Kommissar Frank Hagenlocher saß am Marktplatz in der Sonne und genehmigte sich ein Weißbier. Er hatte seinen freien Tag und den wollte er so richtig genießen, einfach einmal abschalten und nichts zu tun haben mit Kriminellen. Seine langen Beine hatte er unter dem kleinen Tisch ausgestreckt und beobachtete schläfrig durch seine Sonnenbrille die vorbeigehenden Fußgänger. Der Wochenmarkt war vorüber, die Händler packten ihr nicht verkauftes Gemüse in Kisten und verstauten alles in ihren Transportern. Einige riefen ihren Kollegen ein paar Worte zu, etliche waren zufrieden mit dem Verkauf des Vormittags, andere schimpften, die Leute würden immer geiziger und kauften lieber den Schrott der Discounter anstatt ihr Bio-Gemüse. Hagenlocher nahm dies alles nur am Rande wahr, es war eine angenehme Geräuschkulisse.

Sabine Matthes kam mit ihrer zehnjährigen Tochter Pia die Straße entlang. Sie hatte das Kind vom Sportunterricht abgeholt und wollte nun noch ein paar kleine Besorgungen machen. Pia erzählte ihrer Mutter von den Übungen und dass sie von der Lehrerin gelobt worden war, weil sie so eifrig mitmachte. Sabine hörte nur mit halbem Ohr zu. Sie ging im Geist ihre Einkaufsliste durch, sie wollte nichts vergessen, denn sie wohnte mit ihrer Tochter am Rand der Stadt und kam nur ins Zentrum, wenn sie die Tochter vom Sportverein abholte. Sie arbeitete halbtags im Büro eines Konzerns, der ebenfalls außerhalb der Stadt angesiedelt war.

Vor ihrem Einkauf musste sie allerdings noch zur Bank um Geld abzuheben. Kurz bevor sie sie Eingangstür erreichte, wurde diese plötzlich aufgerissen und zwei junge Männer stürmten heraus. Sie trugen albern grinsende Karnevalsmasken und hatten es sehr eilig. Der eine der beiden hatte sich einen Rucksack halb über die Schulter gehängt, der andere trug eine dunkle Sporttasche. Vor der Bank wartete ein Auto mit laufendem Motor. Sie rissen die Türen auf und einer verschwand im Fond des Autos, während der andere sich auf den Beifahrersitz hechtete. Kaum saß er, als er sich auch schon die Maske vom Gesicht riss. Sabine starrte ihn an und er starrte zurück, dann startete auch schon das Auto und fuhr mit quietschenden Reifen davon. Starr vor Schreck sahen Sabine und Pia dem Auto nach. Waren sie eben Zeugen eines Banküberfalls geworden?

Hagenlocher hatte die beiden Räuber ebenfalls aus der Bank stürmen sehen. Sofort war er hellwach und spurtete los. Der Wirt rannte ihm nach, schließlich hatte er keine Lust, dem Mann das Weißbier zu spendieren. Der Kommissar hielt ihm kurz seinen Ausweis hin und sagte: „Ich komme gleich wieder und bezahle.“ Verständnislos sah der Wirt ihn an, bis er begriff, dass sein Gast plötzlich zu einem Einsatz musste.

Vor der Bank angekommen, sprach er zuerst Sabine an. „Bitte warten Sie hier auf mit, ich muss nur eben in die Bank." Er zückte sein Mobiltelefon und rief seine Kollegen. „Ich bin soeben Zeuge eines Banküberfalls geworden. Die Spurensicherung soll sofort zur Sparkasse am Markt kommen. Das Auto der Räuber, es sind drei, war ein älteres, graues Modell, es fuhr in Richtung Osten. Stellt eine Straßensperre auf, vielleicht könnt ihr es erwischen." Dann stieß er die Tür auf und verschwand in dem Gebäude. Sabine konnte es nicht fassen: War das Wirklichkeit oder war sie in Dreharbeiten für einen Film geraten?

In der Bank traf der Kommissar zwei sehr verschüchterte Angestellte an, die Ältere war einer Ohnmacht nahe, während ihr jüngerer Kollege mit offenem Mund dastand. Hagenlocher zeigte seinen Dienstausweis und stellte sich vor. „Bitte berichten Sie mir, was geschehen ist," verlangte er kurz und sachlich. Der junge Angestellte machte seinen Mund zu, räusperte sich und berichtete dann. „Die beiden Räuber kamen in die Bank. Sie hatten Karnevalsmasken auf und befahlen uns, Geld in einen Rucksack und eine Sporttasche zu packen. Dabei fuchtelten sie mit einer Pistole herum. Ich hatte große Angst, dass sie schießen würden. Deshalb packten meine Kollegin und ich alles verfügbare Geld in eine Sporttasche und einen Rucksack der Räuber ein. Wir reichten es ihnen, das heißt sie rissen es uns aus den Händen und verschwanden. Das Ganze dauerte gerade einmal ein paar Minuten. Bevor wir richtig begriffen, was los war, waren sie auch schon wieder weg." „Sind hier Überwachungskameras installiert? Wenn ja, brauche ich unbedingt die Bänder.“ Der junge Angestellte nickte. Inzwischen hatte sich auch seine ältere Kollegin wieder einigermaßen beruhigt. Sie sank auf einen Stuhl und atmete tief ein und aus. „Bedauere, das war das erste Mal, dass ich einen Überfall erlebt habe.“ Sie bestätigte die Angaben ihres Kollegen und fügte hinzu: „Die Räuber waren dunkel gekleidet, dunkle Hosen und dunkle Kapuzenpullover, ob schwarz oder dunkelblau konnte ich bei der ganzen Aufregung nicht erkennen. Auffallend waren die Sportschuhe, der eine hatte rote, der andere weiße an und natürlich die grinsenden Karnevalsmasken.“

Mittlerweile waren die Beamten der Spurensicherung angekommen, auch ein Streifenwagen mit zwei weiteren Polizisten hielt mit Blaulicht und Martinshorn vor der Bank. Auf der Türklinke wurde nach Fingerabdrücken gesucht, die Videobänder der Überwachungskamera wurden entnommen, angefasst hatten die beiden Räuber aber so gut wie nichts, sie hatten den Angestellten lediglich die Taschen gegeben, in denen das Geld verstaut wurde. „Können Sie schon sagen, wie viel Geld gestohlen wurde?“ „Ein paar Tausend Euro vielleicht. Wir haben hier nicht viel Bargeld. Morgens, vor der Öffnung befüllen wir den Geldautomaten mit Scheinen. Die meisten Kunden holen ihr Geld dort ab, nur einige wenige kommen zum Schalter, um sich Geld auszahlen zu lassen. Größere Summen müssen angemeldet werden, was heute nicht der Fall war.“

Den Rest der Arbeit überließ der Kommissar nun der Spurensicherung und den Streifenbeamten, die die Personalien der beiden Angestellten aufnahmen. Vor der Bank warteten Sabine und Pia geduldig. Er stellte sich vor, zeigte seinen Dienstausweis und ließ sich zuerst den Ausweis von Sabine zeigen. Pia zeigte ihren Schülerausweis. Er notierte sich die Angaben und ließ sich dann das Erlebte schildern. Sabine und Pia bestätigten die Kleidung der beiden Räuber, auf die Sportschuhe hatten sie allerdings nicht geachtet. „Kurz nachdem der eine auf dem Beifahrersitz Platz genommen hatte, riss er sich die komische Maske vom Gesicht. Ich konnte ihn gut erkennen und das Merkwürdige ist, ich glaube, ich habe den jungen Mann schon einmal gesehen. Ich weiß nicht mehr wann und wo, aber er kam mir irgendwie bekannt vor." „Können Sie ihn so beschreiben, dass wir ein Phantombild anfertigen können?" „Ich denke schon, wie gesagt, er kam mir bekannt vor." „Dann kommen sie jetzt bitte mit zum Kommissariat, ich nehme Sie in meinem Wagen mit." Sabine wollte ja eigentlich Einkäufe machen, aber diese Angelegenheit ging nun vor. Vielleicht schaffte sie ihre Einkäufe hinterher noch vor Ladenschluss.

Auf dem Kommissariat nahm sie neben einer Beamtin Platz, die einen Computer bediente. „Wie war seine Gesichtsform? Oval? Stimmt das so?" Als Sabine nickte, wurden sie nach den Haaren gefragt, Schnitt, Farbe. Nach einer Weile war das Phantombild fertig. „Sieht dieses Bild dem Räuber ähnlich?" wollte die Beamtin wissen. „Ja, das könnte hinkommen. Ich habe ihn nur einen kurzen Augenblick gesehen, dann fuhr das Auto weg. Trotzdem kam er mir bekannt vor. Der Mund war etwas voller und die Nase ein wenig schmäler." Die Beamtin korrigierte das Bild. Danach war Sabine zufrieden und auch Pia nickte. Das Kind war ziemlich verstört und klammerte sich an die Mutter.

Hagenlocher betrat den Raum, er hatte noch einige Fragen an Sabine. Er betrachtete das Phantombild, er hatte aus der Entfernung lediglich die Figur und die Bewegungen der beiden Räuber gesehen und daraus geschlossen, dass sie jung waren, etwa zwanzig bis fünfundzwanzig. „Sie erwähnten, dass Ihnen der eine der beiden bekannt vorgekommen war. Können Sie sich erinnern, wo sie ihn schon einmal gesehen haben?" „Ich denke schon die ganze Zeit darüber nach, aber ich komme einfach nicht darauf. Vielleicht erinnert er mich auch nur an jemanden, diese jungen Leute sehen sich alle ziemlich ähnlich." „Haben Sie das Kennzeichen des Autos gesehen?" „Es war hier zugelassen, aber an die genaue Folge habe ich mir nicht gemerkt. Ich weiß nur, dass zwei KK's im Kennzeichen waren. Mein Mann hatte einmal ein solches Kennzeichen, aber das ist schon lange her." „Was für ein Auto war das?" „Es war ein grauer, schon etwas älterer Mittelklassewagen. Der Lack glänzte nicht mehr, es sah einfach nicht mehr neu aus. Den Typ habe ich nicht wahrgenommen, ich war zu sehr mit dem Räuber beschäftigt." „Gut, das wäre es erst einmal. Sollte ich weitere Fragen haben, wende ich mich an Sie." Damit verabschiedete er Sabine und ihre Tochter.

Als die beiden aus der Polizeistation gingen, beruhigte Sabine ihre kleine Tochter. „Es ist nichts weiter passiert. Jetzt kaufen wir noch rasch ein und dann gehen wir zusammen Pizza essen. Einverstanden?“ Pia nickte und wirkte nun etwas entspannter.

Kapitel 2

Sabine fuhr mit dem Fahrrad ins Büro, das nicht weit von ihrer Wohnung entfernt war. Die Sonne schien, es war angenehm warm und sie liebte es, sich morgens sportlich zu bewegen. Danach musste sie fünf Stunden vor dem Computer sitzen, deshalb genoss sie die morgendliche Bewegung. Es war Freitag und Pia ging nach der Schule zu ihrem Vater, bei dem sie auch das Wochenende verbrachte. Ihr Mann und sie hatten sich vor einigen Monaten getrennt, sie konnte die ewigen Meckereien und Streitereien einfach nicht länger aushalten. Pia hatten die ewigen Auseinandersetzungen ihrer Eltern ebenfalls zu schaffen gemacht und sie war froh, dass nun eine gewisse Ruhe eingetreten war. Zwar mochte sie die neue Freundin ihres Vaters nicht besonders, ständig hatte die etwas an ihr auszusetzen. Sobald Vater in der Nähe war, änderte sich deren Verhalten, plötzlich wurde sie honigsüß, was Pia noch weniger ausstehen konnte. Aber sie liebte ihren Vater und versuchte, zu seiner Freundin nett zu sein.

Sabine musste mit dem Fahrrad an einer Ampel, die rot anzeigte, halten. Sie stieg vom Rad ab und wartete. Neben ihr hielt ein graues Auto, das sie aber nicht beachtete. Plötzlich wurde sie von zwei Männern gepackt, vom Rad gerissen und in das graue Auto gezerrt. Sie schrie und schlug um sich, aber der Überfall geschah so schnell, dass der Fahrer des hinter ihren wartenden Autos gar nicht reagieren konnte. Er sah nur mit aufgerissenen Augen zu und erst die Huperei hinter ihm machte ihm bewusst, was wirklich geschehen war. Er stieg aus und räumte erst einmal das auf der Straße liegende Fahrrad zur Seite, dann bog er um die Ecke und parkte am Straßenrand. War das eben eine Entführung gewesen? Der Mann versuchte das Gesehene einzuordnen, dann zückte er sein Mobiltelefon und alarmierte die Polizei.

Es dauerte einige Zeit, dann hielt neben ihm ein Streifenwagen. Der Mann erzählte, was er erlebt hatte, aber die Fragen der Polizisten konnte er nicht beantworten, er kannte weder die Radfahrerin noch die Hintergründe dieser Entführung. An das Kennzeichen konnte er sich nicht erinnern, wahrscheinlich war es ein örtliches. Nein, eingreifen konnte er auch nicht, es war alles so schnell und völlig unvermutet geschehen. Wer konnte schon ahnen, dass so etwas im morgendlichen Berufsverkehr passiert. Auf die Beschreibung der beiden Entführer angesprochen, sagte der Mann: „Den Bewegungen nach müssen die beiden jung gewesen sein. Die Gesichter konnte ich allerdings nicht erkennen, denn sie hatten Masken auf.“ „Was für Masken?“ wollte einer der beiden Polizisten wissen, „Skimasken?“ „Nein, nein. Eher so Karnevalsmasken, sei stellten Gesichter dar, keine Tiere. So Plastikmasken, die man über den Kopf zieht und die Mund und Nase frei lassen.“ Der Mann hinterließ seine Adresse samt Telefonnummer, dann durfte er seine Fahrt fortsetzen. Der graue Wagen war natürlich längst weitergefahren und außer Sichtweite.

Sabine hatte sich nach Kräften gewehrt, gestrampelt und mit den Füßen getreten, natürlich auch geschrien, aber gegen zwei Paar kräftige Männerarme kam sie nicht an. Sie wurde rücksichtslos in das Auto gestoßen, die Tür wurde zugeknallt und schon gab der Fahrer Gas und fuhr los. Die Ampel hatte inzwischen auf grün geschaltet, aber wahrscheinlich wäre dem Mann am Steuer die Ampelfarbe gleichgültig gewesen, Hauptsache weg und zwar so schnell wie möglich.

Im Auto schlug ihr einer der Entführer kräftig ins Gesicht, so dass sie fast die Besinnung verloren hätte. Sie schrie, bekam aber sofort einen Knebel in den Mund gesteckt, dann wurde ihr Mund mit einem breiten Klebeverband verschlossen. Sabine bekam kaum noch Luft und versuchte verzweifelt zu atmen, schließlich wollte sie nicht ersticken. Dann wurden ihr die Hände mit einem Kabelbinder gebunden. Einer der Entführer zischte ihr zu, wenn sie nicht endlich Ruhe gäbe, würde er sie bewusstlos schlagen. Daraufhin wurde sie etwas ruhiger, sie wollte nicht auch noch krankenhausreif geschlagen werden. Sie bezweifelte, dass die Männer sie dorthin gebracht hätten, für wahrscheinlicher hielt sie es, dass sie einfach in einen Straßengraben geworfen würde.

Jetzt erst sah sie, dass die Entführer Masken trugen, Karnevalsmasken aus Plastik, die man über den Kopf stülpte. Wer waren die Drei? Warum hatte man sie entführt? Sie konnte es sich nicht erklären. Sie war nicht reich, ihre Eltern ebenfalls nicht, außer ihrer Rente besaßen sie nichts, wenn man von der kleinen Eigentumswohnung absah, in der sie lebten. Warum also? Konnte es mit dem Banküberfall, den sie neulich beobachtet hatte, zusammenhängen? Die Räuber hatten ebenfalls solche Masken getragen. Einer der beiden Räuber war ihr bekannt vorgekommen, aber sie konnte sich noch immer nicht erinnern, wer das sein könnte.

Das Auto fuhr aus der Stadt heraus zu einem abgelegenen, ziemlich heruntergekommenen Hof. Nun wurde ihr ein Tuch über die Augen gebunden, so stramm, dass ihr der Kopf schmerzte. Als der Wagen hielt, wurde sie brutal aus dem Auto gezerrt und, sehen konnte sie ja nichts, wahrscheinlich über einen Hof gezerrt. Schließlich hörte sie, wie eine Tür knarrend geöffnet wurde und dann wurde sie über eine steile Treppe brutal gestoßen. Sie hatte Angst, zu fallen, die Stufen waren unregelmäßig und stark ausgetreten. Dann wurde sie auf ein hartes Bett oder Sofa geworfen, dessen herausstehende Federkerne Schmerzen bereiteten. Ohne ein weiteres Wort verließen sie die Entführer, schlossen die Tür ab und sie war allein. Sie hatten ihr weder die Augenbinde, noch den Knebel und die Kabelbinder an den Händen abgenommen. Wie betäubt lag sie da und sinnierte darüber, dass das wahrscheinlich das Ende ihres Lebens bedeutete. Sie dachte an Pia, getraute sich aber nicht zu weinen, sondern schluckte ihre Tränen.

Wie lange Sabine so da gelegen hatte, vermochte sie nicht einmal abzuschätzen. Waren es Stunden oder erst Minuten? Sie hatte jegliches Zeitgefühl verloren. Sie konzentrierte sich auf ihren Atem und versuchte, sich beim autogenen Training zu entspannen. Wenn sie jetzt die Nerven verlor, war sie verloren. Ihre Hände waren durch die Fesselung wie abgestorben und sie hatte den Eindruck, dass ihr Rückgrat durchbrechen würde, so hart und uneben war die Liege, auf der sie hilflos lag.

Zwischendurch zermarterte sie sich das Gehirn mit der Frage, warum sie entführt worden war. Der einzige Grund konnte nur sein, dass der Bankräuber sie erkannt hatte. Er musste ihren Namen kennen, denn sonst hätte er niemals herausfinden können, wo sie arbeitete und dass sie zur Fahrt ins Büro häufig das Fahrrad benützte. Das ergab einen Sinn, sie sollte ausgeschaltet werden, damit er nicht für sein Tun bestraft werden konnte. Sie war also die letzten Tage beschattet und ausgekundschaftet worden. Nur gut, dass Pia über das Wochenende bei ihrem Vater verbrachte. Andernfalls wäre sie nun ganz alleine zu Hause gewesen. Aber vielleicht hätte sie den Vater angerufen, Sabine konnte sich vorstellen, wie sehr ihm das gepasst hätte. Schon lange ging der Streit um die Tochter hin und her. Werner Matthes wollte sie bei sich haben, er hatte ja eine Freundin, die sich um die Kleine kümmern konnte. So hätte er das Unterhaltsgeld gespart und hätte auch noch das Kindergeld bekommen. Ja, das hätte ihm bestimmt gefallen.

Nach endlos erscheinender Zeit hörte Sabine Schritte auf der Treppe. Die Tür wurde entriegelt und ein junger Mann trat ein. Er hatte diese Karnevalsmaske auf, aber sie erkannte an seinen Bewegungen, dass es der junge Bankräuber war, dessen Gesicht sie gesehen hatte. Sie war versucht, ihm zu sagen, er könnte diese alberne Maske abnehmen, da sie sein Gesicht kannte, aber sie schwieg lieber. Er riss den Klebestreifen von ihrem Mund und sie spuckte den Knebel aus. Endlich konnte sie wieder richtig atmen. „Danke“, hauchte sie, doch von ihm kam kein Wort. Er hielt ihr eine Wasserflasche hin, aber mit ihren gefesselten Händen konnte sie die nicht anfassen. Nach kurzem Zögern holte er ein Messer aus der Tasche und schnitt die Fesseln durch. Durstig nahm sie die Flasche und trank in langen Zügen. Aus einem mitgebrachten Beutel reichte er ihr ein paar in Zellophan verpackte Sandwiches. Erst jetzt merkte sie, wie hungrig sie war. Die ganze Zeit über sprach der Entführer nicht ein einziges Wort. Dann musterte er sie, jedenfalls kam es ihr so vor, durch die Augenschlitze der Maske.

Ganz plötzlich wusste sie, wen sie vor sich hatte: Der Junge hatte mit seinen Eltern in der Nachbarschaft gewohnt, seine Bewegungen hatten ihn verraten. Nachdem bekannt geworden war, dass sein Vater wegen etlicher kriminellen Delikte im Gefängnis gelandet war, waren Mutter und Sohn weggezogen. Er hatte sie also ebenfalls erkannt. So war das also, deshalb hatte er sie entführt. Was hatte er mit ihr vor? Er konnte sie gar nicht freilassen, sie würde sonst sofort zur Polizei gehen und seinen Namen verraten. Sie erschrak, als sie sich darüber klar wurde, dass er sie nur töten könnte. Sie versuchte sich so gut wie möglich unter Kontrolle zu halten. Auf keinen Fall durfte er merken, dass sie ihn erkannt hatte. Hoffentlich hatte er es nicht schon bemerkt. Mit zaghafter Stimme fragte sie ihn: „Warum halten Sie mich hier fest? Weder meine Eltern noch mein Mann sind reich, bestimmt haben Sie mich verwechselt.“ Wieder sah er sie stumm an, dann drehte er sich um, ging zur Tür und verschwand. Sabine hörte noch, wie er den Riegel an der Tür wieder vorschob.

Kapitel 3

Florian Matthes saß vor seinem Computer und tippte irgendwelche Zahlen ein, seine Freundin Tina und seine kleine Tochter Pia zupften im Garten Unkraut. Es war ein schöner, ruhiger Freitagnachmittag. Plötzlich klingelte das Telefon. Florian nahm den Höher ab und meldete sich knapp: „Matthes." Zunächst hörte er nur ein Krächzen, dann fragte jemand mit verzerrter Stimme: „Sind Sie Herr Matthes?" „Ja, wer sonst. Was wollen Sie?" „Wir haben Ihre Frau. Wenn Sie nicht wollen, dass ihr etwas passiert, dann zahlen Sie 100.000 Euro. Genaueres erfahren Sie später. Schalten Sie nicht die Polizei ein, wir sind in Ihrer Nähe und beobachten Sie." „Meine Frau haben Sie entführt? Die können sie ruhig behalten, die interessiert mich nicht mehr. Da können Sie lange warten, von mir kriegen Sie nichts!" Damit legte Florian den Hörer auf. Was ging ihn das an? Sabine hatte sich von ihm getrennt und machte ständig Schwierigkeiten wegen Pia und nun sollte er Lösegeld für sie bezahlen? „Ich glaube, ich spinne! Die können mir gestohlen bleiben", murmelte er vor sich hin und wandte sich wieder seinem Computer zu.

Verblüfft starrte der Entführer auf das Telefon. Er schüttelte fassungslos den Kopf. Da wollte der Ehemann doch tatsächlich kein Lösegeld für seine entführte Frau bezahlen. An so etwas hatte er im Traum nicht gedacht. Und was nun? Er kaute an seinen Fingernägeln und versuchte das Gehörte einzuordnen. Seine beiden Kumpel sahen ihn erwartungsvoll an. „Was ist los?" wollten sie wissen. „Stellt euch vor, der Alte will nicht für seine Frau zahlen. Was machen wir nun mit ihr?“ „Dann müssen wir sie kalt machen!“ entschied Max Reichert, der Anführer, „sie hat mein Gesicht gesehen, sie kann mich identifizieren! Was das bedeutet, muss ich euch ja wohl nicht erzählen!“ „Da mache ich nicht mit!“ protestierte sein Kumpel und der andere stimmte zu: „Ich auch nicht. Mit Mord will ich nichts zu tun haben. Entweder du kommst zur Vernunft, oder wir hauen einfach ab. Los, das ist die beste Lösung. Warum musstest du Idiot auch die Maske herunterreißen! So ein Schwachsinn! Wir werden uns nun die Beute aus dem Überfall teilen und dann hauen wir ab!“ Entschieden nickten die beiden und sahen Max fest an. „Das könnt ihr nicht machen. Mit gehangen – mit gefangen heißt es.“ „Ja, aber für den Überfall bekommen wir zwei oder drei Jahre Knast aufgebrummt, für Mord sitzen wir lebenslang im Gefängnis. Wir sind Anfang zwanzig, glaubst du, wir wollen unser Leben hinter Gittern verbringen? Bei einem Mord machen wir nicht mit, das ist unser voller Ernst. Auch das mit der Entführung war deine Idee. Gut, die Beute, die wir gemacht haben ist nicht hoch, aber ein paar Hunderter für jeden sind drin. Uns reicht das, zumindest vorerst.“

Max musterte seine Kumpel entrüstet. „Ihr enttäuscht mich, ich hatte mehr von euch erwartet!“ „Ein Mord war nicht verabredet und auch keine Entführung. Hätten wir das geahnt, wären wir nie auf den Gedanken gekommen, mit zu machen. Wir wollten nur etwas Geld und das hat ja auch ganz gut geklappt.“ „Was sollen wir dann mit der Tussi machen?“ wollte Max wissen. „Lass sie doch einfach laufen. Schneide ihr die Fesseln durch und schließe die Tür nicht ab, sie wird dann schon merken, was los ist und verschwinden. Wir sind dann längst über alle Berge." „Aber sie hat mich gesehen!" „Na und, wir hauen ab. Wir fahren mit dem Auto über die Grenze. Bis die Polizei weiß, wer wir sind, sind wir längst weg." „Nein. So schnell gebe ich nicht auf. Ich werde den Mann nochmal anrufen, vielleicht überlegt er es sich doch noch."

Aber auch beim nächsten Anruf erhielt er von Florian Matthes keine andere Antwort. Er weigerte sich, Lösegeld zu zahlen. „Sie ist nicht mehr meine Frau und ich denke nicht mal im Traum daran, für sie zu bezahlen. Wenn ihr sie umbringt, dann ist das eure Sache, das geht mich absolut nichts an. Ich werde meine Meinung nicht ändern, es ist und bleibt so."

Die drei Räuber und Entführer sahen sich ratlos an, dann meinte Max: „Gut, oder besser nicht gut, wir werden sie eine Weile bei uns behalten. Vielleicht fällt uns noch etwas ein. Schließlich lebt keiner allein auf der Welt, wir versuchen es einfach bei ihren Eltern oder bei ihrem Chef. Die hunderttausend können wir gut gebrauchen und jemand wird für sie zahlen, darauf könnt ihr euch verlassen." Entschieden sah er in die Runde. Die beiden anderen wussten auch keine Lösung und stimmten mit flauem Gefühl zu. Da hatten sie sich auf etwas eingelassen, dass ihnen jetzt über den Kopf zu wachsen drohte. Sie waren Kleinkriminelle, Ladendiebstähle, Auto knacken, alten Frauen Handtaschen entwenden, das waren überschaubare Sachen, aber eine Entführung, das war einfach eine Nummer zu groß.

Max hatte Sabine Matthes sofort wieder erkannt. Seine Eltern hatten in der Nähe des kleinen Einfamilienhauses der Matthes gewohnt in einem schon etwas herunter gekommenen Mietshaus. Es war sehr beengt zugegangen in der kleinen Wohnung zusammen mit seinen drei Geschwistern. Auf der Straße hatte er und seine Freunde Fußball gespielt und wenn der Ball im Garten der Familie Matthes gelandet war, hatte Sabine ihn aufgehoben und zurückgeworfen. Manchmal hatte sie auch eine Tüte Gummibärchen spendiert, sie war immer freundlich gewesen im Gegensatz zu ihrem Mann, der den Ball einfach einbehalten und geschimpft hatte. Auch wenn Max vorgeschlagen hatte, ihre Geisel umzubringen, so war er doch insgeheim froh, dass seine Kumpel dagegen waren. Dumm nur, dass er nicht gewusst hatte, dass die Eheleute Matthes nicht mehr zusammen waren. Er hatte sie immer für eine glückliche Familie gehalten, das war aber offenbar ein Fehlschluss gewesen. Wenn er besser recherchiert hätte, dann wäre Pia das Opfer gewesen, für seine Tochter hätte Matthes sicher bezahlt. Hatte Sabine ihn ebenfalls erkannt? Sie hatte sich jedenfalls nichts anmerken lassen, aber Max war sich nicht sicher. Immerhin wohnte er schon seit einigen Jahren nicht mehr bei seinen Eltern. Als sein Vater hinter schwedischen Gardinen landete, war seine Mutter mit ihren Kindern in einen anderen Stadtteil gezogen. Mit achtzehn hatte er es in der kleinen Wohnung nicht mehr ausgehalten und war in eine Wohngemeinschaft gezogen, das war immerhin schon sechs Jahre her. In dieser Zeit hatte er sich verändert, er war nicht mehr der kleine, fußballspielende Junge von damals. Seinen Hauptschulabschluss hatte er gerade so geschafft, aber die anschließende Lehre hatte er nach kurzer Zeit abgebrochen. Jeden Tag die gleiche Maloche und das für ein paar Kröten, das war nicht sein Ding. Seither hielt er sich mit Gelegenheitsarbeiten und Diebstählen über Wasser.

So einfach frei lassen konnte er die Frau aber auch nicht. Sie würde sofort zur Polizei gehen, da war er sich sicher. Sabine mochte nun Ende dreißig sein, ihre Eltern lebten also noch. Er musste sie nur ausfindig machen, aber wie? Er konnte ja nicht einfach zum Einwohnermeldeamt spazieren und nach den Eltern von Sabine Matthes fragen. Die wären bestimmt nicht so stur und würden das Lösegeld zahlen. Er musste unbedingt herausfinden, wo die wohnten. Vielleicht konnte man den Briefträger fragen oder Nachbarn. Er fluchte vor sich hin, warum nur hatte er die verdammte Maske vom Gesicht genommen! Die hatte so fürchterlich gejuckt, er war allergisch gegen dieses Kunststoffzeugs, er hatte geglaubt, es keine Minute länger mehr auszuhalten. Und da musste ausgerechnet die Matthes mit ihrer Tochter daherkommen! So ein Mist, so ein verdammter Mist!

Kapitel 4

Sabine hockte in einem dunklen Keller. Lediglich durch einen kleinen Schlitz nahe der Decke kam etwas Licht herein. Ihre Hände hatte der Gangster wieder gefesselt, wenigstens hatte er ihr den Knebel nicht mehr in den Mund gesteckt. Sie ging in dem Loch hin und her, vielleicht fand sie doch noch ein Schlupfloch, durch das sie entwischen konnte. Sie überlegte. Auf keinen Fall durfte sie sich anmerken lassen, dass sie Max Reichert erkannt hatte, darüber war sie sich vollkommen im Klaren. Was würde ihr geschiedener Mann machen? Würde er sie auslösen? Sie stellte ihn sich vor und kam zu der Überzeugung, der würde hundertprozentig kein Lösegeld für sie bezahlen. Mit ihrem Auszug und der Scheidung hatte sie ihn tief getroffen. Einen Mann wie Florian verlässt man nicht! Das hatte er ihr wutentbrannt ins Gesicht geschleudert und sich geweigert, aus dem Haus auszuziehen. Es war ihr nichts anderes übriggeblieben als eine Wohnung für Pia und sich zu suchen. Sie war nur froh, dass sie schon vorher eine Halbtagsstelle gefunden hatte, so konnte sie wenigstens die Miete bezahlen und hatte Geld für das Nötigste. Das Gericht hatte ihr dann das Sorgerecht für Pia zugesprochen, weil Florian sich so wütend gebärdet hatte, dass das Jugendamt um das Wohl des kleinen Mädchens besorgt gewesen war. Auch Pia hatte ausgesagt, dass sie lieber bei ihrer Mama bleiben wollte. Florian wurde trotz Protestes dazu verdonnert, Geld an seine Ex-Ehefrau zu zahlen, der Unterhalt für die Tochter stand nie zur Debatte, den hatte er einfach zu zahlen. Bei Unterlassung drohte ihm der Richter an, sein Gehalt pfänden zu lassen und diese Blöße wollte er sich nicht geben.

Max hatte eine geöffnete Flasche mit Wasser dagelassen, so dass sie wenigstens ab und zu einen Schluck trinken konnte. Es war zwar etwas schwierig mit den gefesselten Händen, aber sie schaffte es. Was würde weiter geschehen? Sie versuchte so ruhig wie möglich zu bleiben, wenn sie jetzt die Nerven verlieren würde ... Nein, das wollte sie sich lieber nicht ausmalen. Als Erste würde Pia sie vermissen, sie hatte versprochen, sie am Sonntag wieder abzuholen. Am Montag würden sich ihre Kolleginnen und Kollegen wundern, wo sie bliebe. Auch ihr Chef würde sich fragen, wo seine sonst so pünktliche Mitarbeiterin sei. Ob wohl jemand auf die Idee kommen würde, die Polizei zu benachrichtigen? Sie dachte an den Kommissar Hagenlocher, der auf sie einen sehr kompetenten Eindruck gemacht hatte. Sie setzte sich auf die Couch, die schon bessere Tage erlebt hatte, so durchgesessen und abgewetzt wie sie war.

Um nicht zu verzweifeln und in Tränen auszubrechen, versuchte sie sich im Autogenen Training. Wie gut, dass sie in dieser Selbstsuggestion geübt war. „Ganz ruhig, ganz ruhig bleiben und atmen, nicht nervös werden, ganz ruhig!“ murmelte sie sich selbst Mut zu.

Kapitel 5

Das Wochenende mit Papa und seiner Freundin war stressig. Pia sehnte den Sonntag herbei und dass ihre Mutter sie endlich abholen und somit erlösen würde. Papa war noch mürrischer als sonst und sie fragte sich, wie lange seine Freundin sich noch von ihm herumkommandieren ließe und seine Launen ertragen würde. Am Anfang hatte er die junge Frau umgarnt, aber inzwischen behandelte er sie wie er seine Frau behandelt hatte. Natürlich wurde auch Pia befohlen, was sie zu tun und zu lassen hatte. Zeit für seine Tochter hatte er nicht, er las lieber stundenlang in seiner Tageszeitung oder schaute vor dem Fernseher die Sportschau an. Dabei durfte ihn niemand stören, das machte ihn fuchsteufelswild.

Als am Sonntag die Mutter nicht erschien um ihre Tochter abzuholen, wurde Pia ungeduldig. Sie fragte ihren Vater, was los sei. Aber der antwortete nur barsch: „Sie ist verreist und kommt so schnell nicht wieder. Du musst hierbleiben, hier hast du dein Kinderzimmer, deine Spielsachen und Kleidung von dir ist auch noch im Schrank. Morgen bringe ich dich dann zur Schule und danach kommst du wieder hierher." Mit großen Augen sah Pia ihren Vater an: „Mama hat mir nichts davon gesagt, dass sie verreisen muss. Was ist mir ihr geschehen?" „Kleine Mädchen sollten nicht immer so neugierig sein. Erwachsene müssen eben manchmal eine Reise antreten oder haben einfach genug von dummen Kinderfragen!" „Nein, Mama erzählt mir immer alles, sie würde niemals weggehen und mir nichts davon sagen." „Schluss jetzt, du gehst jetzt ins Bett und morgen sehen wir weiter“, damit schob er die Kleine durch die Tür. Pia bleib nichts anderes übrig als das zu tun, was ihr Vater von ihr verlangte. Sie vermisste ihre Mutter sehr, sie war immer so liebevoll und schob sie niemals einfach so ab. Sie kam immer noch an ihr Bett, las ihr eine Geschichte vor, deckte sie liebevoll zu und wünschte ihr eine gute Nacht. Da stimmte etwas nicht – wo war Mama?

Am Montag erschien Pia sehr bedrückt in der Schule. Sonst war sie immer sehr lebhaft, beteiligte sich begeistert am Unterricht, hüpfte und sprang in der Pause umher, dass es den Lehrern fast zu viel war. Heute war sie still und in sich gekehrt, sie sprach mit niemandem und man sah, dass sie am liebsten losgeheult hätte. Ihre Klassenlehrerin beobachtete sie eine Weile, es war ganz offensichtlich, dass sie etwas bedrückte. Nach dem Unterricht rief sie Pia zu sich und fragte, was los sei. Pia kullerten sofort die Tränen über die Wangen, dann schluchzte sie: „Mama ist verreist und hat mir nichts davon erzählt. Sie hat nicht gesagt, wohin sie reist und wann sie wieder zurückkommt. Sie hat mich am Freitag auch nicht von der Schule abgeholt, sondern Papa, aber da habe ich schon sehr lange gewartet. Ich mache mir solche Sorgen.“ Auch die Lehrerin war besorgt, das sah Frau Matthes gar nicht ähnlich. Sie war immer liebevoll um ihre Tochter besorgt und nun sollte sie plötzlich verreist sein? „Von wem weißt du, dass deine Mama verreist ist?“ „Papa hat es gesagt. Er hatte einen Telefonanruf, ich weiß nicht von wem, ich hörte ihn nur sagen: ‚Von mir kriegen Sie nichts‘. Mama war das bestimmt nicht, ich weiß nicht, mit wem er so geredet hat. Dann hat er weitergearbeitet und mich gar nicht beachtet.“ „Das ist wirklich seltsam. Aber nun warten wir mal ab, vielleicht sieht morgen alles schon ganz anders aus. Vielleicht musste deine Mama ja wirklich schnell weg, vielleicht zu Opa und Oma. Was meinst du, könnte das nicht sein?“ „Nun ja, dem Opa geht es nicht so gut. Er hatte vor einiger Zeit einen Schlaganfall, aber die Oma sagte am Telefon, es geht ihm schon wieder besser.“ Tröstend reichte die Lehrerin Pia die Hand. „Nun warten wir einmal ab, ich bin sicher, es klärt sich bald auf und die Mama ist wieder da.“ Vom Fenster aus beobachtete sie Herrn Matthes, wie er ungeduldig hin und her lief und dabei ständig auf die Uhr sah. „Dein Papa ist da, laufe zu ihm, er wartet auf dich.“

Was hatte der Satz ‚von mir kriegen Sie nichts‘ zu bedeuten? Da stimmte doch etwas nicht, dachte die Lehrerin, was sollte sie tun? Sie mochte Pia sehr, sie war ein so liebes und aufgewecktes kleines Mädchen und sie hing sehr an ihrer Mutter. Sie beschloss, erst einmal abzuwarten, vielleicht hatte die Kleine etwas falsch verstanden, aber sie war doch sehr beunruhigt. Sie nahm sich vor, die Sache mit ihren Kollegen zu besprechen, aber erst einmal wollte sie selbst darüber nachdenken.

Die nächsten beiden Tage brachten so viel Arbeit, dass die Lehrerin keine Zeit hatte, mit den Kollegen zu sprechen. Auch Pia schien sich von ihr fern zu halten. Immer noch stand sie verloren auf dem Pausenhof herum und während der Schulstunden beteiligte sie sich kaum am Unterricht. Dann am Donnerstag fing sie die Kleine ab. „Hast du etwas von deiner Mutter gehört?“ wollte sie wissen. Pias Augen füllten sich mit Tränen und sie schüttelte verneinend den Kopf. Kurz entschlossen ging sie in das Lehrerzimmer und bat die Kollegen um einige Minuten Aufmerksamkeit. Sie erzählte von Pias veränderter Verhalten und dass sie nicht wüsste, wo ihre Mutter steckt. Sie erwähnte auch den Satz ‚von mir kriegen Sie nichts‘, den Pias Vater am Telefon zu jemandem gesagt haben soll. Die Kollegen hörten aufmerksam zu. „Die kleine Pia – war da nicht neulich ein Banküberfall, bei dem es eine Zeugin mit Tochter gab? So habe ich es jedenfalls in der Zeitung gelesen. Besteht da vielleicht ein Zusammenhang? Eine alleinerziehende Mutter geht doch nicht einfach so auf Reisen und schon gar nicht Frau Matthes. Sie hängt sehr an ihrer Tochter, sie würde die nie alleine lassen. Der Vater ist ja ein ziemliches Raubein, ich bin mit ihm bei einem Elternabend schon einmal zusammen gerasselt. Ich weiß nicht mehr, über was er sich beschwert hat, jedenfalls war er laut und unverschämt, ich musste sehr an mich halten, sonst hätte ich ihm meine Meinung gegeigt. Aber ich wollte mich mit ihm nicht streiten, schon gar nicht vor den anderen Eltern, das hätte nichts gebracht.“

Gedankenverloren starrten alle aus dem Fenster. „Das ist schon seltsam. Warum sagte der Vater ‚von mir kriegen Sie nichts‘. Auf der anderen Seite kann es auch harmlos gewesen sein, ich kann es einfach nicht beurteilen.“ „Ich denke, wir sollten die Polizei benachrichtigen. Wenn es tatsächlich einen Zusammenhang mit dem Banküberfall gibt und Frau Matthes die Zeugin ist, dann ist Gefahr im Verzug, dann wurde sie vielleicht entführt. Frau Kollegin, haben Sie schon einmal mit der

Kleinen gesprochen, wenn ihre Mutter Zeugin war, dann war sie ja bei ihr." „Das ist eine gute Idee, danke Herr Kollege, das werde ich morgen früh gleich machen."

Am nächsten Morgen stand die Lehrerin vor der Unterrichtsstunde an der Tür und wartete auf Pia. Die wunderte sich, als ihre Lehrerin sie zur Seite nahm. „Pia, ich muss dich etwas fragen, du darfst aber nicht erschrecken. Letzte Woche geschah ein Banküberfall, habt ihr – deine Mutter und du – etwas davon mitgekriegt?" Pia nickte eifrig „Ja, ein Kommissar hat die Mama ausgefragt und ich war dabei." „Erzähle mal, wie war das?" „Mama und ich wollten noch etwas einkaufen nach dem Turnunterricht. Plötzlich kamen zwei Männer mit ulkigen Karnevalsmasken aus der Bank gerannt und stiegen in ein Auto, das sofort abfuhr. Das war sehr aufregend, aber dann gingen wir Pizza essen und haben darüber gesprochen." „Danke, Pia. Ich glaube, du wirst draußen schon erwartet. Kennst du die Frau dort am Tor?" „Ja, das ist die Freundin meines Papas. Ich kann sie nicht besonders leiden und ich weiß auch nicht, weshalb ich dauernd abgeholt werde, ich bin doch schon groß und kann alleine nach Hause gehen. Aber Papa meint auf einmal, das müsse sein. Die Erwachsenen können schon seltsam sein. Entschuldigung, ich meine natürlich nicht Sie!" Schüchtern lächelte Pia ihre Lehrerin an. „Dein Papa meint es sicher nur gut. Nun gehe schon, sonst wird die Dame noch ungeduldig!"

Nachdenklich sah sie ihrer Schülerin nach. Die Mutter war plötzlich verreist, der Vater in Sorge, die Tochter wurde plötzlich täglich zur Schule gebracht und wieder abgeholt ... Wenn Frau Matthes Zeugin dieses Überfalls war, dann passte alles zusammen dann machte das alles einen Sinn. Sie ging ins Lehrerzimmer und wählte die Nummer der Polizeiwache. Sie nannte ihren Namen und berichtete, was sie eben von Pia gehört hatte. Die Dame in der Telefonzentrale stellte sie sofort zu Kommissar Hagenlocher durch. Sie berichtete nochmals und er bat sie, zu ihm ins Kommissariat zu kommen.

Hagenlocher ließ sich das Gespräch mit Pia nochmals ausführlich schildern. Nebenher machte er einige Aufzeichnungen. „Da könnte durchaus ein Zusammenhang bestehen. Auf jeden Fall werde ich der Sache nachgehen. Ich danke Ihnen sehr, dass Sie sich an mich gewandt haben." Er begleitete die Lehrerin nach draußen, dann ließ er sich die Adresse und Telefonnummer von Pias Vater geben. Er rief seinen Assistenten und die beiden machten sich auf den Weg zum Haus von Florian Matthes.

Kapitel 6

Der Kommissar und sein Assistent standen vor dem kleinen Haus der Matthes. Geranien blühten in Kästen vor den Fenstern und es gab einen kleinen Garten mit einer Schaukel. Auf ihr Klingeln hin öffnete eine junge Frau Mitte zwanzig und sah sie fragend an. Hagenlocher stellte sich vor und wollte wissen, wen er vor sich hatte. „Maja Schneider, ich bin die Freundin von Florian Matthes, der aber noch im Büro ist." „Dürfen wir trotzdem hereinkommen?" Maja trat einen Schritt zur Seite und die beiden Polizisten betraten das Haus. „Ist Pia auch zu Hause?" wollte Hagenlocher wissen. „Ja, sie ist in ihrem Zimmer und macht ihre Hausaufgaben für die Schule."

Maja bot den beiden Platz an einem Esstisch an und schaute Hagenlocher erwartungsvoll an. Sie konnte sich nicht erklären, warum die Polizei kam und was sie von Florian wollte. Hagenlocher bemerkte, dass Maja zwar jung, aber nicht besonders hübsch war. Allerdings machte sie einen gutmütigen Eindruck. Er räusperte sich und fragte: „Wissen Sie, wo Frau Matthes sich aufhält?" „Herr und Frau Matthes sind geschieden und ich weiß nicht, wo sich Frau Matthes aufhält." „Sie haben Pia die letzten Tage von der Schule abgeholt?" „Ja, Florian ist in letzter Zeit sehr besorgt um seine Tochter. Jeden Morgen bringt er sie zur Schule und mittags hole ich sie ab. Ich arbeite im Gastgewerbe und meine Schicht beginnt erst um siebzehn Uhr." Sie sah auf die Uhr. „Ich muss bald los. Aber Florian wollte rechtzeitig hier sein. Sie können gerne auf ihn warten. Darf ich Ihnen einen Kaffee anbieten, der verkürzt die Wartezeit." „Danke, das wäre sehr nett."

Maja ging in die anschließende Küche und füllte den Behälter der Kaffeemaschine mit Wasser. Nach einer Weile kam sie mit einem Tablett, auf dem drei Becher dampfenden Kaffees standen zusammen mit einer Zuckerdose und einem Milchkännchen. In jedem Becher steckte ein Löffel. Sie stellte das Tablett auf den Tisch: „Bitte bedienen Sie sich." „Wir würden gerne mit Pia sprechen." „Ich rufe sie. Pia ist ein nettes und liebes Mädchen. Leider kann ich nicht so gut mit Kindern umgehen, ich bin es eben nicht gewohnt." Sie stand auf und rief nach oben: „Pia, bitte komme herunter, die Polizei ist da!"

Sofort kam Pia die Treppe herunter und musterte erstaunt den Kommissar und seinen Assistenten. „Erinnerst du dich an mich? Ich bin Frank Hagenlocher." „Aber ja, Sie haben Mama und mich ausgefragt über den Banküberfall neulich. Es war ganz schön aufregend." „Deine Lehrerin hat mit mir gesprochen, und mir erzählt, dass du sehr traurig bist. Woher weißt du, dass deine Mutter verreist ist? Hat sie dir das gesagt?" „Nein, das war Papa. Mir hat sie nichts erzählt. Sonst erzählt sie mir immer alles und ich verstehe nicht, warum sie mir das nicht gesagt hat. Am Sonntag wollte sie mich wieder abholen, aber sie kam nicht." Unglücklich sah die Kleine den Kommissar an.

Plötzlich ging die Tür auf und ein Mann trat ins Haus. Irritiert schaute er auf die Szene. Hagenlocher stand sofort auf und stellte sich vor. „Sie sind Herr Matthes?“ Der nickte bejahend. Maja sah auf die Uhr. „Entschuldigen Sie mich bitte, ich muss zum Dienst. Ich möchte keinen Rüffel vom Chef bekommen.“ Sie reichte den Polizisten die Hand, nickte Pia zu und gab Florian einen flüchtigen Kuss auf die Wange, was dieser etwas abweisend hinnahm. Hagenlocher bemerkte das sofort und dachte, das das nicht nach großer Liebe aussah.

Florian Matthes war etwa vierzig Jahre alt und sah gut aus. Er war groß, machte aber keinen sportlichen Eindruck, er hatte einen kleinen Bauchansatz. Sein Haar, dunkelbraun und wellig, war halblang, er wirkte ganz sympathisch. Seine Augen allerdings wiesen ein hartes Stahlblau auf und waren eiskalt. Hagenlocher lief es kalt über den Rücken, das war kein besonders angenehmer Zeitgenosse. Pia machte sich beim Anblick ihres Vaters klein, sie hatte offensichtlich Angst vor ihm. „Geh auf dein Zimmer“, herrschte er sie an. Mit Blick auf die Polizisten meinte er dann etwas versöhnlicher: „Du hast sicher noch genug zu tun für die Schule.“ Sofort stand das Mädchen auf und ging Richtung Türe. „Und mache die Türe hinter dir zu!“ Pia gehorchte sofort.

Herausfordernd sah Matthes den Kommissar nun an: „Ich nehme an, Sie sind nicht zum Kaffeetrinken gekommen. Also, worum geht es?“ „Es geht um Ihre Frau“, setzte Hagenlocher an, aber Matthes unterbrach ihn sofort: „Sie meinen meine Ex-Frau!“ „Ja, es geht um sie. Wissen Sie, wo sie sich aufhält?“ „Was soll die Frage? Wir sind geschieden und sie kann tun und lassen was sie will. Sie geht mich nichts mehr an.“ „Sie wissen sicher, dass sie und ihre Tochter letzte Woche Zeugen eines Banküberfalls waren. Nein, streiten Sie das nicht ab. Ihre Tochter hat es Ihnen erzählt, das hat sie mir selbst gesagt." Mit hochgezogener Augenbraue sah sein Gegenüber ihn an: „Na und? Was geht mich das an?" „Sie bringen Pia jeden Tag zur Schule und Ihre Freundin holt sie wieder ab. Pia darf nicht mehr alleine draußen spielen, sondern immer ist jemand bei ihr. Fürchten Sie, dass sie entführt werden könnte so wie Ihre Frau?" „Woher soll ich wissen, dass meine Ex entführt worden ist, das höre ich jetzt zum ersten Mal!" „Ich bin sicher, der oder die Entführer haben Sie angerufen, aber Sie haben es abgelehnt, Lösegeld zu zahlen. Sie brauchen es nicht abzustreiten." „Woher wollen Sie das denn wissen? Hören Sie etwa mein Telefon ab?" „Also man hat tatsächlich bei Ihnen angerufen, sonst würden Sie es nicht so vehement abstreiten und anders reagieren. Sie sind absolut nicht betroffen und fragen nicht nach Einzelheiten. Ich bin ein erfahrener Polizist und kann Ihr Verhalten durchaus einordnen." Mürrisch sah Matthes ihn an. „Warum soll ich Lösegeld zahlen und auch noch 100.000 Euro? Meine Ex geht mich gar nichts mehr an. Soll sie doch in irgendeinem Loch schmoren bis zum Sankt Nimmerleinstag." „Ich denke, das ist Ihr ganz privater Rachefeldzug. Dass Sie kein Lösegeld zahlen wollen, kann ich ja noch nachvollziehen, aber dass Sie uns nicht verständigen, das geht zu weit! Das ist eine Straftat." „Straftat?" „Herr Matthes, wer von einer Straftat weiß oder erfährt, ist verpflichtet, die Polizei zu verständigen. Sie können nicht einfach so tun, als sei nichts geschehen und sich vielleicht insgeheim darüber freuen, dass es Ihrer Ex-Ehefrau schlecht geht. Das ist einfach unglaublich!“

Florian sah den Kommissar verunsichert an. Dann rückte er mit der Wahrheit heraus: „Am Montag rief mich so ein Kerl an und behauptete, Sabine entführt zu haben. Er verlangte 100.000 Euro und verbot mir, zur Polizei zu gehen, weil ihr sonst etwas ‚passieren‘ würde. Was das ist, hat er nicht gesagt. Ich habe mich geweigert, das Geld zu zahlen, zum einen habe ich nicht so viel und zum anderen, weiß ich nicht in was meine Ex da hineingeraten ist.“ „Ich fürchte, Ihre Ex hat einen der Bankräuber erkannt, zumindest glaubt der das. Das ist eine gefährliche Sache, das dürfen Sie mir glauben.“ Nachdenklich sah Hagenlocher zum Fenster hinaus. „Ich brauche die Anschrift und die Telefonnummer Ihrer Ex-Schwiegereltern. Vielleicht hat sich der Entführer an sie gewandt, wenn er bei Ihnen nicht zum Zuge gekommen ist.“ Matthes stand auf, holte einen Block und einen Schreiber und notierte die Daten. „Ich kann Ihnen auch nicht weiterhelfen.“ „Danke, Herr Matthes, aber auf Sie wird noch ein Strafverfahren zukommen. Sie haben sich einer Behinderung der Polizeiarbeit schuldig gemacht. Das wird auf jeden Fall ein Bußgeld nach sich ziehen. Aber das werden Sie vom Gericht erfahren, damit habe ich nichts zu tun.“ Damit erhob sich der Kommissar und sein Assistent folgte seinem Chef.

Wütend sah Florian den beiden Polizisten nach. ‚Behinderung der Polizeiarbeit‘ murmelte er wütend, ‚so eine Unverschämtheit. Was geht mich diese Frau an, sie hat mich einfach verlassen ohne ersichtlichen Grund. Weil ich das Haus behalten wollte, dass ich bezahlt habe, muss ich ihr nun eine Menge Geld in den Rachen werfen. Leider habe ich den Fehler gemacht und sie mit ins Grundbuch eintragen lassen.‘ Er war so wütend, dass er am liebsten das Kaffeegeschirr vom Tisch gefegt hätte. Nur der Gedanke, alles wieder auffegen zu müssen, hielt ihn davor zurück.

Kapitel 7

Sabine hatte alles Zeitgefühl verloren. Seit einer Woche saß sie in diesem Keller, aber es schien ihr, als wäre sie hier schon Monate. Sie hatte Max gebeten, ihr die Handfesseln loszuschneiden und er hatte es ohne ein Wort zu sagen getan. Sie hatte eine kleine Nasszelle mit Toilette entdeckt und ein winziges Waschbecken daneben. Auf ihren Wunsch hin hatte ihr Entführer ihr eine Zahnbürste, Zahnpasta und ein Handtuch gebracht. Schlimm war für sie, dass sie ihre Kleidung nicht wechseln konnte.

Beim Durchforsten des Kellers hatte sie ein Regal entdeckt, auf dem einige Pappkartons lagen. In einem der Kartons hatte sie eine alte, kratzige Decke entdeckt. Sie war froh darüber, denn die Nächte waren trotz des Sommers draußen kühl. Durch den kleinen Schlitz an der Decke kam kaum ein wärmender Sonnenstrahl. In einem anderen Karton fand sie einige Spiele, ‚Mensch ärgere dich nicht', Mühle und Dame mit den dazu gehörenden Figuren und Würfeln. Damit beschäftigte sie sich stundenlang um nicht verrückt zu werden, solange sie eben durch den kleinen Lichtschlitz noch etwas sehen konnte.

Max kam jeden Tag und brachte eine Pizza im Karton und zwei Flaschen Wasser vorbei. Die Pizza kam immer von der gleichen Pizzeria, immer mit wechselndem Belag. Offenbar hatte er oben auf der Karte angefangen mit Pizza Margarita und dann jeweils die darunter stehende Version gekauft. Was hätte sie für einen frischen Salat oder Pasta mit was auch immer gegeben, wahrscheinlich kannte er nur Pizza. Und immer trug er bei seinen Besuchen die dümmlich grinsende Karnevalsmaske mit den Sehschlitzen. Sie versuchte, seine Augen auszumachen, aber in dem Dämmerlicht des Kellers war nichts zu sehen. Schon etliche Male hätte sie ihm die Maske am liebsten vom Gesicht gerissen und ihm gesagt, dass sie ihn schon lange erkannt hätte. Aber sie hatte sich beherrscht, er sollte auf keinen Fall merken, dass sie wusste, wer er war. Sie hatte einfach Angst, er würde ausrasten. Seine Pistole hatte er immer dabei im Hosenbund stecken, sie merkte es an der Ausbeulung seines T-Shirts.

Auch dieses Mal versuchte sie ein Gespräch mit ihm anzufangen. „Mein Mann will nicht für mich zahlen, nicht wahr?" Max starrte sie nur an und sagte kein Wort. „Er hasst mich, weil ich ihn verlassen habe und dann wurde er vom Gericht auch noch dazu verdonnert, mir Unterhalt zu zahlen." Sie sah ihn an, vielleicht würde er ihr antworten, aber er blieb stumm. „Bitte rufen Sie meine Eltern an, die zahlen bestimmt für mich. Ich weiß zwar nicht, wie sie das Geld auftreiben sollen, aber vielleicht helfen ihnen Freunde oder sie bekommen einen Kredit von der Bank." Sie beobachtete das Maskengesicht, aber sie konnte keine Regung feststellen. „Ich werde Ihnen den Namen und die Telefonnummer aufschrieben. Darf ich einen Stift aus meiner Handtasche holen?" Als er wieder keine Regung zeigte, griff sie einfach nach ihrer Tasche und nahm einen Kugelschreiber heraus. „Ich schreibe auf diesen Pizzakarton. Bitte, rufen Sie an. Oder wollen Sie mich hier bis an mein Lebensende festhalten?"

Die grinsende Maske starrte sie weiterhin unbewegt an. Plötzlich griff der Entführer nach dem Karton und ging zur Tür hinaus, die er hinter sich wieder verschloss. Sabine atmete erleichtert auf. Sie setzte ihre ganze Hoffnung auf ihre Eltern. Sie betete, dass diese das Geld irgendwie auftreiben könnten und sie endlich aus diesem Verließ freikommen würde.

Sobald Max die Tür hinter sich verschlossen hatte, nahm er die Maske ab. Ein breites Grinsen war auf seinem Gesicht, nun hatte er, was er wollte. Weder ihm noch seinen Kumpanen war es gelungen, Sabines Eltern ausfindig zu machen, und nun hatte er die Nummer einfach so erhalten, freiwillig und ohne Druck. Die Frau musste schon sehr verzweifelt sein, also er wollte nicht in ihrer Haut stecken. Auch ihm wurde die ganze Aktion von Tag zu Tag lästiger. Im Stillen hatte er schon erwogen, seine Geisel einfach im Keller eingeschlossen zu lassen und sich davon zu machen. Aber wenn er daran dachte, wie sie dann langsam verhungern würde, war ihm das doch nicht so angenehm. Verdursten würde sie nicht, denn Wasser aus dem Hahn der Nasszelle konnte sie ja trinken.

Seine Kumpel wurden auch von Tag zu Tag ungeduldiger und stritten ständig mit ihm. Sie wollten, dass er das Geld aus dem Überfall endlich aufteilen sollte und dann wollten sie verschwinden, egal wohin. Er aber hatte das Geld unter Verschluss, sie mussten warten, bis die Aktion beendet war. Aber nun konnte er einen Erfolg verbuchen, zumindest einen kleinen. Er war sich sicher, dass die Eltern nicht so hartherzig wie dieser grässliche Ehemann waren.

Kapitel 8

Franz und Marieluise Fischer, die Eltern von Sabine Matthes, wohnten in einem Dorf, das nicht allzu weit von der Stadt entfernt lag. Franz hatte vor einiger Zeit einen Schlaganfall erlitten, aber nach einem Aufenthalt in einer Reha-Klinik ging es ihm wieder besser. Er brauchte zwar immer noch Gehhilfen, aber die Lähmungserscheinungen waren zurück gegangen.

Die Fischers empfingen den Kommissar mit großen Augen und bangem Herzen. Am Telefon hatte er ihnen nur gesagt, es würde ihre Tochter betreffen. Einzelheiten hatte er verschwiegen, weil er den beiden die Entführung ihrer Tochter schonend beibringen wollte. ‚Was heißt schon schonend', dachte er bei sich. Sie würden einen gewaltigen Schreck bekommen. Vor allen Dingen wollte er Herrn Fischer nicht aufregen, er wollte nicht riskieren, dass er einen zweiten Schlaganfall erleiden würde.

Auf sein Läuten hin waren die beiden sofort an der Tür und sahen ihn erwartungsvoll an. Was hatte der Besuch eines Polizisten zu bedeuten und was hatte ihre Tochter damit zu tun? Sie baten ihn herein und er musste im Wohnzimmer auf der Couch Platz nehmen. Auf einem Tisch standen schon Kaffeetassen, Kanne sowie Milch und Zucker bereit. Hagenlocher unterdrückte ein Grinsen: Alle schienen zu glauben, er käme zu einem Kaffeeplausch. Er wusste natürlich, dass es sich nur um eine nette Geste handelte, und ließ sich auf der schon etwas abgewetzten und durchgesessenen Couch nieder, auf der er ziemlich einsank. Die Fischers setzten sich ihm gegenüber auf zwei Sessel.

Marieluise konnte die Frage nach ihrer Tochter nicht länger unterdrücken. „Schon seit Tagen versuchen wir sie anzurufen, aber es meldet sich immer nur der Anrufbeantworter. Wir haben keine Ahnung, was los ist. Auch von Pia haben wir nichts gehört, wir machen uns ernsthafte Sorgen um die beiden." Besorgt sah sie den Kommissar an. „Leider muss ich Ihnen eine schlechte Nachricht bringen. Ihre Tochter wurde entführt und wir wissen nicht wohin." Oh weh! Das war alles andere als schonend! Besorgt sah er zu Franz Fischer. Er hatte wohl nicht sofort verstanden, denn er sah den Kommissar fragend an. Dann berichtete dieser von dem Überfall auf die Bank und dass Sabine und Pia Zeuginnen dieses Überfalles geworden waren. „Pia ist bei ihrem Vater und er passt gut auf sie auf. Um sie brauchen Sie sich keine Sorgen zu machen. Ich kann nicht sagen, ob und wann es den Entführern gelingt, Sie ausfindig zu machen. Sie wollen Lösegeld, 100.000 Euro, und Florian Matthes, Ihr Ex-Schwiegersohn ist nicht gewillt, das Geld zu zahlen." Eine steile Falte erschien zwischen den Augenbrauen Franz Fischers: „Das kann ich mir denken. Dieser Mistkerl hat unsere Tochter alles anders als nett behandelt und nun ist er stinksauer, weil sie ihn verlassen und die Scheidung eingereicht hat. Aber auf uns wollte sie ja nicht hören; wir haben alles getan, um sie vor dieser Ehe zu warnen. Alle Argumente hat sie in den Wind geschlagen, weil sie total in diesen Mistkerl verliebt war." Beifall heischend sah er seine Frau an und die nickte pflichtschuldig. „Aber wie sollen wir so viel Geld aufbringen?“ Besorgt sah Marieluise den Kommissar an. „Wir haben zwar etwas auf die Seite gelegt für unser Alter, aber die Rente meines Mannes reicht gerade eben so und ich war immer nur Hausfrau, ich bekomme keine eigene Rente.“ Franz stimmte seiner Frau zu. „Ich weiß nicht, ob die Bank in unserem Alter und bei der kleinen Rente einen so hohen Kredit gibt, ich vermute eher nicht. Sabine ist unser einziges Kind, ich weiß nicht, wen wir anpumpen könnten.“ „Wir haben neulich einen Falschgeldring ausgehoben und die Blüten sind in der Asservatenkammer. Ich werde beim Richter einen Antrag stellen, dass wir dieses ‚Geld‘ verwenden dürfen. Das hätte den Vorteil, dass die Entführer damit nichts anfangen könnten. Sobald sie die Scheine ausgeben, können wir ihren Weg verfolgen und sie schnappen. Was ich Ihnen noch sagen will ist, wenn sich die Entführer bei Ihnen melden, bitte informieren sie sofort mich. Ich gebe Ihnen meine Karte, hier bitte“, damit holte er eine Visitenkarte aus der Brusttasche seines Hemdes. „Mit Ihrer Erlaubnis würde ich gerne eine Fangschaltung einrichten lassen. Allerdings können wir mit dieser alle Ihre Gespräche mithören, nicht nur den eventuellen Anruf der Entführer. Ich weiß nicht, ob Ihnen das angenehm ist.“ Fragend sah er die beiden an. Die sahen sich kurz an und dann meinte Franz: „Das geht schon in Ordnung, wir haben keine Geheimnisse.“ „Gut, dann schicke ich einen Techniker bei Ihnen vorbei, der das alles einrichtet.“

Er sah den beiden an, dass sie sehr verunsichert waren. Franz Fischer war in den Siebzigern und durch den Schlaganfall gehandicapt. Ob er eine Geldübernahme durchstehen könnte bezweifelte Hagenlocher, dem älteren Herrn fehlte die Souveränität und Kaltblütigkeit, es handelte sich immerhin um seine einzige Tochter. Wahrscheinlich würde er die Nerven verlieren und damit alles verderben. Marieluise war die typische Hausfrau, mit ihren grauen Löckchen nett anzusehen, war sie sehr auf ihren Mann fixiert. Er würde einen Beamten ansprechen, der könnte sich als Franz Fischer ausgeben, er gratulierte sich selbst zu diesem Gedanken. „Ich schicke Ihnen einen älteren Kollegen vorbei. Haben Sie ein Gästezimmer, das Sie ihm zur Verfügung stellen können?“ Beide Fischers nickten zustimmend. „Ich werde Herrn Mayer, das ist der Name meines Kollegen, sofort informieren. Er wird mit den Entführern verhandeln, denn er kennt sich gut aus. Nun können wir nur noch hoffen, dass dieser Anruf bald kommt, damit Ihre Tochter wieder freikommt. Sind Sie damit einverstanden, dass Herr Mayer das Lösegeld übergibt? Ich denke, das ist besser. Sie, Herr Fischer, bleiben am besten im Haus, damit die Ganoven nicht erkennen, dass nicht Sie es sind, die das Geld überbringen.“ Franz Fischer nickte erleichtert. „Ja, da bin ich froh, dass nicht ich das machen muss, ich glaube vor Aufregung würde ich über meine eigenen Beine stolpern.“ Marieluise atmete ebenfalls auf: „Vielen Dank, Herr Kommissar, dass Sie und Ihr Kollege uns beistehen. Ich habe solche Angst um meine Sabine.“ „Nur Mut, Frau Fischer, wir werden alles tun, damit Ihre Tochter unbeschadet aus der Sache herauskommt.“

Lächelnd stand Hagenlocher auf und verabschiedete sich. Das Lächeln verschwand allerdings ganz schnell wieder aus seinem Gesicht. So zuversichtlich, wie er bei den Fischers vorgegeben hatte, war er nicht. Er war in Sorge, in großer Sorge. Er fragte sich, ob Sabine Matthes überhaupt noch lebte. Nachdem ihr Ex-Ehemann sich geweigert hatte, Lösegeld zu zahlen, hatten die Entführer ihre Geisel womöglich getötet. Dass die Entführung mit dem Banküberfall zu tun hatte, stand für den Kommissar fest. Weder Matthes noch die Fischers waren reich, aber Sabine hatte angegeben, der Entführer würde ihr bekannt vorkommen. Wahrscheinlich hatte der die Frau auch erkannt und befürchtete nun, dass sie seinen Namen der Polizei sagen würde. Also war die Entführung nur eine logische Schlussfolgerung. Sollte sie noch leben, wie könnten die Räuber die Eltern ausfindig machen? Schwierig, wahrscheinlich waren sie dazu nicht in der Lage, es sei denn, sie würden diese kennen. Aber dann hätten sie sich längst mit den Fischers in Verbindung gesetzt. Lebte Sabine noch, dann hatte sie vielleicht erfahren, dass Matthes die Zahlung verweigert hatte und sie hatte den Entführern die Daten ihrer Eltern preis gegeben. Es gab so viele Fragen, die er nicht beantworten konnte.

Zunächst wollte er sich noch einmal in der näheren Umgebung der Matthes umsehen. Er fuhr an dem Haus vorbei, Pia konnte er nicht sehen, wahrscheinlich wurde sie vom Vater oder seiner Freundin bewacht. Er fuhr weiter und entdeckte unmittelbar an das Grundstück der Matthes angrenzend einen Bolzplatz. Etliche Jugendliche kickten dort mit viel Geschrei. Hatte der Räuber und Entführer in seiner Kindheit dort auch gekickt? Das war schon möglich und daher kannte Sabine den jungen Mann. Nicht weit von diesem Bolzplatz entfernt standen

Wohnblocks, vom Zahn der Zeit schon etwas mitgenommen und ziemlich verwahrlost. Da könnte er aufgewachsen sein und seine Eltern könnten dort immer noch wohnen. Er schätzte den Mann auf Anfang bis Mitte zwanzig, seine Annahme könnte stimmen.

Zurück in seinem Büro ging er sofort daran, im Computer nach Familien zu suchen, die in den Wohnblocks wohnten oder gewohnt hatten und Söhne in dem entsprechenden Alter hatten. Da kamen einige in Frage, darunter auch eine Familie Reichert. Vater Reichert war vor einiger Zeit aus dem Gefängnis entlassen worden, er wohnte nun wieder bei seiner Frau in einer anderen Gegend. Auch Sohn Max konnte er in den Akten entdecken, der war als Kleinkrimineller schon öfter vor Gericht gestanden: Ladendiebstahl mit zwölf Jahren, später hatte er Handtaschen geklaut zusammen mit seinen Kumpels Tobias und Kevin Großmann und dann hatten das Trio Autos geknackt um Autorennen zu veranstalten. Abgebrochene Lehre, Gelegenheitsarbeiten, da war er wohl auf die schiefe Bahn geraten, kein Wunder bei dem Vater. Wie alt war der Max? Aha, vierundzwanzig. Gut möglich, dass das Trio nun einen Banküberfall gemacht hatte. Und wenn Max Sabine erkannt hatte, dann war das auch bestimmt umgekehrt der Fall.

Zufrieden lehnte sich Hagenlocher in seinem Schreibtischstuhl zurück. Dem Trio würde er auf den Zahn fühlen. Hoffentlich war Max nicht auf die Idee gekommen, Sabine zu töten, den beiden Brüdern traute er es nicht zu, die waren mehr oder weniger Mitläufer.

Kapitel 9

Zwei Stunden nach Hagenlochers Besuch erhielten die Fischers erneut Besuch. Aus einem Firmenfahrzeug stiegen zwei Handwerker in blauen Overalls aus. Beide trugen Handwerkskisten und als sie zum Haus gingen, waren die Fischers, die sie beobachteten etwas verwirrt. Sollten das die beiden angekündigten Polizeibeamten sein? Als diese ihre Ausweise zeigten, waren sie beruhigt, nun würde alles gut werden. Der Kommissar hatte so viel Zuversicht ausgestrahlt, dass die Eheleute nun von einem guten Ende ausgingen.

Der Techniker machte sich sofort über das Telefon her. Es dauerte nicht lange und seine Arbeit war erledigt. Mayer dagegen besah sich Sabines ehemaliges Mädchenzimmer, das nun als Gästezimmer diente. Er fand es ganz gemütlich, eine kurze Zeit ließ es sich hier schon aushalten. Nun musste nur noch der Anruf kommen. Sein Chef hatte angedeutet, dass das eventuell schon etwas länger dauern würde, er müsse schon etwas Geduld mitbringen. Er hatte sich gut mit Lesestoff eingedeckt und dann hatte er auch noch die Aufgabe, den Fischers beizustehen und ihnen Mut zu machen.

Der Abend verlief ruhig. Marieluise hatte ein besonders ausgiebiges Abendessen vorbereitet, es kam nicht allzu häufig vor, dass sie Besuch hatten. Franz fand, dass Herr Mayer ihm ähnlichsah, was ihn beruhigte. Wenn man nicht allzu genau hinsah, konnte man den einen durchaus für den anderen halten. Beide waren mittelgroß und schlank, beide hatten kurz geschnittenes, graues Haar. Der Unterschied bestand im Wesentlichen darin, dass Franz Gehhilfen brauchte, Mayer dagegen sportlich wirkte.

Nun begann das Warten. Endlich, die Fischers waren mit ihren Nerven schon wieder am Ende, klingelte das Telefon. Mit einer Handbewegung bedeutete Herr Mayer, dass er das übernehmen würde und die Fischers saßen aufgeregt und blass daneben.

„Herr Fischer? Sind Sie Herr Fischer?“ „Ja, selbstverständlich, Sie haben ja meine Nummer gewählt, nicht wahr?“ Einige Sekunden war es still, offensichtlich war der Anrufer etwas verwirrt, dann verkündete er: „Ich habe Ihre Tochter bei mir. Wenn Sie nicht wollen, dass ihr etwas passiert, dann schalten Sie nicht die Polizei ein und zahlen ein Lösegeld von 100.000 Euro.“ Mayer tat sehr verblüfft: „Meine Tochter Sabine? Warum ist sie bei Ihnen? Ich möchte sie unbedingt sprechen.“ „Das geht nicht. Aber es geht ihr gut – das heißt, noch geht es ihr gut. Das wird sich aber alles ganz schnell ändern, wenn Sie nicht das machen, was ich Ihnen sagen werde.“ „Soll das heißen, dass sie in Ihrer Gewalt ist, dass sie von Ihnen entführt wurde?“ Mayer stellte sich ahnungslos, schließlich musste er überzeugend wirken. „Morgen um 19 Uhr werden Sie im Stadtpark spazieren gehen. Direkt an dem kleinen See steht eine Bank und daneben ist ein Papierkorb. Dort deponieren Sie den Umschlag mit dem Geld und machen sich dann wieder auf die Socken.“ „Und wenn die Bank besetzt ist, das heißt, wenn dort schon jemand sitzt? Der Platz ist sehr beliebt bei den älteren Spaziergängern." „Nun dann bleiben Sie eben so lange sitzen, bis der Mensch aufsteht und geht. Mann, ist das so schwer zu kapieren?" Weiterhin den Ahnungslosen mimend fragte Mayer: „Passt denn das Geld in einen Umschlag? Wäre ein Koffer nicht besser?" „Sie sollen den Umschlag ja nicht mit Kleingeld füllen, Mann. Versuchen Sie es einfach und wenn es nicht passt, nehmen Sie eben einen zweiten! Umstandskrämer, was? Schluss jetzt mit dem Gelabere, Sie machen einfach, was ich Ihnen gesagt habe. Ich werde rechtzeitig da sein und Sie beobachten, also machen Sie keinen Quatsch. Es geht schließlich um das Leben Ihrer Tochter!" „Ja, das geht in Ordnung, ich mache, was Sie mir gesagt haben." Danach wurde das Gespräch unterbrochen. Mayer schüttelte den Kopf, der Junge hatte wohl zu viele Fernsehkrimis gesehen. So ein Park bot ungeheuer viele Verstecke, gut, dass der das nicht wusste.

Mayer rief sofort von seinem Mobiltelefon aus auf der Wache an und fragte, ob das Gespräch aufgezeichnet und mitgehört worden war. „Ja, wir haben alles mitgehört und aufgezeichnet. Das Gespräch kam allerdings von einem nicht registrierten Prepaid-Telefon, das wir nicht orten konnten. Aber das war zu erwarten." „Verbinden Sie mich nun mit Hagenlocher." Es knackte etwas in der Leitung, dann meldete sich der Kommissar. „Ich bin froh, dass der Kerl sich gemeldet hat und doch relativ schnell. Entweder konnte er die Eltern von Frau Matthes tatsächlich so schnell ausmachen, oder sie hat ihm die Daten gegeben. Ich nehme an, es war das Letztere. Gott sei Dank, dann lebt sie noch!" „Wie komme ich nun zu dem Geld?" „Sie nehmen das Auto der Fischers und fahren die

Hauptstraße entlang in Richtung Park. Wir folgen Ihnen in einem Zivilfahrzeug selbstverständlich und zeigen Ihnen an, wo sie halten sollen. Ein Beamter in Zivil wird Sie nach dem Weg fragen und bei der Gelegenheit gibt er Ihnen dann den Umschlag. Der Entführer hat ja keine besondere Stückelung vorgeschrieben, das ist gut, denn wir haben nur 100er und 200er Blüten in der Asservatenkammer. Sie machen alles so, wie es befohlen wurde, bleiben Sie ganz ruhig, wir sind in der Nähe. Ich wünsche Ihnen Erfolg und mir auch!“

Als Mayer am nächsten Abend ins Auto stieg, war ihm doch ein wenig mulmig zumute. Hoffentlich ging alles gut. Zwar kannte er Sabine nicht, aber ihre Eltern waren so zuvorkommend zu ihm gewesen, dass es ihm zutiefst leidtun würde, wenn der jungen Frau etwas passieren würde.

Er fuhr die Hauptstraße entlang und entdeckte sofort das ihm folgende Privatauto von Hagenlocher. Er selbst saß am Steuer. Mayer wunderte es nicht, so war sein Chef, immer mitten drin! Im Rückspiegel sah er, wie der ihm ein Zeichen gab. An einer Bushaltestelle hielt er kurz an, der Beifahrer Hagenlochers kam zu ihm ans geöffnete Autofenster und überreichte ihm einen prall gefüllten größeren Umschlag. Sie redeten kurz miteinander und der Mann zeigte in eine Richtung während Mayer nickte. Mayer fuhr weiter und beobachtete, wie sich der Kommissar hinter ihm in den Feierabendverkehr einfädelte. Dann war plötzlich ein anderes Auto hinter ihm, das er als ebenfalls einem Kollegen gehörendes erkannte. In diesem saßen vier junge Männer, also waren es schon sechs Kollegen, die ihm beistanden. Hoffentlich ging alles gut!

Er parkte Fischers Auto auf einem Parkplatz vor dem Park und stieg langsam aus. Er streckte sich erst einmal und sah sich vorsichtig dabei um. Er konnte nicht erkennen, ob ihm jemand gefolgt war oder nicht. Er klemmte sich den Umschlag und eine Zeitung unter den Arm und schlenderte los. Die Bank war nicht schwer zu finden, sie war frei und er ließ sich darauf nieder. Er wartete eine ganze Weile, nahm die Zeitung her und tat so, als lese er. Sein Herz klopfte und er musste zugeben, dass er ganz schön aufgeregt war. Nach einer Viertelstunde platzierte er den Umschlag samt Zeitung in dem neben der Bank stehenden Papierkorb und schlenderte weiter. An der nächsten Wegbiegung, von der Bank aus gesehen konnte man ihn nun nicht mehr beobachten, blieb er stehen und versteckte sich hinter einem dicken Baum. Um einen Blick auf die Bank zu haben, musste er sich wieder ein Stück weit zurückbewegen. Er machte dies sehr vorsichtig, er wollte ja nicht gesehen werden und keinen Argwohn bei anderen Parkbesuchern erwecken. Es war gut, dass um diese Zeit wenig Menschen im Park waren, er konnte lediglich einen Jogger sehen, der aber keine Notiz von ihm nahm. Dann kam eine junge Frau mit einem angeleinten Hund, in Höhe der Bank blieb sie kurz stehen, weil der Hund am Abfallkorb schnupperte, sie ging dann aber weiter.

Gut versteckt im Gebüsch beobachtete er weiter. Was wäre, wenn der Entführer nicht kommen würde? Ehe er diesen Gedanken zu Ende denken konnte, erschien ein junger Mann auf einem Fahrrad. Er stellte es neben der Bank ab und setzte sich. Betont unauffällig sah er sich um und betrachtete die Gegend. Dann stand er unvermutet auf, griff in den Abfallkorb und entnahm ihm den Umschlag. Hoffentlich ist es der Entführer und nicht irgendein Trittbrettfahrer, ging ihm durch den Kopf. Der Mann verstaute den Umschlag unter seinem Blouson – wie geschickt, dachte Mayer, da fällt der gar nicht auf! – schwang sich auf das Fahrrad und fuhr davon. Und wo waren die Kollegen? Mayer kam aus seinem Versteck und ließ seinen Blick schweifen. Ah, da waren zwei, sie standen am Wegrand und unterhielten sich. Weiter hinten sah er den dritten Mann und etwas weiter entfernt den vierten. Sie waren also da und hatten den Räuber im Visier. Nun machte auch er sich auf den Weg hinter dem Fahrradfahrer her. Der Mann fuhr nichtsahnend seinen Weg und war wahrscheinlich froh, dass alles gut gegangen war. Plötzlich traten ihm die beiden eben noch schwatzenden Männer in den Weg und blitzschnell war er von den anderen Polizisten umrahmt, ein Entkommen war so aussichtslos.

Als Max Reichert sah, dass ein Entkommen aussichtslos war, gab er auf. Pech gehabt! Und dabei schien alles so einfach zu sein. Wo kamen die Polizisten in Zivil nur her? Er hatte sich ständig umgesehen und außer dem alten Mann auf der Bank niemand gesehen. Er fluchte vor sich hin als Hagenlocher ihm seinen Ausweis vor die Nase hielt und ihn festnahm.

Auf dem Revier dauerte es nicht lange und Max gab das Versteck von Sabine Matthes preis. Hagenlocher sprang zu seinem Auto und fuhr los. Als sich die Tür des Kellers öffnete, und Sabine den Kommissar erkannte, fiel sie diesem vor lauter Erleichterung um den Hals. Sie bedankte sich und war überglücklich, endlich wieder frei zu sein. Hagenlocher fuhr sie zu ihren Eltern und war sehr zufrieden, dass dieser so verflixt aussehende Fall gelöst war und die Frau unbeschadet alles überstanden hatte. Sabine hatte zwar noch einige Zeit Alpträume und mit dem Fahrrad konnte sie auch nicht mehr fahren, das Geschehene saß zu tief in ihr fest.

Angst

Kapitel 1

Mathilde Tanner hatte Angst. Seit dem Tod ihres Mannes bewohnte sie alleine ihr kleines Reihenhaus. Bis vor einiger Zeit hatte sie ein Zimmer an einen Polizisten vermietet, aber nun hatte er geheiratet und war mit seiner jungen Frau in eine Wohnung gezogen. Auf ihre Bitte hin, hatte er eine abgetragene Uniformjacke und seine Polizeimütze dagelassen. Beides hing nun an der Garderobe und signalisierte jedem Eintretenden „Achtung! Hier ist die Polizei präsent!“ Sie verriet niemandem, dass sie jetzt alleine war, nicht einmal ihren Kindern, einer Tochter und einem Sohn, hatte sie es gesagt. Zwar hatte Bertram, ihr Sohn, dies schon vor einiger Zeit herausgefunden, Tochter Susanne aber war ahnungslos.

Mathilde war immer schon ängstlich gewesen. Die Balkontüre und die Fenster hatte sie mit schweren, abschließbaren Rollos ausstatten lassen. Selbstverständlich war die Haustür mit einer Sperrkette versehen, die sie jeden Abend anlegte. Sie wachte ängstlich nicht nur über ihre Hausschlüssel, sondern schloss alle Zimmer ab, sobald sie einen Raum verließ. Sie hatte immer einen Bund mit vielen Schlüsseln am Gürtel hängen, was ihre beiden Kinder mit Unverständnis und einem Lächeln quittierten.

Sie lebte sehr zurück gezogen und lud niemanden zu sich ein. Mit ihren Freundinnen traf sie sich viel lieber in einem Café, zum einen, weil sie Cafés liebte und zum anderen, weil sie sich so sicherer fühlte.

Immer wieder hatte es nachts bei ihr an der Wohnungstür geläutet. Sie war fest davon überzeugt, dass die Nachbarskinder sie ärgern wollten. „Ach, Mutter, die Kinder schlafen nachts", gab Susanne zu bedenken. „Sie sind schon fast erwachsen. Wenn sie dann vom Kino oder der Disco heimkommen, machen sie sich einen Spaß daraus, mich alte Frau zu ärgern!" konterte ihre Mutter. „Ich denke, die haben andere Dinge im Kopf, warum sollten sie dich ärgern?" „Nun, dann sind es vielleicht diebische Banden, die wissen wollen, ob ich zu Hause bin." „Dann lasse doch einfach ein Licht brennen. Licht bedeutet, dass jemand zu Hause ist und es wird keiner wagen, bei dir einzubrechen". „Sicher haben diese Diebe schon längst herausgefunden, dass ich hier alleine bin, was soll ich nur machen?" „Schaffe dir doch einen Hund an", war der Rat der Tochter. Aber einen Hund mochte Magdalena nicht um sich haben, sie konnte mit Tieren nichts anfangen. Die machten nur Mühe und Schmutz und das wollte sie sich in ihrem Alter nicht mehr antun.

Mathilde verschanzte sich immer wieder hinter ihrem Alter, dabei war sie gerade Mitte siebzig und sehr rüstig. Den ganzen Tag ging es treppauf, treppab, der Garten wurde von ihr gepflegt und die ganze Hausarbeit erledigte sie allein ohne Hilfe. Lediglich mit der veralteten Heizungsanlage kam sie nicht zurecht, aber dafür hatte sie ja ihren Nachbarn. Er kam regelmäßig und sah nach dem Rechten. Er versorgte nicht nur die Heizungsanlage, sondern erledigte auch kleinere Reparaturen, gegen einen Obolus natürlich. Sie war ihm dafür sehr dankbar, denn sie hatte nie gelernt, handwerkliche Arbeiten zu verrichten. Das war immer die Aufgabe ihres Mannes gewesen. Ja, sie vermisste ihn schon sehr!

In einer Nacht wachte sie auf. Was war das nur für ein seltsames Geräusch? Kratzte da jemand an der Kellertür? Es war warm und das Schlafzimmerfenster war geöffnet. Da die Kellertür schräg darunter war, konnte sie es ganz deutlich hören. Mathilde war keine besonders mutige Frau und sie zögerte, ans Fenster zu gehen und nachzusehen, am liebsten hätte sie sich unter der Bettdecke verkrochen. Zögernd stand sie auf, aber nur um das Fenster zu schließen und das Rollo ganz herunter zu lassen. Sie zitterte am ganzen Leib, waren hier Einbrecher am Werk? Voller Angst drehte sie auch noch den Schlüssel der Schlafzimmertür ab. Sie saß auf dem Bett und betete. Aber auch das Beten half ihr nicht weiter, die Angst blieb. Das Geräusch konnte sie durch das verriegelte Fenster nun nicht mehr hören.

So verharrte sie die ganze Nacht, ohne sich zu rühren. Sie starrte auf die Schlafzimmertür wie das Kaninchen auf die Schlange, stets bereit los zu schreien, sollte jemand in das Zimmer eindringen. Aber es drang niemand ein, im Haus blieb alles ruhig. Sie schaute immer wieder auf die Zeiger ihres Weckers auf dem Nachttischchen, doch die bewegten sich so langsam, dass die Zeit still zu stehen schien.

Endlich, es war inzwischen sieben Uhr, wagte sie aufzustehen. Sie zog das Rollo hoch und öffnete das Fenster. Köstlich kühle Luft zog in das Zimmer und verdrängte die schwüle, warme Luft. Sie sah hinaus, aber es war nichts zu sehen. Sie hörte, wie der Nachbar den Motor seines Autos startete und jemand rief einem anderen einen Morgengruß zu. Sie war sich nicht mehr sicher, hatte sie nun tatsächlich Geräusche gehört oder entsprang das alles nur einem Alptraum? Sie drehte den Schlüssel der Schlafzimmertür um und ging ins Bad, wo sie sich erst einmal Hände voll kalten Wassers ins Gesicht schüttete.

Nach dem Frühstück fühlte sie sich mutig genug, an der Kellertür nach Spuren zu suchen. Aber sie fand keine, keinerlei Kratzspuren waren zu sehen, die Tür war unbeschädigt. Sie rief ihre Tochter an und berichtete ihr. Doch diese lächelte ihre Angst weg: „Das war sicher nur eine Katze. Du brauchst wirklich keine Angst zu haben. Ruhe dich heute aus und du wirst sehen, dann ist die Welt wieder in Ordnung. Heute Abend komme ich zu dir und dann trinken wir ein Glas Wein zusammen."

Eine Katze. Vielleicht war es wirklich nur eine Katze gewesen. Die Nachbarn hatte eine große, graue mit dichtem Pelz. Es konnte tatsächlich so gewesen sein, dass die nur ins Haus wollte und sich in der Tür geirrt hatte.

In der darauffolgenden Nacht klingelte das Telefon. Mathilde sah blinzelnd auf den Wecker, es war Mitternacht. Sie nahm den Hörer ab, hörte aber nur noch das Zeichen, dass aufgelegt worden war. Sicher hatte sich jemand verwählt. Sie drehte sich auf die andere Seite und schlief sofort wieder ein.

Eine halbe Stunde später klingelte wieder das Telefon. Wieder war niemand am anderen Ende der Leitung. Alarmiert setzte sie sich auf: Wollte da jemand wissen, ob sie zu Hause war? Sofort war die Angst wieder da. Sie schlich die Treppe hinunter und schaute auf die Haustür. Aber die war verschlossen und der Schlüssel steckte, außerdem war die Sperrkette vorgelegt. Auch in den anderen Räumen war alles still. Die Fenster waren alle zu und die Rollos abgeschlossen. Sie mahnte sich selbst zur Ruhe, es konnte niemand im Haus sein. Trotzdem hatte sie ein beklommenes Gefühl. Auch in dieser Nacht konnte sie keine Ruhe finden.

Als die Nachbarin am Nachmittag im Garten hantierte, sprach Mathilde sie an und erzählte ihr von den nächtlichen Vorkommnissen. Die Nachbarin hörte ihr zwar zu, aber es war zu sehen, dass sie die ältere Dame nicht ernst nahm. Sie zerstreute deren Bedenken: „Frau Tanner, machen Sie sich darüber keine Gedanken. Nachts hört man manchmal etwas, was absolut nichts zu bedeuten hat. Das Läuten des Telefons war wahrscheinlich Teil eines Traumes und das Kratzen an der Kellertür kann alles Mögliche gewesen sein. Vergessen Sie es einfach. Machen Sie sich jetzt eine Tasse Kaffee und genießen Sie den schönen Sommertag!“

Kapitel 2

Der Sommer war heiß und schwül. Um wenigstens nachts ein wenig die kühlere Luft genießen zu können, hatte Magdalena trotz ihrer Angst das Fenster im Schlafzimmer gekippt und das Rollo nur halb heruntergezogen.

Plötzlich erwachte sie. Sie lauschte angestrengt und sie meinte leise Schritte auf dem Gartenweg zu hören. Sie stand auf und ging ans Fenster. Im Schatten der großen Tanne im Garten konnte sie einen Schatten ausmachen, das heißt, sie ahnte den Schatten mehr als dass sie ihn sah. Ganz vorsichtig bewegte sich die Gestalt zur Kellertür. Sie hörte ein leises Knirschen auf der kleinen Treppe, die zum Keller führte. Nein, das war keine Katze, das war ganz offensichtlich ein Mann. Und dann hörte sie wieder das Kratzen, das sie schon einige Tage zuvor gehört hatte. Sie griff zum Telefon und wählte die 110. Ein Beamter war sofort am Apparat und sie erzählte ihm, was sie gehört und gesehen hatte. „Bleiben Sie ganz ruhig. Es kommt sofort ein Streifenwagen bei Ihnen vorbei", beruhigte sie der Beamte.

Sie hatte zwar leise gesprochen, aber offenbar hatte der Mann es doch gehört. Sie hörte das Knarren der Gartentür, dann war alles ruhig. Ein paar Minuten klingelte es bei ihr und ein Polizist rief: „Bitte öffnen Sie, hier ist die Polizei." Sie ließ die beiden Beamten herein und erzählte ihnen das Wahrgenommene. Sie war sehr aufgeregt und brachte manches durcheinander. Sie ließ die beiden durch die Balkontür hinaus in den Garten. Nach einiger Zeit kamen sie wieder und erzählten, sie hätten den ganzen Garten abgesucht, ebenso wie die Nachbarschaft, aber niemanden gesehen.

Mathilde wusste nicht, was sie machen sollte. Die Polizisten dachten sicherlich, dass sie sei hysterisch, aber was sie gehört und gesehen hatte, war tatsächlich geschehen. Sie sah den beiden an, dass sie ihr nicht so recht glaubten. Eine alte Frau, die vor Angst zitterte, wer weiß, ob alles so war, wie sie es geschildert hatte. Vielleicht hatte sie nur einen Alptraum. Um sie zu beruhigen, versicherten sie, es sei wichtiger, die Polizei einmal zu früh als zu spät zu rufen. Sie rieten ihr, ein Glas warme Milch mit Honig zu trinken und sich wieder schlafen zu legen. Sie wünschten ihr eine gute Nacht und damit war der Einsatz beendet.

Trotz der warmen Milch mit Honig konnte sie nicht mehr einschlafen. Sie setzte sich ins Wohnzimmer und schaltete den Fernseher ein. Wenn der Einbrecher - was sonst konnte die dunkle Gestalt sonst vorgehabt haben als einzubrechen? - sah, dass jemand zu Hause und vor allen Dingen wach war, würde er es wohl nicht wagen, ins Haus einzudringen, das hoffte sie jedenfalls.

Gleich am nächsten Morgen rief sie ihre Tochter im Büro an und erzählte das Vorgefallene. Susanne war sehr besorgt und bot ihrer Mutter an, einige Nächte bei ihr zu wohnen. Aber Mathilde lehnte ab, nein, das gehe schon in Ordnung, meinte sie.

Ihrem Sohn Bertram musste sie das Geschehene natürlich auch berichten. Der war ziemlich mürrisch. Er hatte es gar nicht gern, wenn man ihn an seinem Arbeitsplatz anrief. „Stell dich doch nicht so an. Was gibt es denn schon bei dir zu holen? Da hat sich sicher ein Nachbar einen Scherz erlaubt. Musstest du deswegen gleich die Polizei rufen? Du machst dich doch nur lächerlich. Die halten dich für eine hysterische alte Frau und nehmen dich nicht ernst." Mathilde war enttäuscht, dass ihr Sohn so wenig Verständnis für sie hatte.

Am Abend kam Bertram bei seiner Mutter vorbei. Die hatte sich wieder etwas beruhigt, war aber immer noch davon überzeugt, dass jemand bei ihr einbrechen wollte. „Mutter, wenn du solche Angst hast allein in diesem Haus, warum ziehst du nicht in eine betreute Wohnung um? Ich habe mich erkundigt, da wird gerade ein sehr schönes Haus für ältere Menschen gebaut. Das wäre doch etwas für dich. Das Haus könntest du bestimmt gut verkaufen und ich würde dir dabei helfen." „Ich soll aus meinem Haus ausziehen?" Entrüstet sah sie ihren Sohn an. „In eine kleine Wohnung, umgeben von lauter alten Menschen! Nein, das mache ich ganz bestimmt nicht!" „Du musst dir das gut überlegen. Das bringt große Vorteile für dich: Du bist nicht mehr allein, dort sind viele andere Menschen, mit denen du dich anfreunden kannst und es ist immer etwas los, Kaffeenachmittage, Gedächtnistraining, Gymnastik, Lichtbildervorträge. Von Einsamkeit ist da keine Spur mehr und du wirst beschützt und behütet. Überlege es dir gut, ich halte das für einen ganz hervorragenden Gedanken und ich wäre beruhigt, weil ich dann weiß, dass es dir gut geht."

Als der Sohn gegangen war, saß Mathilde alleine im Wohnzimmer und dachte nach. Auf der einen Seite hatte er schon recht, aber sie war noch so rüstig. Sie hielt das Haus und den Garten ganz allein in Ordnung, sie brauchte keine Hilfe beim Einkaufen und so alt war sie nun doch noch nicht. Sie fühlte sich wohl in ihrem Haus und auch die Erinnerung an ihren verstorbenen Mann bestärkte sie. Sie beide hatten dieses Haus unter großen Entbehrungen zusammengebaut, es war ihrer beider großer Traum gewesen, ein eigenes Haus zu haben. Nein, die Sache mit dem betreuten Wohnen hatte noch Zeit, beschwichtigte sie sich selbst.

Kapitel 3

Bertram Tanner saß am Esstisch seines Hauses und studierte die Kontoauszüge während seiner Frau nebenan in der Küche hantierte. „Linda", rief er in die Küche, „komme bitte mal her!" Die wusste, was nun wieder kommen würde und antwortete: „Ich habe zu tun, das siehst du doch!" „Und ich habe mit dir zu reden!" Widerwillig setzte sie sich zu ihm an den Tisch. „Du hast ja wieder eingekauft wie ein Weltmeister! Ist dir klar, dass am nächsten Ersten die Hypothekenzinsen für unser Haus fällig werden? Das Konto ist schon wieder überzogen, wovon, bitte schön, soll ich die denn bezahlen?" Vorwurfsvoll sah er seine Frau an. Die zuckte mit den Schultern. „Bis dahin ist dein Gehalt auf dem Konto." „Und wovon sollen wir leben?" „Nun ja, jetzt mache bloß keinen Stress. Dann überziehen wir eben noch etwas mehr." „Hast du eine Ahnung, wie hoch die Überziehungszinsen sind? Ab sofort kaufen wir gemeinsam ein. So geht das einfach nicht weiter. Allein beim Metzger hast du am Freitag, warte mal", er sah auf dem Kontoauszug nach, „sechzig Euro ausgegeben, hier steht der Betrag, du hast mit der EC-Karte bezahlt. Und heute am Dienstag ist der ganze Kühlschrank leer. An wen verfütterst du eigentlich die ganze Wurst?" „Die war nicht mehr frisch und da habe ich sie in den Müll geworfen." „In den Müll? Bist du ganz von Sinnen? Du kaufst so eine große Menge ein und dann wirfst du alles auf den Müll? Ich glaube, ich spinne! Das muss aufhören! In Zukunft kaufst du nur noch die Menge ein, die wir auch tatsächlich essen!"

Er sah seine Frau wütend an. Die rutschte unruhig auf ihrem Stuhl hin und her, diese Strafpredigten kannte sie schon. Es machte ihr nun einmal Spaß, so richtig einzukaufen, er gönnte ihr auch überhaupt nichts. „Ich könnte ja arbeiten gehen“, schlug sie vor. „Und den Männern den Kopf verdrehen? Das hatten wir doch schon! Nichts da, du bleibst zu Hause. Hier gibt es genug zu tun!“

Im vorigen Jahr hatte sie bei einer Bäckerei zu arbeiten begonnen, die auch an ein paar Stehtischen Kaffee und andere Getränke anbot. Natürlich waren Männer gekommen, die in der Nähe arbeiteten und in ihrer Mittagspause etwas zu sich nehmen wollten. Sie hatte mit ihrer weißen Schürze sehr adrett ausgesehen und sie hatte die Gäste mit Freude und Freundlichkeit bedient. Ständig war ihr Mann aufgetaucht und hatte sie beobachtet. Jeden Abend war er vor Ladenschluss aufgetaucht und hatte sie nach getaner Arbeit abgeholt. Einmal war er dazu gekommen, wie sie mit einem Mann ein paar freundliche Worte austauschte. Bertram hatte ihr eine fürchterliche Szene gemacht und sie musste ihrer Chefin sofort ihre Kündigung überbringen. Schade! Ihr hatte die Arbeit gefallen und sie hatte ihr auch gutgetan. Das war endlich einmal etwas anderes gewesen, als ständig hinter Mann und Kindern herzuräumen und zu putzen. Auch hatte es ihr Vergnügen gemacht, eigenes Geld zu haben und nicht immer ihren Mann anbetteln zu müssen. Als Ausgleich dafür hatte Bertram ihr eine Vollmacht über sein Konto gegeben, was sie gerne nützte.

„Dann rede doch mit deiner Mutter. Die wohnt in einem schuldenfreien Haus und in ihrem Alter hat sie auch keine großen Ausgaben und Ansprüche mehr." Bertram sah seine Frau an und seufzte: „Das habe ich schon gemacht. Aber sie ist hartleibig. Sie meinte, sie hätte uns schon so oft geholfen und wer sich kein Haus leisten kann, sollte sich besser eine Wohnung mieten. Aber das ist doch keine Option! Und meine Schwester hat sie auch noch aufgestachelt. Die sagt immer: ‚Um glücklich zu sein braucht man kein Haus'. Unser Haus wird zwangsversteigert, wenn wir nicht bezahlen! Verstehst du das denn nicht?" „Zwangsversteigert?" „Ja, so nennt man das, das machen die Banken, wenn man mit den Hypothekenzinsen im Verzug ist!"

Bertram musterte seine Frau. Kapierte die überhaupt etwas? Seit Jahren ging das nun schon so, er plagte sich ab und sie gab das Geld mit vollen Händen aus. Die Schränke quollen über von all dem überflüssigen Zeug, das sie ständig anschleppte. Billige T-Shirts für die Kinder, die nach einigen Wäschen nur noch Putzlumpen waren und Hosen, die nach einer Woche schon Löcher aufwiesen! Wenn sie vernünftige, nachhaltige Sachen kaufen würde, hätten sie eine Menge Geld gespart. Aber sie war immer auf der Jagd nach vermeintlichen Schnäppchen.

Zu Mutters Reihenhaus gehörte doch eine Garage, überlegte er. Aber Mutter hatte ja gar kein Auto, wozu brauchte sie dann eine Garage? Ja, sie hatte sie an den Nachbarn vermietet, für wenig Geld versteht sich, denn er half ihr ja auch immer wieder. Aber vielleicht wäre dieser Mann ja daran interessiert, die Garage zu kaufen? Er konnte sich vorstellen, dass seine Mutter diesem Vorschlag zustimmen würde. Der Nachbar hatte genügend Geld, so dass er sofort bezahlen könnte. Damit wären seine Geldsorgen bis zum nächsten Quartal gelöst, vielleicht auch noch ein bisschen länger. In Zukunft würde er allerdings seine Frau kontrollieren, ob ihr das nun gefiel oder nicht.

Am nächsten Tag sprach Bertram mit seiner Mutter. Er schilderte ihr seine prekäre Lage so anschaulich wie möglich. Sie erinnerte sich, wie es ihr und ihrem Mann in den ersten Jahren nach dem Hausbau ergangen war und willigte schließlich ein, die Garage ihrem Nachbarn zum Kauf anzubieten.

In Anwesenheit ihres Sohnes rief sie diesen an und bat ihn, auf einen Sprung herüberzukommen. Es dauerte nicht lange und der Mann gesellte sich zu den beiden. Zuerst sah er seine Nachbarin erstaunt an, willigte dann aber in den Kauf ein. Für ihn war das ein Glücksfall, das wertete sein Haus auf. Ein Haus mit Garage hatte einen anderen Preis als ein Haus alleine. Parkplätze waren rar und in einer Garage war sein Auto besser aufgehoben als auf der Straße. Im Winter musste er nicht mehr jeden Morgen Eis kratzen und Schnee wegräumen und im Sommer wurde es nicht so aufgeheizt, das waren Vorteile, die man beachten musste. Sie vereinbarten den Preis von viertausend Euro und er bot an, einen Termin beim Notar zu machen. Das Geld könnte er sofort zahlen, so viel Vertrauen hatte er schon. Bertram war erleichtert, jetzt hatte er wieder ein bisschen Luft.

Als der Verkauf abgeschlossen war, sagte Mathilde zu ihrem Sohn: „Hast du bedacht, dass die Hälfte des Geldes deiner Schwester zusteht?“ Bertram sah sie an: „Die braucht doch das Geld gar nicht und außerdem muss sie davon gar nichts erfahren.“ „Nein, da mache ich nicht mit. Deine Schwester hat das gleiche Recht wie du. Aber du kannst ja zu ihr gehen und mit ihr reden. Vielleicht leiht sie es dir ja.“ Damit war er überhaupt nicht einverstanden, er war der Sohn und hatte somit mehr Rechte. Aber seine Mutter blieb hart, entweder gab er seiner Schwester die Hälfte oder er musste mit ihr reden.

Was blieb ihm also anders übrig? Er rief seine Schwester an und kündigte seinen Besuch an. Als sich die Geschwister gegenübersaßen, berichtete er von seinen Geldsorgen und dem Verkauf der Garage. Susanne war nicht begeistert. „War das wirklich nötig? Es war doch eine schöne Nebeneinnahme für unsere Mutter. Ihre Rente ist niedrig genug.“ „Soll mein Haus zwangsversteigert werden?“ gab Bertram zu bedenken. „Warum kannst du nicht wie andere Menschen auch monatlich bezahlen. Dann ist der Betrag nicht so hoch, betrachte es einfach als Miete, die wird am Anfang eines jeden Monats fällig“. Er hatte überhaupt keine Lust, über seine finanziellen Angelegenheiten mit ihr zu sprechen und winkte ab. „Das dürfte meine Sache sein. Ich habe meine Gründe.“

Bertram sah sich im Wohnzimmer seiner Schwester um. Es war sehr dürftig eingerichtet, eher spartanisch. In einigen Möbelstücken erkannte er Teile ihres einstigen Jungendzimmers, die sie abgeschliffen und schwarz angestrichen hatte. Im Geiste sah er seine teure, blaue Lederwohnlandschaft und verglich sie mit dem ziemlich abgewetzten Sofa, das in einer Ecke stand. Den Couchtisch hatte sie auf dem Flohmarkt erworben, ebenso wie einen alten, mit Leder bezogenen Stuhl, der allerdings schöne Schnitzeren hatte. Trotz allem strahlte das Zimmer eine Gemütlichkeit aus, das seinem üppig eingerichteten Wohnzimmer fehlte. Geschmack hatte sie, dass musste man ihr lassen.

Nach langem hin und her verzichtete die Schwester darauf, ihren Anteil sofort zu erhalten. „Wenn du so dringend Geld brauchst, dann nimm es eben. Aber ich möchte, dass du es mir irgendwann zurückzahlst. Das möchte ich schriftlich haben, damit es nicht in Vergessenheit gerät.“ Bertram hätte die Rückzahlung nur zu gerne vergessen, aber immerhin hatte er sein Ziel erreicht.

Kapitel 4

An einem der nächsten Sonntage besuchten Bertram und Linda ihre Mutter. Als sie die Tür öffnete, machte sie auf Sohn und Schwiegertochter einen beschwingten und fröhlichen Eindruck. „Kommt herein, ich habe Besuch“, begrüßte sie die beiden und führte sie ins Wohnzimmer. Da saß ein älterer Herr am hübsch eingedeckten Tisch und sah die beiden erwartungsvoll an. „Darf ich vorstellen? Dies sind meine Schwiegertochter und mein Sohn und dies ist Herr Reimann.“ Bertrams Gesicht verdüsterte sich, hatte Mutter etwa einen Freund? Die Sache gefiel ihm nicht, er musste herausfinden, was das sollte.

Mathilde, Herr Reimann und Linda unterhielten sich unbefangen, Bertram dagegen schwieg verbissen. Er war froh, als der Mann sich endlich verabschiedete. Kaum hatte sich seine Mutter wieder an den Tisch gesetzt, wollte er sofort wissen, wer das ist. „Ich kenne die Reimanns schon lange. Vor einem Jahr starb die Frau ganz plötzlich und er trauerte sehr. Nun hat er sich wieder etwas von dem Schlag erholt. Wenn wir uns sehen, reden wir miteinander, und nun habe ich ihn zum Kaffee eingeladen. Aber ich denke, ich bin dir keine Rechenschaft schuldig. Außerdem hättest du schon etwas freundlicher zu ihm sein können.“

Bertram schwieg, er musste mit seiner Schwester reden. Bestimmt wusste die mehr, ihr Verhältnis zur Mutter war wesentlich herzlicher als das seine.

Er war froh, sie zu Hause anzutreffen. Sie bot ihm einen Kaffee und ein paar Kekse an. Sofort zündete er sich eine Zigarette an. „Weißt du, dass Mutter einen Freund hat?“ fiel er gleich mit der Tür ins Haus. „Freund ist nicht das richtige Wort. Herr Reimann verehrt unsere Mutter und ich denke, sie mag ihn auch. Er ist ein netter Mann und erinnert mich sehr an unseren verstorbenen Vater.“ „In ihrem Alter! Das ist doch pervers!“ „Mein lieber Bruder, pervers sind deine Gedanken! Ich finde es schön, dass sie zusammen Kaffee trinken. Mutter ist immer so allein und ich weiß, dass sie darunter leidet.“ Bertram brauste auf: „Was heißt denn hier allein, sie hat mich, meine Frau und ihre Enkel und dich natürlich auch“, fügte er schnell hinzu, als er ihre hochgezogene Augenbraue bemerkte. „So. Und wie oft besuchst du sie? Einmal im Monat und wenn du etwas von ihr willst. Meinst du, das genügt, um die Einsamkeit zu vertreiben? Sie hat ein Recht auf ihr eigenes Leben, genauso wie du und sie muss dir keine Rechenschaft abgeben.“ Bertram zog heftig an seiner Zigarette, dann drückte er sie im bereit gestellten Aschenbecher aus und zündete sich sofort eine neue an. „Vielleicht kommt sie auch noch auf die Idee, diesen Herrn Reimann zu heiraten. Und was wird dann aus unserem Erbe? Dann gehört alles ihm!“ „Rede doch keinen Blödsinn! Er hat selbst ein Haus, ein großes Haus, der braucht kein kleines Reihenhaus. Bertram, ich verstehe dich nicht. Gönne doch unserer Mutter diese Bekanntschaft, es hält sie jung und tut ihr sichtlich gut. Bitte halte dich zurück.“ „Nein, das werde ich ganz bestimmt nicht tun. Sollte sie ihn heiraten, so lasse ich sie entmündigen!“ Seine Schwester sog hörbar die Luft ein und schüttelte den Kopf. „Mache dich doch nicht lächerlich! Kein Richter dieser Welt würde sie einer Heirat wegen entmündigen. Bitte, lasse uns das Thema wechseln, das führt zu nichts."

Aber Bertram hatte genug. Seine Schwester war einfach blind und dumm obendrein. Er fühlte, dass sein Erbe in Gefahr war, das ließ er nicht zu. Er wollte das Gedächtnis seines Vaters in Ehren halten, das war seine Entschuldigung für sein Verhalten, außerdem fühlte er sich als das Oberhaupt der Familie, das musste auch seine Mutter das akzeptieren. Diese Weiber, die steckten doch alle unter einer Decke! Eine Romanze mit Mitte siebzig, da lachen doch die Hühner! Kopfschüttelnd stieg er ins Auto und machte sich auf den Heimweg.

Aber das Thema Erbe ließ ihn nicht los. Er sollte einen Anwalt konsultieren. Damals bei Vaters Tod hatte er auf seinen Pflichtteil verzichtet. Das Geld hätte er schon gerne gehabt, aber wenn er sich hätte auszahlen lassen, wäre er beim Tod der Mutter leer ausgegangen und seine Schwester hätte alles bekommen. Vater und Mutter hatten es so in ihrem gemeinsamen Testament vereinbart, deshalb hatte er sich damit abgefunden. Aber dass nun ein anderer Mann auftauchte, der eventuell auch Anspruch erheben könnte, das gefiel ihm ganz und gar nicht. Was konnte er dagegen tun?

Kapitel 5

Mathilde war froh, dass Bertram nun von ihrer Freundschaft mit Herrn Reimann wusste. Er hatte nicht gut reagiert, aber das hatte sie schon geahnt und weder ihm noch seiner geschwätzigen Frau vorher davon erzählt. Sie hatte darauf gehofft, dass Herr Reimanns positive Ausstrahlung siegen würde. Ihre Tochter hatte allerdings etwas geahnt. Auf einem gemeinsamen Spaziergang waren sie ihm begegnet und sie hatte die beiden miteinander bekannt gemacht. Dabei war Mathilde errötet wie ein junges Mädchen und ihre Tochter hatte dazu gelächelt.

Es dauerte nicht lange und die nächtlichen Störungen fingen wieder an. Nachts wurde wieder an der Haustür geläutet, das Telefon klingelte, aber es wurde sofort aufgelegt, wenn sie sich meldete. Jedes Mal bekam sie Herzrasen, denn sie glaubte, irgendetwas Schreckliches sei passiert.

Auch das Kratzen an der Kellertür fing wieder an und sie hatte nachts wiederholt die Polizei gerufen. Leider hatten die Streifenpolizisten keine Spuren weder eines Einbrechers noch eines Witzboldes gefunden. Die Beamten glaubten inzwischen, jemand wollte der alten Dame einen Streich spielen. Vielleicht hatte sie ja Feinde in der Nachbarschaft, das kam häufig vor.

Einer der Polizisten traf am Kaffeeautomaten der Wache den Leiter der Polizeistelle, Kommissar Frank Hagenlocher. Sie standen beide mit ihrem Becher in der Hand in der kleinen Teeküche und der Kommissar fragte, was so anliegen würde.

Irgendwie kam das Gespräch auf die alte Dame, die offenbar aus Angst vor Einbrechern schon mehrmals nachts die Polizei angefordert hatte. Hagenlocher wollte Einzelheiten wissen und nahm den Beamten mit in sein Büro. Der berichtete nochmals ausführlich über die Geschehnisse. Nach seiner Meinung befragt, erklärte er: „Die alte Dame ist ängstlich, das kann man so sagen. Aber sie hat ihre Sinne noch durchaus im Griff. Sie ist nicht geistig verwirrt und kann sich vernünftig artikulieren. Irgendwie gefällt mir die Geschichte nicht, ich habe einfach ein merkwürdiges Gefühl. Aber wir können nicht jede Nacht vor ihrem Haus stehen und aufpassen, dazu fehlt einfach das Personal.“

Der Kommissar machte sich Notizen. Er überlegte, ob er sich nicht selbst einmal ein Bild machen sollte. Wenn die Frau sich das nicht einbildete, wie der Kollege gemeint hatte, musste es einen realen Hintergrund geben. Einen Scherz erlaubte sich ein Nachbar ein oder höchstens zweimal, aber nicht fast in jeder Nacht. Irgendetwas steckte dahinter und das würde er herauskriegen.

Kapitel 6

Frank Hagenlocher verabredete mit Mathilde einen Termin. Die war froh, einmal mit jemandem Kompetenten über die Vorkommnisse sprechen zu können. Sie war inzwischen nervlich angeschlagen, bei jedem Läuten der Haustürglocke oder des Telefons zuckte sie zusammen und nachts konnte sie vor lauter Angst nicht mehr schlafen. Tiefe Ringe hatten sich unter ihren Augen eingegraben und sie war mager geworden. Sie hatte sich Schlaftabletten besorgt, aber genommen hatte sie bisher keine, zu groß war ihre Angst, im Schlaf überwältigt zu werden.

Bei Kaffee und Keksen schüttete dann Magdalena dem Kommissar ihr Herz aus und berichtete alles sehr detailliert. Er fragte auch nach ihren Kindern und in welchen Verhältnissen sie lebten. Insbesondere der Sohn interessierte ihn. Er erfuhr, dass er bei einem großen Konzern im Schichtbetrieb arbeitete und offenbar Geldsorgen hatte. Mathilde bemerkte bei den geschickt gestellten Fragen gar nicht, dass der Beamte sie aushorchte. Sie erzählte alles freimütig. Beim Hinausgehen fielen ihm die Polizeiuniformjacke und die Mütze auf, die an der Garderobe hingen. „Wohnt bei Ihnen im Haus ein Polizist?“, wollte er wissen. Mathilde errötete, es war ihr peinlich, aber sie gab trotzdem zu: „Schon lange nicht mehr. Ein Polizist hat einige Zeit bei mir gewohnt, aber als er heiratete, bezog er mit seiner Frau natürlich eine eigene Wohnung. Ich hatte ihn gebeten, einen Teil seiner Uniform hier hängen zu lassen, zur

Abschreckung sozusagen." „Wer weiß, dass der Polizist nicht mehr bei Ihnen wohnt?"

„Mein Sohn weiß es, meine Tochter nicht. Ich wollte es ihr nicht sagen, damit sie nicht auf die Idee kommt, bei mir einziehen zu wollen. Sie macht sich Sorgen und hat es schon mehrmals angeboten. Aber ich will selbstständig bleiben und ich möchte sie auch nicht ständig um mich haben."

Der Kommissar bedankte sich für den Kaffee und verabschiedete sich. Das Gespräch hatte ihn nachdenklich gemacht. Genau wie sein Kollege vom Streifendienst hatte auch er ein merkwürdiges Gefühl. Irgendetwas stimmte da nicht. Frau Tanner hatte auf ihn einen wachen und vernünftigen Eindruck gemacht, sie war nicht senil und eine überbordende Phantasie schien sie auch nicht zu haben. Ihre Angst jedoch war echt und, so glaubte er, auch berechtigt. Da wollte ihr jemand Böses, es fragte sich nur, wer. Jemand wollte sie so ängstigen, dass sie entweder auszog und ins betreute Wohnen ging, wie ihr Sohn es vorgeschlagen hatte, oder erreichen, dass sie gesundheitlichen Schaden erlitt.

Einige Tage später lag eine Notiz auf seinem Schreibtisch. Sie stammte von einem der Streifenpolizisten, die der Kommissar beauftragt hatte, öfter aufmerksam durch die Straße zu fahren, in der Frau Tanner wohnte. Auf dem Zettel stand, dass ein Mann beobachtet wurde, wie er die Straße überquerte und in ein Auto stieg. Bei der Halterüberprüfung wurde festgestellt, dass es sich um Bertram Tanner handelte. Was hatte der Sohn nachts bei seiner Mutter zu suchen? Vielleicht hatte sie ihn um Hilfe gebeten, das war durchaus im Bereich des Möglichen, oder sollte er Böses im Schilde führen?

Die Streifenbeamten wollten nicht eingreifen, Hagenlocher hatte ihnen aufgetragen, nur zu beobachten.

Kapitel 7

Einige Tag blätterte Frank Hagenlocher morgens im Büro in der Zeitung während er seinen Kaffee trank. Besonders interessierten ihn immer die Todesanzeigen. Er konnte kaum fassen, was er da las: Es war die Todesanzeige von Magdalena Tanner. Sie war laut Anzeige ganz plötzlich verstorben, in tiefer Trauer unter anderen Bertram Tanner mit Familie.

Der Kommissar ließ es sich nicht nehmen, auf der Trauerfeier dabei zu sein. Es waren viele Menschen gekommen, um Mathilde die letzte Ehre zu erweisen. Er sprach eine neben ihm stehende Frau an und fragte sie, woran Frau Tanner so plötzlich und unerwartet gestorben sei. Sie sah ihn an und berichtete: „Es war ein Schlaganfall. Sie wurde noch mit dem Krankenwagen und Blaulicht ins Krankenhaus gebracht. Drei Tage war sie auf der Intensivstation, sie wurde an ein Beatmungsgerät angeschlossen, aber es war nichts mehr zu machen. Aber vielleicht war es besser so, wenn sie am Leben geblieben wäre, wäre sie ein totaler Pflegefall geworden und das hätte sie bestimmt nicht gewollt. Wir waren befreundet, ich vermisse sie sehr."

Hagenlocher beobachtete die Trauergäste. Der Tochter sah er die Trauer an, trotz der Sonnenbrille konnte sie ihre Tränen nicht verbergen, die über ihre Wangen kullerten. Linda Tanner dagegen ließ die Trauerfeier kalt. Sie hatte sich so richtig heraus geputzt und schaute sich um, sie wollte ja schließlich gesehen werden. Ihre Nicht-Trauer verbarg sie hinter einem Taschentuch, mit dem sie sich immer wieder die Augen betupfte.

Ihr Mann Bertram dagegen gab sich nicht einmal den Anschein einer Trauer. Er stolzierte groß und breit hinter dem Sarg her, seine Frau an der Hand haltend. Auf Frank Hagenlocher machte er den Eindruck eines Katers, der soeben eine fette Beute gemacht hatte.

Hagenlocher hätte ihn am liebsten festgenommen, denn er war sicher, dass er hinter den nächtlichen Attacken stand, aber er hatte keine Handhabe, man konnte Bertram Tanner nichts nachweisen.

Er sah auch den alten Herrn, der minutenlang ins Grab starrte und dann eine mitgebrachte rote Rose auf den Sarg fallen ließ, während ihm die Tränen über die Wangen liefen.

Der Kunstraub

Kapitel 1

Gut gelaunt betrat Alfred Handke die Cafeteria der Seniorenresidenz. „Guten Morgen, Mädels“, begrüßte er die schon anwesenden vier älteren Damen. Dann begrüßte er jede einzelne mit einer freundschaftlichen Umarmung. An seinem Lieblingsplatz, einem Tisch umstanden von den Tischen der Damen, packte er seine Malutensilien aus. Alles wurde säuberlich bereitgelegt, die Pinsel, der Wasserbehälter, die Aquarellfarben, Tuschestifte und etliche Malblöcke. Alfred malte immer schnell, eigentlich zeichnete er und kolorierte dann seine Zeichnungen. Seine Bilder zeigten fast immer Frauen, mal mehr, mal etwas weniger bekleidet. Männer waren ab und zu auch dabei, aber immer selten.

Er zückte sein Smartphone: „Seht, meine neuesten Bilder!“ Sogleich versammelten sich seine Malfreundinnen um ihn. „Ich habe wieder unglaublich viele Links und Likes auf Instagram erhalten. Und hier, meine Cloud wurde auch mindestens dreißig Mal angeklickt.“ Stolz blickte er in die Runde und die Damen blickten ehrfürchtig zu ihm auf.

Alfred war ein gutaussehender und stattlicher Mittsiebziger. Er war sehr von sich überzeugt, wenn jemand sich dazu hinreißen ließ, ihn mit Picasso zu vergleichen, lächelte er stolz und tat etwas verlegen: „Ach, der war schon noch besser als ich.“ Er tat zwar bescheiden, aber insgeheim war er sehr geschmeichelt und überzeugt, dass er durchaus mit dem berühmten Maler mithalten konnte.

Die Damen der Malrunde waren Maria, eine zarte, jugendlich wirkende Achtzigerin, Gilla, ebenfalls zierlich, sehr christlich und engagiert, Hanna, eine begeisterte Malerin, die sich ebenfalls auf Portraits spezialisiert hatte und Erika, die lieber still vergnügt vor sich hinpinselte, am liebten Südseeimpressionen. Sie malte das Meer, den südlichen Himmel und Palmen, weil sie nicht mehr dorthin konnte, da sie gesundheitlich angeschlagen war.

Die Residenz war ein großes, neuerbautes Haus mit betreuten Wohnungen. Maria und Gilla wohnten dort und fühlten sich sehr wohl. Alfred hatte sich mit seiner Frau Renate auf die Warteliste setzen lassen. Es war ein sehr gut geführtes Haus mit allem, was älteren Menschen das Leben erleichtert: Einer Krankenschwester, einem Hausmeister, Aufzug, Tiefgarage, Fitnessraum, einem Büro, das meistens besetzt war, und in dem man alles, was man auf dem Herzen hatte, loswerden konnte. Alles war sehr sauber und behindertengerecht, ein Haus zum Wohlfühlen.

Eine Ausstellung war in der Cafeteria geplant und es wurde lautstark diskutiert. Zunächst mussten einmal Hängeschienen eingekauft und montiert werden, natürlich durften auch Nylonseile und Haken nicht vergessen werden. Die Ausgaben wurden geschätzt und die Dame vom Empfang dazu gebeten. „Ich werde das mit der Geschäftsführung besprechen, das dürfte kein Problem sein, schließlich hält sich der Betrag für die Anlage in Grenzen." Aufgeregt wurde noch lange diskutiert, Bewohner der Residenz kamen hinzu und mischten eifrig mit. Es wurde beschlossen, dass in der folgenden Woche alle einige Bilder, gerahmt selbstverständlich, mitbringen sollten. Dann wollten alle entscheiden, welche aufgehängt werden sollten.

Hinterher tranken alle noch eine Tasse Kaffee aus dem Automaten und sie waren sich einig, dass das wirklich ein Ereignis werden würde, das alle Residenzbewohner begrüßen und, natürlich, bewundern würden. Alfred war davon überzeugt, dass seine Bilder herausstechen würden und die meiste Bewunderung finden würden. In Gedanken ging er seine Werke durch, die gemalten Damen durften nicht zu spärlich bekleidet sein und Akte schieden ganz aus, das würde bei den Bewohnern nicht gut ankommen. Schließlich waren es alle ältere Herrschaften. Er hatte ein ganz besonderes Bild im Auge, eine Lady, die ihr Bild in einem Spiegel bewunderte, mit schwarzen, wallenden Locken und in ein knallrotes Negligé gekleidet, eher einem Hauch von Negligé, ein Bild, das im Internet besonders gut abgeschnitten hatte.

In der darauf folgenden Woche traf sich die Gruppe wieder. Alle hatten einige ihrer Werke mitgebracht, schön gerahmt und mit Passepatout versehen. Eine heftige Diskussion begann nun über die Aufhängung der Bilder. Alfred setzte sich durch mit seiner

‚Petersburger Hängung'. Erika fragte sich, was das wohl bedeuten würde, sie kannte nur eine Aufhängung, wie sie in Galerien und Museen gemacht wurde, nämlich alle in einer geraden Linie, vorzugsweise bildeten alle Bilder oben eine Linie. Alle außer ihr beteiligten sich daran, Hängeseile und Haken zu verschieben, zu verkürzen oder länger zu machen und vor allen Dingen jeden Handgriff lautstark zu dokumentieren. Endlich hingen sie da, die Kunstwerke. Alfreds Erzeugnisse natürlich alle an exponierter Stelle. Der Blick eines jeden Eintretenden fiel sofort auf seine Damen. Alfred musterte seine Werke aus allen Richtungen und war sehr zufrieden, wirklich, Picasso würde vor Neid erblassen, wenn der sie sehen könnte.

Erika genoss in aller Ruhe die sich ihre bietende Szene und stellte sich Alfred als Gockel und die Damen als Hühner vor. Zu diesem Eindruck trug auch das lautstarke Geschnatter bei. Die Dame vom Empfang wurde hinzugeholt, damit sie die mit Bildern behängte Wand ebenfalls begutachten und bewundern konnte. Letzteres war Alfred ungemein wichtig, er war der uneingeschränkte und verehrte Held des Hühnerstalls. Dann tauchte auch noch eine Dame der Hausleitung auf und das Geschnatter erreichte ungeahnte Heftigkeit und Höhen. Die Stimmen überschlugen sich förmlich. Alfred überragte alle und erteilte wohlwollend Unterricht, seine Augen strahlten und ab und zu fuhr er sich durch die graumelierten Locken.

Irgendwann wurden alle müde, die Beine machten sich bemerkbar und die allgemeine Begeisterung ebbte etwas ab und die Maler setzten sich erschöpft, sie waren eben nicht mehr die Jüngsten. Von der Hausleitung wurde Sekt gebracht und auf das gelungene Meisterwerk angestoßen. Alfred verkündete lautstark, dass er mit seiner Angetrauten Renate eine Rundreise durch die Slowakei machen würde und er erst in zwei Wochen wieder zur Malstunde kommen würde. Er erzählte, dass er Fotos machen wollte, hauptsächlich würde er Menschen fotografieren und anschließend gedachte er, eine Ausstellung zu arrangieren und einen Diavortrag halten zu wollen. Die Dame der Hausleitung sah ihn bewundernd an, was war das doch für ein Glück, einen solchen unternehmungslustigen Mann demnächst im Haus zu haben.

Irgendwann beruhigten sich dann die Gemüter wieder und als alle gegangen waren, besah sich Erika die verschönerte Wand. Na ja, die ‚Petersburger Hängung' sah ja ganz ordentlich aus, aber an den Bildern hatte sie schon das eine oder andere auszusetzen. Die Perspektive stimmte nicht immer und auch die abgebildeten Damen auf Alfreds Bildern sahen sich einigermaßen ähnlich. Wenn er so gerne malte, warum konnte er nicht endlich einmal zeichnen lernen? Hände und Füße als Klumpen zu malen, gefiel ihr nicht. Aber was soll's, das ist eben sein Stil, meine Südseeimpressionen mögen die anderen auch nicht, dachte sie bei sich, und packte ihre Sachen zusammen. Jetzt wollte sie ihre Ruhe haben, der ganze Rummel war doch recht anstrengend gewesen.

Kapitel 2

Frohgemut und voller Tatendrang betrat Alfred nach seiner Urlaubsreise die Cafeteria. Seine Malerfreundinnen waren schon anwesend und musterten ihn erwartungsvoll. Sein erster Blick galt der Wand mit den Bildern. Plötzlich stand er wie zur Salzsäule erstarrt da und sein Blick wurde eisig. Was war denn das? Ein Bild – sein Bild – fehlte. Es hingen nur noch fünf Bilder da und keine sechs. Wo war das sechste? Die Damen folgten seinem Blick verständnislos. Was hatte er so plötzlich? „Wo ist mein Bild mit der Lady vor dem Spiegel?“ Seine Stimme klang besorgniserregend schrill. Alle Augen wandten sich nun der Wand zu, tatsächlich, da hingen nur noch fünf Bilder. Alfred baute sich vor den Damen auf: „Habt ihr das nicht bemerkt? Seid ihr blind?“ Maria gestand kleinlaut: „Entschuldige, wir haben es bis jetzt nicht bemerkt.“ „Wenn eines eurer Bilder fehlen würde, hättet ihr Zeter und Mordio geschrien, aber bei meinen Bildern ist es euch völlig gleichgültig!“ Zornig funkelten seine Augen die Malerinnen nacheinander an, dann drehte er sich um und marschierte zu der Dame im Empfangsbüro. Auch diese war völlig überrascht. „Mir ist nichts aufgefallen, ich weiß beim besten Willen nicht, was passiert ist und wie das geschehen konnte.“ „Wozu sitzen Sie denn den ganzen Tag hier in Ihrem Büro, wenn Ihnen nichts auffällt?“ Alfred Stimme wurde laut und schraubte sich in die Höhe. „Ich bitte Sie, Herrn Handke, bleiben Sie ruhig. Das wird sich aufklären, ich werde dafür sorgen. Außerdem scheint es Ihnen entgangen zu sein, dass ich eine ganze Menge Arbeit habe, ich bin nicht die Wächterin über Ihre Bilder.“ „Muss ich mir eine solche Unverschämtheit gefallen lassen? Da werden Bilder – meine Bilder – gestohlen und Sie merken das nicht? Da kommt jemand daher, nimmt mein Bild von der Wand und trägt es weg und Sie bemerken das nicht?“ Sein Gesicht war inzwischen hochrot geworden. Gilla, die Mutigste der Malerinnen, trat zu ihm. „Alfred, ich bitte dich, beruhige dich. Wir möchten doch nicht, dass du einen Herzinfarkt bekommst. Ich werde alle Bewohner befragen, bestimmt ist jemand etwas aufgefallen. Vielleicht gibt es aber auch eine ganz einfache Erklärung, das Bild muss ja nicht unbedingt gestohlen worden sein.“ Alfred atmete schwer: „Ich wurde Opfer eines Raubes, eines Kunstraubes! Ich werde sofort die Hausleitung informieren, die werden doch bestimmt eine Versicherung haben.“

Zwei Stufen auf einmal nehmend rannte er zum Büro der Hausleitung. Er war so aufgeregt, dass er nicht anklopfte, sondern einfach die Tür aufriss. Erstaunt sah ihn der Leiter an. Er führte gerade ein Telefongespräch und war über die Unterbrechung absolut nicht erfreut. „Bitte warten Sie einen Augenblick. Ich bin sofort für Sie da. Ich ...“ „Ich will Sie sofort sprechen, was gibt es Dringenderes als einen Raub aufzuklären?“ Erschrocken wandte sich der Leiter seinem Gesprächspartner am Telefon zu. „Ich rufe Sie zurück. Ich muss hier etwas klären.“ Damit legte er den Hörer auf. „Bitte, Herr Handke, beruhigen Sie sich und bitte setzen sich“, mit einer Handbewegung deutete er auf den Stuhl gegenüber seinem Schreibtisch. Empört schnaubend ließ sich Alfred auf dem Stuhl nieder und legte sofort los: „Eines meiner Bilder in der Cafeteria wurde gestohlen. Es ist weg, einfach weg. Ich hoffe, das Haus ist versichert. Es war eines meiner besten Bilder, im Internet hatte ich viele Klicks und gute Kritiken." „Ich werde der Sache nachgehen. Bis jetzt wurde hier in diesem Haus noch nie etwas gestohlen. Ich kann mir einfach nicht vorstellen, dass jemand Ihr Bild von der Wand genommen hat, nein, nein, das ist unvorstellbar, da muss es eine andere Erklärung geben." „Ich ersuche Sie, die Polizei einzuschalten. Ja, das ist ein Fall für die Kriminalpolizei!" „Herr Handke, ich bitte Sie, die Polizei war noch nie in diesem Haus! Was bekommen die Bewohner denn da für einen Eindruck, wenn die Polizei hier Ermittlungen anstellt. Ich kümmere mich darum, das verspreche ich Ihnen. Und nun bitte ich um Entschuldigung, ich muss dringend ein Telefongespräch führen und dann habe ich einen Termin in der Sozialstation, eine Besprechung, die ich nicht versäumen kann." Er erhob sich und reichte Alfred die Hand, die dieser geflissentlich übersah. „Ich sehe schon, die Angelegenheit ist bei Ihnen in besten Händen!" meinte der sarkastisch, stand auf und verließ das Büro ohne Gruß.

Als er in die Cafeteria zurückkam, hatte Hanna ihm schon eine Tasse Kaffee aus dem Kaffeeautomaten geholt und stellte sie an seinen Platz. „Bitte, Alfred, wir sind alle sehr betroffen und fühlen mit dir. Bitte, lass uns in aller Ruhe überlegen, was geschehen sein kann." Er setzte sich und trank den Kaffee in kleinen Schlucken. „Der Leiter wird nichts unternehmen, da schließe ich jede Wette darauf ab. Ich werde das selbst in die Hand nehmen. Und ihr, ihr habt wirklich nichts gesehen und bemerkt?" Inquisitorisch blickte der die Damen an. Alle sahen ihn mit großen Augen an und versicherten ihm, dass sie keinerlei Vorstellungen von dem Vorfall hätten. Kopfschüttelnd sah er sie an: „Das wäre ja wohl auch zu viel verlangt. Ihr interessiert euch doch nur für euch selbst, alles andere geht an euch vorbei.“ Dann stand er auf, packte seine Tasche mit den Malsachen und verließ den Raum.

Er verstaute seine Tasche im Kofferraum, dann setzte er sich in sein Auto und dachte nach. Er musste etwas unternehmen. Fragte sich nur was. Er atmete tief durch. Ja, er würde zur Polizei gehen und den Diebstahl zur Anzeige bringen.

Kapitel 3

Für Alfred war es klar, sein Bild war gestohlen worden. Etwas anderes konnte er sich nicht vorstellen. Der Diebstahl war sorgfältig geplant worden. Das Bild war abgehängt worden, die anderen Bilder wurden so arrangiert, dass das Fehlen eines Bildes nicht sofort ins Auge fiel. Wo vorher sechs Bilder hingen, waren es nunmehr nur noch fünf. Seine Malfreundinnen hatten nichts bemerkt, was für ihn nicht verwunderlich war, die registrierten doch nur ihre eigenen Machwerke und gackerten über allen möglichen Blödsinn, alte Frauen eben, die es immer wichtig haben. Aber sein Bild, es war ihm so außerordentlich gut gelungen und er war sehr stolz darauf, fiel sofort als etwas ganz Besonderes ins Auge, das musste einen Dieb ja direkt anlocken. Dieser Diebstahl musste unbedingt aufgeklärt werden, auch wenn sich alle dagegenstellten.

Auf der Polizeistation angekommen, verlangte er sofort den Dienststellenleiter. Auf die Frage, worum es überhaupt ginge, antwortete er, er wollte einen Diebstahl zur Anzeige bringen. „Das können Sie gleich bei mir machen. Bitte nehmen Sie Platz", erbot sich der Polizist an der Information. Alfred beharrte darauf, seine Anzeige nur dem Chef persönlich vortragen zu wollen. Der Polizist seufzte und griff zum Telefon und meldete das Kommissar Frank Hagenlocher. Auf dessen Aufforderung hin brachte er Alfred in sein Büro. Der Kommissar stellte sich vor, bot Alfred einen Stuhl gegenüber seinem Schreibtisch an und sah ihn fragend an. „Sie wollen einen Diebstahl anzeigen, ist das richtig, Herr Handke?"

„Nicht nur einen einfachen Diebstahl, vielmehr einen Kunstraum!“ stellte der richtig. Hagenlocher musterte sein Gegenüber. Ein stattlicher, gutaussehender Mittsiebziger, etwas Bauchansatz, drei-Tage-Bart und graublondem, lockigen Haar, salopp gekleidet, ziemlich von sich eingenommen und sehr aufgeregt. „Einen Kunstraub? Bitte erklären Sie mir das näher.“

Weit ausholend berichtete Alfred das Geschehen. Er redete sich immer mehr in eine Erregung hinein, wie Hagenlocher mit Erstaunen bemerkte. ‚Du liebe Zeit, wie komme ich aus der Sache ohne Gesichtsverlust heraus‘, überlegte er. Dann kam ihm die rettende Idee: „Herr Handke, ich bin leider kein Kunstexperte, das heißt, in der Kunstszene und mit Gemälden kenne ich mich überhaupt nicht aus. Aber Kommissar Mayer kennt sich bestens aus. Warten Sie bitte einen Augenblick, ich sehe nach, ob er in seinem Büro ist.“ Damit stand er auf und suchte seinen Kollegen Mayer auf. „Du musst mir helfen, das sitzt ein Spinner in meinem Büro und behauptet, eines seiner Bilder sei gestohlen worden. Ich hatte eben große Mühe, Ernst zu bleiben. Du hast mehr Geduld als ich, bitte nimm du das Protokoll auf.“ „Das ist nicht fair, immer muss ich herhalten, wenn es sich um so einen Unfug handelt“, brummte Mayer, aber seinem Chef konnte er die Bitte nicht abschlagen.

Hagenlocher stellte die beiden einander vor und Kommissar Mayer nahm Alfred mit in sein Büro. Zuerst wollte er die Personalien seines Gegenübers wissen, die er sich notierte, dann den Hergang. Alfred, inzwischen noch mehr genervt, erzählte die

Geschichte nun ein zweites Mal. „Haben Sie einen Verdacht?“ „Nein, natürlich nicht. In der Cafeteria gehen dauernd Leute aus und ein.“ „Auch Fremde?“ „Der Raum wird abends abgeschlossen und erst am nächsten Morgen wieder geöffnet. Aber tagsüber sind immer wieder Veranstaltungen, Kaffeenachmittage, Vorträge, Geburtstagsfeiern. Sogar Gymnastik wird dort gemacht.“ Mayer gab sich alle Mühe, professionell zu bleiben, er wollte den alten Herrn nicht verprellen. Mit einem unhörbaren Seufzer sah er die sich auf seinem Schreibtisch sich stapelnden Akten an, die zu bearbeiten er sich heute vorgenommen hatte. „Wie hoch schätzen Sie den Wert des Bildes ein?“ wollte er wissen. „Wenn ich ein Bild verkaufe, dann nicht unter vierhundert Euro. Meine Bilder sind sehr beliebt, auf Instagram bekomme ich für jedes viele Klicks und Likes, hier sehen Sie mal“, damit zog er sein Smartphone aus der Tasche und nach ein paar Klicks hatte er auch schon die entsprechende Seite gefunden. „Hier, um dieses Bild handelt es sich“, stolz hielt er dem Kommissar sein Smartphone hin und der gab sich alle Mühe, Bewunderung in seinen Blick zu legen. „Herr Handke, gut, dass Sie zu uns gekommen sind. Wir, meine Kollegen und ich, werden versuchen, alles aufzuklären. Das wird nicht leicht sein, aber wir werden das schon schaffen. Machen Sie sich nicht allzu viele Gedanken, wir kriegen das hin. Bitte warten Sie draußen noch einen Moment, sie müssen ja noch das Protokoll unterschreiben, das dauert nicht lange.“ Er schüttelte seinem Besucher die Hand. „Werden Sie die Spurensicherung in die Residenz schicken?" „Ich versichere Ihnen, wir werden alles tun um den Fall aufzuklären."

So ganz zufrieden war Alfred nicht, er hatte erwartet, dass der Kommissar sich sofort mit einem Trupp anderer Polizisten und der Spurensicherung aufmacht, um den Fall zu untersuchen. Er argwöhnte, dass Mayer ihn nur vertrösten wollte und nichts unternahm.

Auf der Heimfahrt kam Alfred eine Idee: Er würde sich, mit einer Lupe bewaffnet, selbst auf Spurensicherung begeben. Vielleicht konnte er Spuren des Diebes finden, ein Haar vielleicht für die DNA-Untersuchung, damit könnte die Identität des Diebes festgestellt werden. Zusammen mit seiner Frau Renate würde er beratschlagen, was alles zu tun war. Renate hatte immer so gute Ideen, außerdem war sie Krimi-Fan, keinen Krimi im Fernsehen ließ sie aus. Sie behauptete immer, das sei für sie dasselbe, wie für andere ein Kreuzworträtsel.

Als Handke außer Sicht war, ging Mayer zu seinem Chef. Der grinste ihn bei seinem Eintritt an: „Na, bist du mit dem guten Mann klar gekommen?" „Der meint doch tatsächlich, wir würden wegen seines scheinbar gestohlenen Bildes den ganzen Polizeiapparat einschalten. Ich würde ja nichts sagen, wenn er in der Kunstszene einen Namen hätte, der hat sich scheinbar keine Gedanken darüber gemacht, was der Einsatz kostet. Und das alles wegen des Bildes eines Hobbymalers, der ist doch nicht ganz dicht!" „Da bin ich mit dir einer Meinung, darauf werden wir keine Zeit und kein Geld verschwenden. Eigentlich könnte der Mann ja stolz sein, das ist doch eine Ehre, wenn das Bild eines Hobbymalers gestohlen wird. Ich muss gestehen, ich glaube nicht an einen Diebstahl.

Wahrscheinlich war das Bild jemandem im Weg und wurde schlichtweg abgehängt. Es hing doch etwas tiefer als die anderen, also liegt die Vermutung doch nahe." „Trotzdem", meinte Hagenlocher, „schicken wir einen Streifenwagen hin. Es bringt zwar sicher nichts, macht aber einen guten Eindruck."

Nach diesem Gedankenaustausch machten sich die beiden Kommissare wieder an die Arbeit, der Aktenberg auf den Schreibtischen musste bewältigt werden.

Kapitel 4

Je mehr Alfred über das Gespräch mit Kommissar Mayer nachdachte, desto mehr kam er zu dem Eindruck, dass sich von Polizeiseite her nicht viel tun würde. Es war alles sehr professionell abgelaufen, doch er konnte sich des Eindrucks nicht erwehren, dass er nicht ganz ernst genommen worden war. Er musste selbst etwas unternehmen. Zunächst aber wollte er alles mit Frau Renate besprechen. Sie war eine praktisch denkende, nüchterne Frau.

Doch Renate teilte seine Ansicht nicht. „Mann, Alfred, du hast so viele Bilder, kommt es wirklich auf das eine an? Vielleicht hat es ja jemandem so gut gefallen, dass er es mitgenommen hat. Vielleicht ist es aber auch nur heruntergefallen und niemand hat den Mut, dir das zu gestehen. Lass es doch einfach auf sich beruhen. Denke doch an deinen Blutdruck, der ist eh schon zu hoch. Warum willst du dich noch mehr aufregen?" Alfred schüttelte seinen Kopf: „Verstehst du denn nicht, dass ich an meinen Bildern hänge? Außerdem geht es um das Prinzip, man nimmt sich nicht einfach, was einem gefällt." „Aber dir ist dadurch doch kein materieller Schaden entstanden, und die dreißig Euro für den Rahmen kannst du doch auch verschmerzen. Bitte denke an deine Gesundheit!"

In Alfred fraß es weiter, er steigerte sich immer mehr in die Sache hinein. Nach einer Weile verkündete er: „Ich muss noch mal weg." Bevor Renate etwas antworten konnte, saß er schon im Auto und fuhr ab. In der Residenz angekommen, steuerte er auf die Cafeteria zu. Er war froh, dass niemand da war, der ihn bei seiner Tätigkeit beobachten konnte. Er kniete sich vor die Bilderwand und untersuchte den Boden nach Spuren. Nach langem Suchen sah er etwas glitzern und als er es unter Zuhilfenahme einer Pinzette unter der Verblendung hervorgezogen hatte, stellte er fest, dass es ein kleiner Glassplitter war. Was hatte das zu bedeuten? Sollte Renate recht haben und das Bild war herunter gefallen und niemand getraute sich, ihm das zu sagen? Diesen Gedanken wies er von sich, nein, er beharrte darauf, dass sein Bild gestohlen worden war.

Um in Ruhe nachdenken zu können, holte sich Alfred eine Tasse Kaffee aus dem Automaten. Er setzte sich in eine Ecke, beobachtete die Straße durch die großen Fenster, sah Leute kommen und gehen. Die Tür schwang auf und eine junge Therapeutin mit roten Strähnen zwischen ihren blonden, langen Haaren schob einen im Rollstuhl sitzenden Mann in die Cafeteria. Als sie Alfred sah, errötete sie und wurde sichtlich verlegen. Sofort erwachte sein Argwohn: Hatte diese junge Frau etwas mit dem Diebstahl zu tun? Er war ihr etliche Male begegnet und immer hatte sie freundlich lächelnd gegrüßt. Warum benahm sie sich nun so merkwürdig? Da stimmte etwas nicht und dem musste er nachgehen.

Im Büro erkundigte er sich nach der Therapeutin. „Das ist die Susanne. Sie kümmert sich besonders um Menschen, die einen Schlaganfall erlitten haben.“ Er wollte die Adresse haben, aber die konnte ihm aus Datenschutzgründen nicht gegeben werden. ‚Macht nichts', dachte er, das bekomme ich auch alleine heraus'.

Nach einigen Tagen wusste er wo sie wohnte. Es war gar nicht so schwer gewesen, er war ihr einfach nach Dienstschluss nachgefahren. Nun saß er im Auto vor dem Haus, in dem sie wohnte, und überlegte, was nun zu tun war. Er könnte auf sie zugehen und sie stellen, aber würde sie ihm den Diebstahl gestehen? Nein, ganz bestimmt nicht, sie würde alles ableugnen. Wie könnte er sie zwingen, ihm die Wahrheit zu sagen? Sollte er sie bedrohen, sie in die Enge treiben? Unschlüssig und etwas ratlos saß er in seinem Wagen, schließlich fuhr er nach Hause.

Es dauerte nicht allzu lange und er wusste alles über sie. Susanne lebte mit einem etwas suspekten jungen Mann zusammen, der offenbar keiner geregelten Arbeit nachging. Er kannte ihre Freundinnen, wusste, wann sie sich mit ihnen traf. Er folgte ihr wie ein Schatten ohne dass sie es merkte, das hoffte er jedenfalls. Bestimmt ahnte sie etwas, denn immer wieder sah sie sich um, wirkte immer unsicherer und fahriger. Sie ließ sich sogar ein paar Tage lang von einem Arzt krankschreiben, sie war nicht mehr so fröhlich und unbekümmert wie zuvor.

Auch Renate wunderte sich über ihren Mann, ständig war er unterwegs, sie unternahmen gemeinsam so gut wie nichts mehr und, das störte sie wirklich sehr, er wurde immer gereizter. Auf ihre Fragen, was mit ihm los sei, antwortete er entweder gar nicht oder sie bekam zu hören: „Ach, lass mich doch in Ruhe“. Sie versuchte ihn aufzuheitern, schlug eine Kurzreise vor, von der er früher begeistert gewesen wäre, aber er lehnte nur mürrisch ab. Sie wusste sich keinen Rat mehr. Als sie ihm vorschlug, doch einmal zu einem Psychologen zu gehen, wurde er derart wütend, dass sie befürchtete, er würde nun anfangen, sie zu schlagen. Was auch immer sie anstellte, sie drang nicht mehr zu ihm durch.

Zum Malen in die Residenz ging er auch nicht mehr. Seine Malfreundinnen fragten sich, was mit ihm los sei. Ob das alles mit dem verschwundenen Bild zusammenhing? Aber war es das wert? Alle hatten ein schlechtes Gewissen, warum das so war, konnten sie allerdings nicht sagen. Vielleicht hätten sie vor der Bilderwand Wache schieben sollen, es war alles so absurd, dass sie nur den Kopf schütteln konnten. Maria und Hanna schrieben Alfred immer wieder einmal ein Mail und baten ihn, doch wieder zum Malen zu kommen. Auf die ersten Aufforderungen hatte er noch hinhaltend geantwortet, aber nun kam überhaupt nichts mehr von ihm. Er schien wie vom Erdboden verschwunden.

Kapitel 5

Susanne traf sich mit ihren beiden Freundinnen nach Feierabend in einer kleinen Kneipe. Das machten sie regelmäßig zweimal im Monat. Auch den Freundinnen war aufgefallen, dass Susanne sich verändert hatte, von ihrer früheren Fröhlichkeit und Unbekümmertheit war nichts mehr zu spüren. "Was ist mit dir", wollten die beiden wissen. „Hast du Ärger mit deinem Freund? Weißt du, eigentlich passt ihr nicht zusammen, du hättest einen anderen Mann verdient." „Es hat nichts mit meinem Freund zu tun. Ja, ihr habt recht, so richtig klappt es nicht mehr zwischen uns, aber ich denke, das ist meine Schuld. Ich fühle mich nicht gut, ich habe immer wieder Panikattacken und Herzrasen, kann mich schlecht konzentrieren. Irgendwie habe ich das Gefühl, dass ich verfolgt werde." „Du wirst verfolgt?" „Ich weiß es nicht, es ist nur so ein dummes Gefühl." „Wer könnte dich verfolgen, hast du eine Ahnung, wer das sein könnte?" „Ich zerbreche mir ja auch schon andauernd den Kopf, vielleicht bilde ich mir das alles auch nur ein. Es gibt keinen Grund, mich zu verfolgen, zumindest kann ich keinen erkennen." Nachdenklich blickte sie in die Runde. „Neulich starrte mich ein älterer Herr, ein Besucher, so merkwürdig an, als ob ich irgendetwas angestellt hätte. Ich war total verunsichert. Aber das ist wahrscheinlich alles nur Unsinn, ich sollte ein paar Tage Urlaub machen und einen Tapetenwechsel vornehmen. So ein paar Tage am Meer würden mir sicher guttun."

Es war spät geworden und die Freundinnen mussten am nächsten Morgen wieder früh aus den Federn. Vor dem Lokal verabschiedeten sie sich, die Freundinnen mussten eine andere Richtung einschlagen als Susanne um nach Hause zu kommen. Sie winkten sich noch einmal zu und Susanne überquerte einen Zebrastreifen, als sie ganz plötzlich von einem Auto erfasst wurde. Das Auto fuhr nicht schnell, so ungefähr zwanzig Kilometer pro Stunde, trotzdem traf es die junge Frau hart. Sie wurde zuerst auf die Kühlerhaube geschleudert und von dort zurück auf die Straße. Sie stieß einen markerschütternden Schrei aus und ihre Freundinnen drehten sich erschrocken um und rannten zu ihr. Der Fahrer des Wagens setzte zurück und dann entfernte er sich ziemlich schnell über den Bürgersteig. Sie sahen ihm nach, aber das Kennzeichen konnten sie nicht erkennen, es war total verschmutzt. Lediglich das Ortskennzeichen konnten sie erkennen.

Sofort waren die Freundinnen bei Susanne. Die eine zog sie von der Fahrbahn, die andere rief einen Krankenwagen. Nach zehn Minuten kam der Krankenwagen und zeitgleich ein Streifenwagen der Polizei. Die Verletzte wurde auf eine Trage gehievt und in den Krankenwagen geschoben, wo ein Notarzt sie sofort untersuchte. Nach einer kurzen Ohnmacht war sie wieder aufgewacht, aber total durcheinander, sie hatte einen schweren Schock erlitten. Etwas Dunkles sei auf sie zugerast, berichtete sie, dann brach sie unvermutet in Tränen aus.

Die Polizisten befragten die Freundinnen, aber die hatten dem Geschehen den Rücken zugewandt und erst durch den Schrei hatten sie sich umgedreht. Sie hatten gesehen, wie der Fahrer des Wagens rückwärtsfuhr und dann über den Bürgersteig davonfuhr ohne sich um die am Boden liegende zu kümmern. Sie waren so erschrocken und geschockt, dass sie nicht einmal den Typ des Fahrzeugs nennen konnten, irgendein dunkler Wagen, Mittelklasse wahrscheinlich. „Haben Sie das Kennzeichen erkennen können?" fragte der eine Polizist. „Es war so verdreckt, dass man nichts erkennen konnte, aber es war von hier." Hilflos sahen die beiden den Beamten an.

Dann kam der Notarzt auf sie zu. „Wir bringen Ihre Freundin ins Krankenhaus zur weiteren Untersuchung. Auf jeden Fall hat sie eine Gehirnerschütterung, sie ist wieder bei Bewusstsein, aber sie hat einen Schock erlitten. Andere mögliche Verletzungen können wir erst bei näherer Untersuchung feststellen." „Wir möchten mitkommen", sagten die beiden wie aus einem Munde. „Das geht leider nicht, sie kommt sofort in den Untersuchungsraum. Wenn Sie mir Ihre Telefonnummer geben, werden Sie benachrichtigt. Lebt Ihre Freundin allein oder hat sie Familie?" „Sie wohnt mit Ihrem Freund zusammen in der Bismarckstraße 8. Hier ist die Telefonnummer." „Gut, ich werde dort anrufen und Bescheid geben. Und nun gehen Sie nach Hause. Sie können Ihre Freundin ja morgen besuchen. Gute Nacht."

Er ging zurück zum Krankenwagen und der fuhr sogleich Richtung Krankenhaus los. Auch die Polizeibeamten notierten sich die Daten der Freundinnen und fuhren dann weg. „Sagte Susanne nicht heute Abend, sie fühlte sich verfolgt? So wie es aussieht, hatte sie recht. Der Fahrer des Wagens verhielt sich absolut merkwürdig. Wenn ich jemand aus Unachtsamkeit anfahre, dann steige ich doch sofort aus und fahre nicht rückwärts um über den Bürgersteig auszuweichen und davon zu fahren! Wir hätten den Beamten das sagen sollen, aber ich habe einfach nicht daran gedacht, ich war zu sehr geschockt." Die Freundin pflichtete ihr bei. „Wir werden das morgen nachholen, ich denke, das ist wichtig. Aber jetzt lass uns heim gehen, es ist spät und ich bin todmüde. Hoffentlich ist Susanne nichts Schlimmes passiert, ich mache mir große Sorgen."

Am nächsten Morgen erschienen die Freundinnen auf der Polizeiwache. Die Beamten, die am Abend vorher den Unfall aufgenommen hatten, waren allerdings nicht da. Aber ihre Aussagen wurden protokolliert und man versicherte ihnen, die Polizisten würden, sobald sie ihren Dienst antraten, informiert werden.

Dann machten sie sich auf den Weg zum Krankenhaus. Susanne war inzwischen wieder Herr ihrer Sinne. Ziemlich blass lag sie in dem weißen Bettzeug, als ihre Freundinnen eintraten. Nach einer herzlichen Begrüßung wollten diese wissen, welche Blessuren sie erlitten hatte. „Mein Gesicht seht ihr ja, dann habe ich eine Gehirnerschütterung und soll möglichst still liegen. Mein rechtes Bein ist bis zur Hüfte tintenblau, da bin ich auf der Straße aufgeschlagen. Ich werde wohl keine bleibenden Schäden davontragen. Nur mein Gesicht macht mir Sorgen, es fühlt sich so geschwollen an.

Hat eine von euch einen Spiegel dabei?“ Sofort kramten beide in ihren Handtaschen und hielten ihr jeweils einen Spiegel hin. Susanne nahm einen und besah sich angestrengt ihr Gesicht. „Was sind das nur für viele kleine, dunkle Punkte?“ Mit einer Hand quetschte sie die Haut und aus der Pore kam ein winziges, dunkles Stück. „Ich glaube, mein Gesicht ist voller kleiner Splitter von Autolack. Hoffentlich behalte ich keine Narben davon.“ Die eine Freundin stand auf: „Ich frage im Schwesternzimmer nach einem größeren Spiegel und einer Pinzette“.

Bald darauf kam sie mit beidem wieder. Susanne fuhr den Kopfteil ihres Bettes hoch, eine der Freundinnen hielt den Spiegel und sie selbst zog Splitterchen für Splitterchen Autolack aus ihrer Gesichtshaut. Sie legte alle sorgsam auf den Krankenhaustisch neben dem Bett. Alle die kleinen Splitter hinterließen rote Spuren und bald sah die Arme aus wie ein Streuselkuchen. Als eine der Freundinnen eine Bemerkung darüber machte, sah Susanne sie nur strafend an: „Ja, wer den Schaden hat, braucht für den Spott nicht zu sorgen!“

Plötzlich klopfte es an der Tür und Kommissar Hagenlocher trat ein. Er stellte sich vor und erzählte, die Streifenbeamten hätten ihm von dem Unfall berichtet und von dem merkwürdigen Verhalten des Unfallfahrers. Die Freundinnen gestanden, dass sie vor dem Besuch im Krankenhaus auf der Wache gewesen waren und erzählt hatten, dass Susanne sich verfolgt fühlte. Hagenlocher sah sie fragend an und sie bestätigte dies. „Ich kann nichts Konkretes sagen, es war nur so ein merkwürdiges Gefühl, zum

Beispiel ein Auto, das hinter mir herfuhr, dann abbog und später wieder hinter mir war. Ich fühlte mich verfolgt, aber ich weiß nicht von wem und warum.“ „Sie leben mir ihrem Freund zusammen, aber, wie mir ihre Freundinnen erzählten, ist ihre Beziehung in letzter Zeit etwas schwierig.“ „Ja, seit Robert arbeitslos ist, wird er immer fauler. Er macht überhaupt nichts, er sitzt den ganzen Tag nur vor dem Fernseher oder trifft sich mit Freunden. Ich bin Physiotherapeutin, ich arbeite hauptsächlich mit Menschen, die Schlaganfälle erlitten haben. Ich helfe ihnen, soweit es geht, ihre früheren Fähigkeiten wieder zu erlangen, zumindest in eingeschränktem Umfang, dass sie ihren Alltag wieder alleine meistern können. Das ist anstrengend, physisch wie psychisch. Wenn ich nach Hause komme, bin ich ausgepumpt, und was macht mein Freund? Er hat den ganzen Tag rein gar nichts getan. Neulich habe ich ein Telefonat mit einem seiner Kumpel belauscht und ich fürchte, er verbringt einen großen Teil des Tages in einer Spielhalle. Auf meine Frage, ob er Spielschulden habe, wurde er fuchsteufelswild und fauchte, das ginge mich überhaupt nichts an. Ich schrie ihn an, dass mich das sehr wohl etwas anginge, schließlich bezahle ich die Miete, das Essen und alles was so anfällt. Wir hatten einen sehr bösen Streit. Schließlich haute er einfach ab und kam erst zwei Tage später wieder. Er entschuldigte sich halbherzig und meinte, er wäre bei einem Freund gewesen. Ich hätte ja recht und er würde sich ab sofort mehr an der Hausarbeit beteiligen. Aber viel gebessert hat sich nicht. Ich hoffe so sehr, dass er bald wieder Arbeit findet und unser Zusammenleben wieder so wird wie früher."

Hagenlocher hatte geduldig zugehört. Da hatte sich wohl so einiges bei Susanne angestaut, das jetzt herausmusste. „Könnte es sein, dass ihr Freund sie verfolgt? Vielleicht ist er eifersüchtig und vermutet, sie hätten sich anderweitig orientiert?" „Das kann ich mir nicht vorstellen, wir leben nun schon einige Jahre zusammen. Eigentlich hatten wir vor, zu heiraten, haben es aber immer wieder verschoben. Nun bin ich mir nicht mehr sicher, ob ich das tatsächlich will. Nein, er würde mir nie nachspionieren, das passt nicht zu ihm." Der Kommissar hätte ihr gerne geantwortet, dass man in keinen Menschen hinein sehen kann. Mit den Jahren ändert sich viel, was man vorher nie vermutet hätte, aber er unterdrückte das, es gehörte auch nicht zu seinen Fragen.

„Was liegt da auf dem Tisch? Es sieht aus, wie winzige Metallsplitter." Er beugte sich näher um zu erkennen, was das war. „Ich vermute, das sind Lacksplitter, die ich aus meinem Gesicht gezogen habe. Ich muss zuerst mit dem Gesicht auf die Kühlerhaube und dann mit der rechten Seite auf die Straße geknallt sein. Die Splitterchen habe ich eben mit der Pinzette aus den Poren gezogen, Sie sehen, ich habe lauter rote Punkte im Gesicht." Er hatte das auch bemerkt, wollte aber nichts sagen. „Lacksplitter? Die muss ich mitnehmen. Ich werde sie im Labor untersuchen lassen. Anhand dieser Splitter lässt sich vielleicht auf das Automodell schließen, denn die unterschiedlichen Autofirmen nehmen jeweils andere Lacke, nicht alle natürlich, aber die großen Firmen haben ihre eigenen.“ Er holte eine kleine Plastiktüte und ein Kleenex aus seiner Jackentasche und schüttete vorsichtig die Splitter zuerst in das Taschentuch und dann in die kleine Tüte. „Ich wünsche Ihnen alles Gute. Werden Sie recht bald wieder gesund und ich hoffe, Sie haben durch den Unfall keine nachhaltigen körperlichen Schäden erlitten.“ Er stand auf und verabschiedete sich von Susanne und den beiden Freundinnen.

„Der gefällt mir“, gestand eine der Freundinnen, „er sieht gut aus, so groß und schlank. Seine struwweligen Haare finde ich echt cool und sexy ist er auch.“ Susanne sah sie nur mit hochgezogener Augenbraue an. Als die Schwester mit dem Mittagessen kam, verabschiedeten auch die Freundinnen.

Kapitel 6

Frank Hagenlocher saß wieder in seinem Büro und hatte die Füße auf seinen Schreibtisch gelegt. Die Lacksplitter hatte er im Labor abgegeben. Das Ergebnis würde wohl eine Weile dauern und er war sehr gespannt darauf. Er hatte sie mit der Lupe angesehen und festgestellt, dass sie von einem dunkelblau metallic lackierten Wagen stammten. Der ganze Unfall kam ihm nicht geheuer vor. Das war doch kein Zufall gewesen. Ein Unfallverursacher fuhr doch sein Auto nicht rückwärts um dann über den Bürgersteig einfach wegzufahren. Wäre er einfach weitergefahren, hätte er die junge Frau überrollt und wahrscheinlich wäre sie jetzt tot oder hätte schwerwiegende Verletzungen davongetragen. Er hatte zurückgesetzt und war ausgewichen – sollte sie einfach einen Denkzettel bekommen? Aber von wem und warum? Der Freund könnte in Betracht kommen, dachte er. Die Beziehung lief nicht mehr gut und er hatte Angst, sein Zuhause zu verlieren. Er war schließlich arbeitslos und das schon geraume Zeit. Mit Hartz IV konnte man keine großen Sprünge machen. Eine Wohnung, ein Auto, das Leben mit allem Drum und Dran zu finanzieren, da müsste er sich sehr einschränken. Da musste er sehr kleine Brötchen backen. Spielschulden hatte seine Freundin erwähnt, dem musste er unbedingt nachgehen. Wer konnte sonst noch etwas gegen die junge Frau haben?

Er musste Erkundigungen über sie einziehen. Hatte sie Feinde, Neider oder wollte jemand an ihr Rache nehmen. Warum?

Was hatte sie angestellt? Sie war eine normale, junge Frau mit einer

nicht ganz alltäglichen Frisur, ihre Kleidung bestand aus Röhrenjeans und etwas wild gemusterten Shirts, aber das war heute ganz normal. Als Therapeutin hätte er sie allerdings eher in einem weißen Outfit gesehen, weißen Hosen, weißem Shirt und weißen Schuhen. Aber wahrscheinlich war es ihrem Arbeitgeber gleichgültig. Wer war eigentlich ihr Arbeitgeber? Er blätterte in seinen Unterlagen. Ah ja, das stand es: Sie war Angestellte der Sozialstation, und das schon seit mehreren Jahren. Vielleicht hing der Unfall mit ihrer Arbeit zusammen? Hatte sie sich nach Meinung eines Kranken zu wenig um ihn gekümmert?

Kurz entschlossen suchte er die Telefonnummer der Sozialstation heraus und rief an. Er nannte seinen Namen und seinen Dienstgrad und erkundigte sich bei der Dame am Empfang wer für Personalangelegenheiten zuständig war. Er wurde durchgestellt und der Personalchef war sehr überrascht über den Anruf, mit der Polizei zu reden, kam nicht häufig vor, war eigentlich noch nie vorgekommen.

Der Kommissar berichtete über den Unfall und sagte, er wolle das Umfeld der jungen Frau überprüfen, da das Geschehen durchaus ein Racheakt sein könnte. Der Personalchef war etwas verwirrt, von dem Unfall hatte er noch nichts gehört. Es war ihm lediglich berichtet worden, dass Susanne heute nicht zum Dienst erschienen sei. Natürlich würde er sofort jemanden ins Krankenhaus schicken. Da fiel dem Kommissar siedend heiß ein, dass er auch den Freund benachrichtigen musste, oder hatten das seine Kollegen schon erledigt? Er würde das sofort nach dem Gespräch überprüfen.

Auf seine Frage hin sagte der Personalchef aus, seine Angestellte sei überaus engagiert und bei ihren Kollegen und den Patienten sehr gut gelitten, immer höflich und freundlich. Wenn Überstunden anfielen wurden die von ihr ohne weiteres gemacht. Er konnte sich beim besten Willen nicht vorstellen, wer ihr Böses wollte. Dieser Aussage konnte sich der Kommissar nur anschließen. Auch auf ihn hatte Susanne einen guten Eindruck gemacht. Aber trotzdem hatte jemand versucht, ihr Schaden zuzufügen. Nur wer? Er bedankte sich bei dem Personalchef für seine Auskünfte und legte auf.

Dann rief er bei der Bereitschaft an. Die beiden Polizisten, die den Unfall aufgenommen hatten, waren wieder im Haus. Er ließ sie zu sich kommen und sie berichteten ihm, was er im Grunde schon alles wusste. Aber manchmal kam es eben auf die Feinheiten an. Natürlich hatten sie den Freund der jungen Frau sofort benachrichtigt, wie konnte der Kommissar da Zweifel hegen? Die Benachrichtigung der Angehörigen hatte immer höchste Priorität.

„Wie war der Zustand der Frau?" „Sie war zunächst ohne Bewusstsein und die Sanitäter hoben sie auf eine fahrbare Pritsche. Dann untersuchte sie der Notarzt, aber er konnte nicht allzu viel feststellen. Sie kam dann wieder zu sich, hatte aber einen gewaltigen Schock. Sie lachte und weinte zugleich, redete wirres Zeug und der Notarzt gab ihr eine Beruhigungsspritze." „Haben Sie mit den Freundinnen geredet?" „Natürlich, die standen ebenfalls sehr geschockt herum, sie hatten sofort den Notarzt angerufen und der hatte uns alarmiert. Wir waren kurze Zeit nach dem Krankenwagen zur Stelle. Die Freundinnen hatten sich Minuten vorher von einander verabschiedet, die junge Frau wollte den Zebrastreifen überqueren und die beiden anderen hatten ihr bereits den Rücken zugewandt und gingen in die andere Richtung. Als sie den Schrei der Verletzten hörten, drehten sie sich sofort um und rannten zu ihr. Sie zogen sie von der Fahrbahn und brachten sie in eine stabile Seitenlage, so haben sie es uns erzählt und der Notarzt hat es bestätigt, so hatte er sie vorgefunden. Wir haben die Personalien aufgenommen und die Mädchen befragt, das Protokoll haben wir Ihnen bereits gestern Abend auf den Schreibtisch gelegt."

Hagenlocher entließ die beiden und las das vor ihm liegende Protokoll noch einmal durch. Leider gewann er daraus keine neuen Erkenntnisse. Er lehnte sich in seinem Schreibtischstuhl zurück und dachte nach. In welchen Einrichtungen hatte die Therapeutin gearbeitet? Sie hatte ja keinen festen, sondern einen ambulanten Arbeitsplatz, wurde also immer da eingesetzt, wo sie gerade gebraucht wurde. Das heißt, sie hatte immer die gleichen Patienten, die aber in den unterschiedlichen Häusern lebten.

Einer ihrer Patienten lebte in der Residenz. Sie besuchte ihn regelmäßig, betreute ihn und fuhr ihn in einem speziell für Rollstuhlfahrer ausgerüsteten Fahrzeug zu den verschiedenen Therapien, er konnte sich vorstellen, dass solche Bewegungsübungen gerade für Rollstuhlfahrer sehr wichtig sind. Residenz, dachte Hagenlocher, Residenz ... Da war doch etwas gewesen. Er

erinnerte sich an einen älteren Herrn, was wollte der nochmal? Ach ja, den hatte er an den Kollegen Mayer weiter gereicht. Schon hatte er den Telefonhörer in der Hand und als der Kollege sich meldete, kündigte er seinen Besuch bei ihm an. Zuvor ging er beim Labor vorbei und fragte, ob die Analyse der Lacksplitter schon etwas ergeben hatte. Die Laborantin lächelte ihn an: „Die Untersuchung wurde gerade abgeschlossen. Es handelt sich um einen Volkswagen Passat, älteres Modell, mit dunkelblauer Metalliclackierung.“ Er bedankte sich und ging weiter zu Mayers Büro.

Der stand sofort auf als sein Chef das Büro betrat und bot ihm einen Stuhl an. „Kannst du dich noch an den älteren Herrn erinnern und was der neulich wollte?“ Mayer grinste: „Der hat doch einen Kunstraub angezeigt. Warte mal...“. Er blätterte in seinen Unterlagen. „Ja, hier ist das Protokoll.“ Er reichte es seinem Besucher und der begann zu lesen. „Also, ich möchte dazu jetzt keinen Kommentar abgeben.“ „In der Nacht“, berichtete Hagenlocher, „gab es einen merkwürdigen Verkehrsunfall mit Fahrerflucht. Eine junge Frau wurde, sagen wir, mittelschwer verletzt. Sie knallte mit dem Gesicht auf die Kühlerhaube und hatte deshalb viele kleine Lacksplitter in der Haut, die sie sich selbst mit der Pinzette heraus puhlte. Ich habe diese bei meinem Besuch im Krankenhaus auf ihrem Tisch gesehen und ins Labor gebracht. Bei dem Unfallwagen handelt es sich um ein älteres Modell, einem VW Passat mit dunkelblauer Metalliclackierung. Schau doch mal in den Computer wer ein solches Auto fährt." „Das dürften etliche sein, das wird eine Weile dauern." „Hm … Ich sehe gerade im Protokoll den Namen dieses Herrn, Alfred Handke; was für ein Auto fährt der?" Mayer tippte in den Computer den Namen ein, wartete einen Augenblick und sagte dann: „Bist du zu den Hellsehern gegangen? Alfred Handke fährt einen solchen Wagen!" Die beiden sahen sich an. „Alfred Handke, kann es sein, dass dieser Mann sich so in den vermeintlichen Kunstraub hineingesteigert hat, dass er einen Anschlag auf eine junge Frau macht? Und warum auf diese Therapeutin?" Hagenlocher sagte: „Das ist jetzt nur so eine Vermutung von mir. Aber diese Frau könnte etwas mit dem Verschwinden des Bildes zu tun haben. Ich glaube, ich fahre noch einmal ins Krankenhaus", er blickte auf seine Armbanduhr, „morgen, heute machen wir beide Feierabend. Wollen wir uns noch ein Bierchen in der Kneipe um die Ecke genehmigen? Ich lade dich ein." Mayer blickte seinen Chef erstaunt an, das hatte er noch nie gemacht. Er stimmte zu und die beiden machten sich auf den Weg.

Sein erster Weg führte den Kommissar am nächsten Morgen ins Krankenhaus. Er musste vor dem Krankenzimmer Susannes eine Weile warten, weil gerade Arzt-Visite war. Dann trat er ein und begrüßte die Patientin. „Wie geht es Ihnen?“, wollte er wissen. „Nun ja, ich muss viel liegen, darf mich nicht bewegen und so wenig wie möglich aufstehen wegen der Gehirnerschütterung. Meine linke Seite wird langsam violett, man kann nicht viel tun, sondern muss einfach abwarten. Aber ich denke, es wird schon wieder.“ Er studierte ihr Gesicht und fand, dass die Schwellungen schon etwas zurück gegangen waren. „Sie wurden von einem dunkelblau metallic lackierten Volkswagen Passat angefahren und wir haben einen Verdacht, wem der gehört.“ Erstaunt sah sie ihn an. „Kennen Sie Herrn Alfred Handke? Sie sind ihm bestimmt schon in der Residenz begegnet.“ „Der Name sagt mir nichts“, ratlos sah sie ihren Besucher an. „Ein Maler, er kommt einmal in der Woche zusammen mit vier Damen zum Malen in die Cafeteria.“ Erwartungsvoll sah er sie an. Eine leichte Röte überzog ihr Gesicht. „Neulich ist mir etwas Dummes passiert. Ich schob den Rollstuhl meines Schlaganfall-Patienten durch die Cafeteria. Die Stühle und Tische standen sehr eng beieinander und ich musste ganz dicht an der Wand mit den Bildern vorbei. Mein Patient machte plötzlich eine etwas ungestüme Bewegung, er ist nur einseitig gelähmt, und dabei löste sich eines der Bilder von der Aufhängung und fiel zu Boden. Das Glas zersprang und der Rahmen ging dabei auch kaputt. Ich nahm das Bild aus dem Rahmen, es war unbeschädigt, und legte es oben auf einen Schrank in der Küche. Ich wollte nicht, dass es Flecken bekam. Dann holte ich Handfeger und Schaufel und fegte alles zusammen.“ „Erzählten Sie jemandem davon?“ „Nein, es war niemand da.“ „Wussten Sie, wem das Bild gehörte?“ „Es war signiert, aber nur mit schwungvollen Initialen, den Namen konnte ich nicht erkennen, sonst hätte ich es natürlich dem Eigentümer gesagt. Und danach habe ich einfach nicht mehr daran gedacht, es erschien mir auch nicht besonders wichtig zu sein.“ „Sie erzählten mir, sie fühlten sich verfolgt. Wann war das, vor oder nach diesem Ereignis?“ „Es erstaunt mich, dass sie das fragen, aber es stimmt, es fing danach an, aber erst nach etlichen Tagen. Ich brachte das auch nicht in einen Zusammenhang, oder gibt es da keinen?“ „Ich fürchte, es gibt ihn, leider. Herr Handke erschien auf dem Revier und war überzeugt, dass sein Bild gestohlen worden war. Er war sehr aufgeregt und ich fürchte, er steigerte sich in diese Sache so hinein, dass er davon überzeugt war, dass es sich um einen Kunstraub handelte. Er hält sich nämlich für gleichwertig mit Picasso.“ „Wenn ich das gewusst hätte! Es wäre mir nicht einmal im Traum eingefallen, dieses Bild zu stehlen. Ich fürchte, ich habe die Bilder in der Cafeteria vorher überhaupt nicht wahrgenommen.“ „Ja, kleine Ursachen haben oft große Auswirkungen. Ich wünsche Ihnen, dass Sie ganz schnell wieder auf die Beine kommen und gesund werden. Alles Gute!“ Hagenlocher reichte Susanne die Hand und machte sich auf den Weg in sein Büro.

Dort überlegte er, sollte er Handke von einer Streife abholen lassen? Er wollte nicht, dass der ältere Herr Gesprächsstoff für die Nachbarn bot, es war besser, ihn zu bitten zur Dienststelle zu kommen. Es bestand bestimmt keine Fluchtgefahr oder doch? Schließlich hatte der Mann einen Menschen angefahren und Fahrerflucht begangen. Er entschied sich schließlich dafür, mit seinem Privatauto zu Handke zu fahren und zwar ohne

Vorankündigung. Vorsichtshalber nahm er seinen Assistenten mit, der im Auto warten sollte, falls Handke Schwierigkeiten machte. Das auf Handke zugelassene Auto wollte er auch noch sehen, der Unfall musste doch Beschädigungen hervorgerufen haben. Er konnte sich vorstellen, dass die Stoßstange eine Delle hatte und an der Kühlerhaube mussten auch Spuren des Unfalls zu entdecken sein.

Handke und seine Frau waren beim Frühstück als er klingelte. Renate führte ihn herein und bot ihm einen Platz und eine Tasse Kaffee an. Beides nahm er dankend an. Alfred wirkte sehr verunsichert und der Kommissar war sicher, dass seine Frau nichts von seinen nächtlichen Eskapaden wusste. Argwöhnisch taxierend sah er den Besucher an, das personifizierte schlechte Gewissen. Hagenlocher beobachtete ihn genau. „Der Kunstraub ist aufgeklärt", begann er. Verunsichert sah ihn Alfred an: „Das freut mich", sagte er lahm. „Nur, dass es kein Diebstahl war, sondern vielmehr ein Ungeschick, das Ungeschick eines kranken Mannes und die Sorglosigkeit einer jungen Frau." Alfreds Atem ging nun schneller. „Wie soll ich das verstehen?" fragte er, obwohl er sehr genau verstand. Dann erzählte Hagenlocher den Hergang, so wie ihn Susanne geschildert hatte. Alfred wurde immer röter im Gesicht und seine Frau Renate beobachtete ihn immer aufgeregter. „Ich sagte dir doch gleich, dass du dich nicht so hineinsteigern sollst, aber auf mich hörst du ja nie!" Vorwurfsvoll sah sie ihn. Ihr Mann wollte aufbrausen, hielt es dann aber für besser, erst einmal nichts mehr zu sagen.

Hagenlocher sah Handke streng an. „Also waren Sie es, der die junge Frau angefahren hat. Geben Sie es gleich zu oder muss ich erst Ihr Auto in Augenschein nehmen?“ „Mein Auto steht nicht in der Garage, das können Sie sich nicht ansehen.“ „Nun, dann werde ich eben die Werkstatt aufsuchen und mir den Wagen dort ansehen. Nun geben Sie es schon zu, die Indizien sind einfach erdrückend. Alles deutet auf Sie hin.“ Handke schnaufte heftig: „Wie hätte ich denn sonst die Frau dazu bringen sollen, den Diebstahl zuzugeben? Ich wollte ja mit ihr sprechen, aber sie ging mir aus dem Weg, wenigstens hatte ich diesen Eindruck“, fügte er hinzu. „Ja, das hätten Sie tun sollen, das wäre vernünftig gewesen, haben Sie nicht an die Folgen gedacht? Und warum haben Sie der Frau das angetan? Sie hatten unverschämtes Glück, dass nicht mehr passiert ist. Sie hätte auch sehr schwer verletzt sein können oder sogar tot. War Ihnen das nicht klar und war es das wirklich wert? Selbst wenn Sie für das Bild eine Million Euro haben könnten, wäre es eine lebenslängliche Behinderung der Frau oder sogar ihren Tod nicht wert, begreifen Sie das nicht?“ Alfred wurde immer kleiner, er verkroch sich buchstäblich in seinen Stuhl und wagte weder seine Frau noch den Kommissar anzusehen. „Ich muss Sie leider mitnehmen. Ich verhafte Sie, alles was Sie sagen, kann gegen Sie verwandt werden. Nun stehen Sie auf, bitte machen Sie keine Schwierigkeiten, ich würde Ihnen nur ungern Handschellen verpassen. Draußen wartet mein Assistent auf Sie, also unternehmen Sie keinen Fluchtversuch!“

Zerknirscht erhob sich Alfred. „Was geschieht nun mit mir?“ wollte er kleinlaut wissen. „Sie werden einem Richter im

Amtsgericht vorgeführt und der entscheidet. Sie haben Glück, die junge Frau wird wieder gesund werden und keine Behinderungen haben, dafür können Sie nur Gott danken, wenigstens ist es nicht dazu gekommen. In Ihrem blindwütigen Rachefeldzug hat sich wohl Ihr Verstand ausgeschaltet, ich hoffe, der Richter lässt Milde walten!"

Er ging zur Tür, öffnete sie und ließ Alfred den Vortritt. Draußen wartete schon der Assistent und nahm ihn in Empfang. Gemeinsam gingen die Drei zum Auto. Frau Renate war nachgekommen und stand nun in der Tür und blickte ihrem Mann nach. Was hatte der nur angestellt! Tränen liefen ihr übers Gesicht, für die nächste Zeit würde sie wohl allein leben müssen.

Terror

Kapitel 1

Banktermine! Sie konnte gar nicht sagen, wie sehr sie diese hasste! Jedes Mal wurde gleich zwei Berater – ein Mann, der Kompetenz wegen, und eine Frau, wahrscheinlich des Vertrauens wegen – auf sie losgelassen. Und dann wurden Tabellen gezückt und Kurven gezeigt, die Fieberkurven ähnelten, aber wie durch ein Wunder ständig nach oben zeigten. Sie fragte sich, warum das auf dem Papier immer so war und nicht in Wirklichkeit. Wenn sie die Inflationsrate berücksichtigte, wurde ihr Vermögen von Jahr zu Jahr weniger. Was heißt ‚Vermögen', es war nicht mehr viel übriggeblieben. Das Studium ihrer Kinder hatte viel Geld gekostet. Aber sie hatte es gerne gezahlt, es hatte sich im wahrsten Sinne des Wortes bezahlt gemacht. Sie verdienten alle sehr gut und sie brauchte sich keine Sorgen zu machen. Den Rest wollte sie für sich behalten, für ihr Alter. Sie merkte von Jahr zu Jahr mehr, wie beschwerlich der Alltag wurde. Den Haushalt konnte sie ohne Hilfe nicht mehr bewältigen und das kostete, und zwar nicht wenig. Hinzu kamen die immer größer werdenden Rechnungen in der Apotheke, Gymnastik und Fitnessübungen für Ältere, Mobilitätserhaltungsmaßnahmen genannt, gab es auch nicht zum Nulltarif. Ab und zu gönnte sie sich ein paar Massagen und auf einige wenige Konzertbesuche wollte sie auch nicht verzichten. Große Reisen konnte sie nicht mehr machen, das war zu anstrengend und alleine wollte sie nicht unterwegs sein. Sie hatte es mit Busreisen versucht, aber sie merkte immer mehr, wie sie zur Last für die Mitreisenden wurde. Bei deren Tempo konnte sie einfach nicht mehr mithalten. Doch was half all das Jammern, das machte das Älterwerden nur noch schwerer, zufriedener machte es jedenfalls nicht. Sie gönnte sich hin und wieder einen Kaffeebesuch mit ihren Freundinnen, es war einfach schön, mit ihnen zusammen zu sein.

Als vor zwanzig Jahren ihre Mutter verstarb hinterließ sie ihr und ihrem Bruder ein ziemlich herunter gewirtschaftetes Reihenhaus, eher Häuschen. Sie hätte es sehr gerne behalten, aber der Bruder wollte das Geld sehen, und zwar sofort. Sie hatte angeboten, es in monatlichen Raten abzubezahlen, aber er hatte abgelehnt. Wie ein Wasserfall hatte er, der sonst immer schweigsam war, auf sie eingeredet. Sie hatte versucht, von der Bank eine Hypothek zu erhalten, aber bei ihrem kleinen Gehalt war das nicht möglich gewesen. Höflich lächelnd hatte man ihr das gesagt und ihr geraten, doch in den Verkauf einzuwilligen und das Geld dann gewinnbringend anzulegen. Am Anfang war das auch der Fall gewesen, da hatte sie noch vier Prozent Zinsen bekommen. Aber das war Vergangenheit, bei einer Null-Zinsen-Politik war nichts mehr zu erwirtschaften. So war ihr kleines Vermögen zusammengeschrumpft bis auf einen kleinen Rest. Sie hoffte nur, nicht ins Pflegeheim zu müssen, denn dann hätten die Kinder für sie zu zahlen.

Widerwillig machte sie sich auf den Weg zur Bank. Obwohl sie einen Termin hatte, musste sie noch eine Viertelstunde warten. Wahrscheinlich war das Strategie, mutmaßte sie, so wurde sie zur Bittstellerin degradiert. Das nächste Mal würde sie einfach den Spieß umdrehen und eine halbe Stunde zu spät kommen. Endlich wurde sie ins Büro gebeten und natürlich waren es wieder zwei Berater, die sie für die Anlage in einem Investmentfond weichkochen sollten. Aus Erfahrung wusste sie, dass mit solchen Anlagen kein Blumentopf zu gewinnen war, aber die beiden erklärten mit einem überheblichen Lächeln, wenn sie nur lange genug dabei wäre, würde letztendlich doch ein Gewinn abfallen. „Wie lange?", wagte sie zu fragen. Sie war schließlich fünfundsiebzig. „So fit wie Sie sind und so gut wie Sie noch aussehen, werden Sie lässig neunzig!" erklärte ihr charmant der Berater. Kurzfristige Anlagen hätten keinen Sinn, da gab es einfach keine Zinsen. „Denken Sie an Ihre Kinder und Enkelkinder, die werden sich freuen und Ihnen dankbar sein, dass Sie so für sie gesorgt haben!" Kopfschüttelnd und resigniert sah sie den Berater an, warum musste alle immer die gleichen Sprüche machen! „Meine Kinder brauchen mein Geld nicht, die verdienen alle sehr gut", aber das interessierte den Mann nicht. Schon hatte er die Fieberkurven gezückt und erklärte anhand von allerlei Skizzen die Vorteile, natürlich nur die Vorteile. Einwendungen was geschehen würde, wenn sich die Konjunktur abschwächen würde, wischte er mit einer Handbewegung vom Tisch. Die Beraterin schwieg bescheiden lächelnd und ließ ihrem Kollegen den Vortritt.

Nach fast zwei Stunden hatten die Berater sie so fertig gemacht, dass sie, obwohl sie sich dagegen gesträubt hatte, ihr wieder einen Fond aufgehängt hatten. „Sie zahlen nur einmalig fünf Prozent von der Gesamteinlage. Danach wird jedes Jahr ebenfalls nur ein Prozent fällig für das Fondmanagement und die Depotgebühren kommen auch noch dazu, aber das ist nur ein verschwindend kleiner Betrag.“ Seufzend und mit den Nerven völlig am Ende unterzeichnete sie den Vertrag. Sie schwor sich, nie wieder einen Banktermin anzunehmen. Das nächste Mal würde sie einfach Ausreden erfinden, Pest, Cholera oder dergleichen. Die beiden Berater gaben ihr huldvoll lächelnd die Unterlagen und ihr ‚Gesamtengagement' in einer Mappe mit. Wahrscheinlich schlugen sie sich gegenseitig auf die Schultern „das haben wir wieder einmal hinbekommen, die Alte haben wir ganz schön über den Tisch gezogen!“

Halb betäubt verließ sie die Bank und begab sich in die Apotheke. Sie brauchte dringend ein Schmerzmittel für ihre von der Arthrose befallenen Füße. Eine Venensalbe musste ebenfalls sein, ihre Beine fühlten sich an, als hingen Bleichgewichte daran. Die Knie schmerzten vom langen Sitzen und die Beinmuskulatur krampfte schmerzhaft. Danach ging sie zum Bäcker. Sie brauchte dringend ein Stück Kuchen und eine Tasse Tee.

Kapitel 2

Zuhause angekommen streifte sie erst einmal mit einem Seufzer der Erleichterung ihre schweren Schuhe ab. Leider musste sie diese Kloben tragen seit der Orthopäde ihr Einlagen verschrieben hatte. Zwar wurde ihr dadurch das Gehen etwas erleichtert, dafür waren die Schuhe schwer. Wehmütig dachte sie an die Zeiten zurück, als sie leichtfüßig mit Sandalen an den bloßen Füßen durch die Straßen laufen konnte. Sie war immer so gerne gelaufen und nun fiel ihr das Gehen so schwer.

In der Küche füllte sie den Wasserkocher mit Wasser, nahm eine Tasse aus dem Schrank und füllte das Teeei mit Teeblättern. Während der Tee zog, kramte sie ihrer Tasche. Wo hatte sie die Bankunterlagen nur hin gepackt? In der Einkaufstasche waren sie jedenfalls nicht, in ihrer Handtasche auch nicht. Wahrscheinlich waren sie auf dem Rücksitz im Auto gelandet. Langsam wurde sie nervös. Sie konnte sich jetzt unmöglich hinsetzen und Tee trinken. Sie zog ihre Schuhe wieder an, stieg die Treppen hinunter und ging zur Garage. Auf dem Rücksitz waren sie nicht und im Kofferraum auch nicht. Panik begann sich in ihr auszubreiten. Sie ging wieder in ihre Wohnung, schlüpfte in ihre Jacke, schulterte die Handtasche, nahm den Schlüsselbund und ging erneut zum Auto. Um Himmels willen! Wie konnte ihr das nur passieren! Sie hoffte inständig, sie hätte die verdammten Unterlagen nur in der Bank liegen lassen. Sie musste sich richtig gehend zusammenreißen, einen Unfall konnte sie sich jetzt nicht leisten. Ihre Hände zitterten so, dass sie das Steuer kaum gerade halten konnte. Ihre Knie fingen an zu schlottern und die Angst stieg ins Unermessliche.

Bei der Bank angekommen, stellte sie fest, dass sie geschlossen war. Ein Blick auf ihre Uhr verriet ihr, dass Mittagspause war. Also auf zur Apotheke. Die hatte wenigstens auf. Die Apothekerin schüttelte auf die Frage, ob sie dort einen Umschlag mit Bankaufdruck vergessen hatte, verneinend den Kopf. Nein, sie hatte nichts bemerkt, außerdem war nach ihr auch kein Kunde mehr da gewesen. Sie atmete tief durch, nickte dankend und ging zur Bäckerei. Auch hier war nichts abgegeben worden. Ratlos und voller Panik drehte sie sich um. Sie wollte schon die Bäckerei verlassen, als sie einen jungen Bankangestellten bemerkte, der sich gerade ein belegtes Brötchen zum Mittagessen kaufen wollte. Sie sprach ihn an und erzählte ihm, dass sie die Unterlagen vermissen würde, die sie bei dem Termin vorhin bekommen habe. Vor allen Dingen beunruhigte sie der Verlust ihres Gesamtengagements, auf dem ihr Name, ihre Anschrift und die Telefonnummer standen.

Hilfsbereit nahm sie der junge Mann mit in die Bank und suchte in dem Besprechungsraum nach den Unterlagen, fand sie aber nicht. Er suchte auch auf dem Schreibtisch der Beraterin und ihres Kollegen, die ebenfalls gerade Pause hatten, aber sie waren und blieben verschwunden. Bedrückt kam er zurück und schüttelte verneinend den Kopf. Er versprach, seine Kollegen sofort nach der Mittagspause anzusprechen. Selbstverständlich würde sie sofort telefonisch benachrichtigt werden. Sie verließ

die Bank, ging zum Auto, stieg ein und versuchte sich etwas zu beruhigen. Sie mochte sich nicht ausdenken, was passieren würde, kämen die Unterlagen in falsche Hände.

Irgendwie schaffte sie, das Auto unfallfrei wieder in die Garage zu fahren. Zitternd stieg sie die Treppe zu ihrer Wohnung hinauf. Was konnte sie tun? Erst einmal warten, vielleicht hatte einer der beiden Bankberater die Unterlagen ja in seinem Schreibtisch eingeschlossen. Das war ihre letzte Hoffnung und sie klammerte sich an diesen Strohhalm.

Sie tigerte ruhelos durch die Wohnung, von einem Zimmer zum anderen, sah dazwischen immer wieder auf die Uhr, doch die Zeiger bewegten sich kaum. Nach einer gefühlten Ewigkeit klingelte das Telefon. Es war die Bankberaterin, die ihr mitteilte, dass sich die Unterlagen nicht in der Bank befanden. Sie wusste genau, dass sie ihr die Unterlagen in die Hand gegeben hatte. Was sollte sie nun tun? Die Beraterin schlug vor, erst einmal abzuwarten. Auf das Konto konnte keiner zugreifen, dazu benötigte man eine EC-Karte oder eine entsprechende Legitimation. „Alles Gute und regen Sie sich nicht auf, es wird sich alles finden und hinterher lachen Sie darüber!“ Damit verabschiedete sich die Bankangestellte. „Die hat gut reden, im Grunde ist es der doch gleichgültig“, dachte sie.

Kapitel 3

Die Tage vergingen und Mathilde Weigl beruhigte sich ein wenig. Ihr war zwar immer noch recht mulmig zu Mute, aber die Aufregung der ersten Tage hatte sich gelegt. Vielleicht hatte ja jemand die Unterlagen einfach weggeworfen, beruhigte sie sich selbst. Und an ihre Anlagen konnte niemand kommen, ihr Erspartes war somit sicher.

Nach einer Woche klingelte das Telefon. Auf dem Display erschien ‚unbekannt'. Das musste nichts heißen, einige ihrer Freundinnen hatten noch alte Anlagen, die den Anrufer nicht verrieten. Sie nahm den Hörer ab und meldete sich mit einem „Ja, bitte?" Sie hatte es sich abgewöhnt, ihren Namen zu nennen. „Spreche ich mit Frau Weigl, Mathilde Weigl?" fragte eine männliche Stimme. „Ja, mit wem bitte spreche ich?" „Der Name tut nichts zur Sache. Gehe ich recht in der Annahme, dass Sie Ihre Bankunterlagen vermissen?" Ihr Herz begann laut zu pochen und es schien, als ob ihr Magen eine Etage tiefer rutschte. „Ja. Haben Sie sie gefunden?" „So ist es. Was halten Sie von einem Finderlohn? Schließlich haben Sie ein kleines Vermögen angespart, sechzigtausend Euro sind kein Pappenstiel." „Ich habe mein ganzes Leben lang sparsam gelebt. Das Geld ist meine Alterssicherung. Auf den Unterlagen haben Sie ja sicher mein Alter gesehen. Alt sein ist teuer!" „Ich denke, zehn Prozent davon können Sie leicht verschmerzen. Außerdem ist das der übliche Finderlohn. Also, ich bekomme von Ihnen sechstausend Euro und Sie dafür Ihre Unterlagen zurück." Sie schnappte nach Luft. Sechstausend Euro! Hatte sie deshalb auf so Vieles verzichtet, damit nun einer kommt und einfach absahnt? „Ich denke, wenn ich Ihnen sechshundert gebe, dann ist das reichlich bezahlt für so ein paar Unterlagen“ „Sechstausend und damit basta! Ich verhandle nicht mit Ihnen!“ „Aber Sie können mit den Unterlagen doch gar nichts anfangen!“ „Glauben Sie das wirklich? Sie werden schon sehen, was ich damit alles anfangen kann. Also sechstausend und damit basta. Besorgen Sie das Geld, ich werde mich wieder melden.“ „Wenn Sie mir Ihre Kontonummer geben, überweise ich Ihnen den Betrag“, sagte sie, doch der Anrufer hatte längst aufgelegt.

Kreideweiß tastete sie sich zu ihrem Sessel. Das war doch eine Drohung gewesen, eine ganz massive sogar. Oder hatte sie das falsch verstanden? Warum hatte der Mann nicht seinen Namen gesagt und seine Telefonnummer unterdrückt? Ihr schwante Böses, was würde da noch auf sie zu kommen? Was sollte sie tun? Es ging ihr weniger um sie selbst und dass ihr etwas zustoßen könnte, sie dachte vielmehr an ihre Enkel, an ihre Tochter und ihren Schwiegersohn. Sie stellte sich mit Grauen vor, was alles passieren könnte. Der Kerl könnte beispielsweise einen ihrer beiden Enkel entführen. Sie griff sich an ihr Herz. Das raste und pochte und schmerzte, als würde es gleich auseinander brechen. Konnte es sein, dass eine Unachtsamkeit solche Folgen hatte? Sechstausend Euro. Sie würde zur Bank gehen und das Geld beschaffen, es blieb ihr gar nichts anderes übrig. Den Gedanken, dass der Unbekannte sie um ihr ganzes Geld betrügen könnte, kam ihr. Ganz schnell schob sie den aber beiseite, so schlecht konnte niemand sein!

Sie saß im Sessel und war unfähig, sich zu rühren. Was nur sollte sie tun? Ihr erster Gedanke war, ihre Tochter anzurufen. Nein, das nicht! Sie kannte sie nur zu gut. Alles was sie zu hören bekommen würde, wären Vorwürfe. Aber die nützten ihr nichts, die machte sie sich selber. Sie würde zur Bank gehen und etwas von dem angelegten Geld auf ihr Konto überweisen lassen, so dass sie es abheben konnte. Zum Teufel mit den sechstausend Euro, eine Menge Geld war das, aber vielleicht würde es dann gut sein und der Mensch sich damit zufriedengeben. Sie könnte sich einschränken und noch sparsamer als bisher leben. Doch erst musste sie sich wieder beruhigen, um klar denken zu können.

Am nächsten Tag hatte sie sich soweit wieder im Griff, dass sie zur Bank fahren konnte. Die Beraterin war in höchstem Maße überrascht, sie wieder zu sehen. „Und plötzlich fiel Ihnen ein, dass Sie sechstausend Euro brauchen, und das dringend und heute?“ Kopfschüttelnd und skeptisch sah die Frau sie an. Mathilde konnte ihre Gedanken förmlich von ihrem Gesicht ablesen: ‚Die Alte spinnt, die hat doch nicht mehr alle Tassen im Schrank!‘ Sagen konnte sie das allerdings nicht. „Nun gut, das macht eine Menge Arbeit und Gebühren kostet das auch, aber wenn Sie das Geld so dringend brauchen!“ Plötzlich kam der Beraterin ein Gedanke: „Sie vermissten doch Ihre Unterlagen, die ich Ihnen mit gegeben habe. Könnte es sein, dass Sie erpresst werden?“

Mathilde wurde puterrot. „Wäre es da nicht besser, die Polizei einzuschalten?“ „Es handelt sich um Finderlohn. Der Mann, der die Papiere gefunden hat, sagte, zehn Prozent als Finderlohn wären üblich". „Ich kann Sie nicht zwingen, aber ich kann Ihnen nur noch einmal dringend raten, zur Polizei zu gehen. Alleine werden Sie mit einem solchen Kriminellen nicht fertig. Der zockt Sie ab, bis all Ihr Geld weg ist!" Eindringlich sah die Beraterin sie an. „Ich habe einfach Angst, meiner Familie könnte etwas zustoßen, wie beispielsweise die Entführung einer meiner Enkel. Das möchte ich nicht riskieren." „Das kann ich gut verstehen, dennoch sollten Sie diesen Schritt machen." „Und wenn der Kerl mich beobachtet? Vielleicht spioniert er hinter mir her. Er weiß, wo ich wohne, er kennt meine Telefonnummer, Ihre Bank kennt er sowieso und vielleicht hat er auch schon herausbekommen, wo meine Familie wohnt. Das traue ich ihm durchaus zu." „Und gerade deshalb sollten Sie die Polizei einschalten. Alleine können Sie gar nichts erreichen." „Nun, wahrscheinlich haben Sie recht. Aber was mache ich, wenn er sieht, dass ich zur Polizei gehe? Zur Bank gehen, das ist für ihn selbstverständlich, aber wenn er beobachtet, wenn ich eine Wache aufsuche? Wird mir die Polizei überhaupt helfen können, das ist auch noch die Frage."

Unschlüssig sahen sich die beiden Frauen an. „Ich kann mir vorstellen, dass die Situation für Sie sehr unangenehm ist. Überlegen Sie es sich noch einmal. Das Geld wird angewiesen und ist in drei Tagen auf Ihrem Konto." Mathilde bedankte sich und verließ die Bank mit einer bangen Ungewissheit.

Kapitel 4

Mathilde überlegte hin und her. Was sollte sie nur machen? Es hörte sich vernünftig an, sich an die Polizei zu wenden. Aber konnte sie von dort einen wirksamen Schutz erhalten, das heißt, eigentlich sorgte sie sich nicht um sich selbst, sondern hauptsächlich um ihre Enkel. Wie leicht war es heraus zu bekommen, in welche Schule sie gingen. Dieser Kerl konnte sie einfach auf dem Schulweg abpassen und in ein Auto zerren. Dieser Gedanke machte ihr sehr zu schaffen und verursachte erneut schlimme Herzbeschwerden. Sie hatte das Gefühl, jemand würde einen Strick um ihr Herz legen und langsam zuziehen. Sie konnte kaum noch atmen. Vielleicht sollte sie ihre beste Freundin anrufen, die in Norddeutschland lebte. Auch wenn ihr Telefon abgehört wurde, diese lebte so weit entfernt, dass es zu mühsam wäre, sie ausfindig zu machen. Die Wahrscheinlichkeit, dass der Freundin dadurch etwas zustoßen könnte, war sehr gering.

Die Freundin war gleich am Telefon. Irgendwie schien sie auf den Anruf gewartet zu haben, denn gleich ließ sie einen ganzen Schwall von Informationen über die arme Mathilde herab prasseln. Die kam überhaupt nicht zu Wort. Aber irgendwann musste die Freundin auch einmal Luft holen und sie nützte die Gelegenheit und erzählte ihr Missgeschick. Nach einigen ‚wie kann man nur', ‚warum passiert so etwas ausgerechnet dir', ‚du wirst langsam schusselig' und dergleichen mehr, riet ihr die Freundin ebenfalls, die Polizei zu kontaktieren. Ihr war ganz schwindelig von all den guten Ratschlägen und vor allen Dingen von den Anschuldigungen.

Ihr war selbst klar, dass sie besser hätte aufpassen müssen. Hundert Mal hatte sie sich selbst angeklagt, warum sie dieses verdammte Gesamtengagement nicht einfach zusammengefaltet und die in Handtasche gesteckt hatte. Es war passiert und nun saß sie so richtig im dicksten Schlamassel. Sie konnte es jetzt nicht mehr ändern, da half alles wenn und aber nichts mehr. Nach dem langen und reichlich unergiebigen Gespräch entschloss sie sich, nun doch die Polizei einzuschalten.

Sie wählte die 110 und sogleich war ein Beamter am Telefon. Ihm berichtete sie die Geschehnisse. Der Polizist meinte, er würde sie mit dem Kommissar Frank Hagenlocher verbinden, der sei für solche Delikte zuständig. „Ein sehr fähiger Mann, der kann Ihnen bestimmt helfen", meinte er ermutigend. Es dauerte ein bisschen, aber dann meldete sich der Kommissar. Der Beamte hatte ihn zwar kurz informiert, aber nun wollte er alles ausführlich hören. Mathilde berichtete ihm die Geschehnisse. Er hörte geduldig zu und fragte sie dann: „Können Sie sich daran erinnern, wer hinter Ihnen in der Schlange beim Bäcker stand?" Sie überlegte. Ja, da war ein junger Mann, so vielleicht Mitte zwanzig. Seine Kleidung war die Übliche: Etwas abgetragene Jeans, einen nicht besonders sauberen Pullover, halblanges, mittelbraunes, fettig wirkendes Haar, alles in allem keine sehr gepflegte Erscheinung. Hagenlocher machte sich Notizen und hakte immer wieder nach. Schließlich sagte er: „Frau Weigl, es war sehr vernünftig, dass Sie sich an uns gewandt haben. Holen Sie das Geld von der Bank, es kann ja sein, dass er Sie beschattet. Aber gehen Sie nicht allein, sondern warten Sie, bis auch andere die Bank betreten. Je mehr Menschen um Sie sind, desto weniger kann Ihnen passieren. Der Mann wird Sie wieder anrufen und einen Termin zur Geldübergabe vereinbaren. Bieten Sie ihm an, es bei Ihnen abzuholen. Sie nennen uns den Termin und wir sind dann da und schnappen ihn." Was ist mit meiner Familie?" „Ich rufe Ihre Tochter an und empfehle ihr, dass sie und auch ihre Familie keinen Kontakt mit Ihnen aufnimmt, eine Kontaktsperre also. Keine Sorge, ich werde ihr keine Details erzählen. Ich werde ihr nur sagen, dass Sie in eine dumme Sache hineingeschlittert sind und bedroht werden." „Sie wird sich fürchterlich aufregen, sie dramatisiert immer alles." „Gut, dass Sie mich darauf aufmerksam gemacht haben. Ich werde ihr das so schonend wie möglich beibringen. Machen Sie sich darüber keine Sorgen." Erleichtert bedankte sie sich bei dem verständnisvollen Kommissar und legte auf.

Einige Tage später rief eine Bankangestellte an und sagte ihr, das Geld wäre nun auf ihrem Konto und sie könne es, wenn sie es brauche, abholen. Schweren Herzens fuhr sie zur Bank, achtete aber darauf, dass mehrere Menschen dort waren. Sie bat den jungen Mann am Tresen, sie zum Auto zu begleiten, was dieser auch gerne tat. Sicher war sicher, sie wollte nicht auch noch zusammengeschlagen und ausgeraubt werden.

Sie war noch nicht lange zu Hause, da klingelte das Telefon. Es war tatsächlich der Erpresser. Er wollte einen Abendtermin irgendwo am Stadtrand ausmachen, aber sie behauptete, es ginge ihr nicht gut, sie wäre nicht in der Lage in dieser Situation mit

dem Auto zu fahren und er sollte doch lieber das Geld bei ihr abholen. Der Kerl beschimpfte sie und bestand darauf, dass sie sich nach seinen Angaben gefälligst zu richten habe. Mathilde fasste Mut und machte ihm klar, entweder er würde das Geld bei ihr abholen oder er bekommt nichts. Die Unterlagen könne er behalten, die seien nun ohnehin nichts mehr wert. Nach etlichen Flüchen und Beschimpfungen meinte er, er würde sich das überlegen und sich wieder melden.

Am nächsten Tag rief er wieder an. „Ich werde jemand schicken, der das Geld abholt. Jeden Gedanken an die Polizei kannst du knicken, alte Schlampe! Ich werde es merken und dann wehe dir! Dann musst du büßen und glaube mir, ich erwische dich, alte Hexe!“ „Wann holen Sie das Geld ab? Das muss ich wissen, damit ich zu Hause bin“, sie bemühte sich ganz ruhig zu sprechen um den Anrufer nicht noch wütender zu machen. „Ich werde vorher anrufen“, war die kurze Antwort. Dann wurde das Telefon auf den Hörer geknallt.

Mathilde war mit den Nerven am Ende. Wie gut, dass sie die Polizei eingeschaltet hatte. Nachdem sie sich wieder etwas beruhigt hatte, rief sie Kommissar Hagenlocher an. Sie erzählte ihm von dem erneuten Anruf und auch von den Beschimpfungen. „Ich schicke Ihnen eine Beamtin in Zivil vorbei. Sie heißt Inge Brandt, bitte merken Sie sich den Namen. Sie wird sich selbstverständlich ausweisen und bei Ihnen bleiben. Wir, das heißt meine Kollegen und ich werden uns unauffällig auf der Straße verteilen und Ausschau halten. Und schreiben Sie sich die

Nummern der Geldscheine auf, sollte etwas schief gehen, können wir, sobald das Geld ausgegeben wird, danach forschen. Hat er Ihnen gesagt, wann das Geld abgeholt wird?" „Nein, aber ich denke, das wird relativ kurzfristig sein. Er will mich vorher informieren. Hoffentlich bleibt genügend Zeit, damit Ihre Kollegin auch kommen kann." „Ja, das ist ein Problem. Jetzt warten wir erst einmal ab. Ich habe veranlasst, dass ein Streifenwagen in der Nähe des Hauses Ihrer Tochter öfter vorbei fährt. Nur Mut, wir werden den Kerl schon kriegen. Bleiben Sie ganz ruhig und behalten Sie die Nerven!" Dann verabschiedete er sich.

Kurze Zeit später meldete sich der Erpresser. „In fünf Minuten kommt jemand bei Ihnen vorbei. Händigen Sie ihm das Geld aus. Ich beobachte Sie, also machen Sie keine Mätzchen!" Sofort rief Mathilde den Kommissar an. „In fünf Minuten, das wird für Sie bestimmt viel zu knapp." „Das ist es wahrlich. Ich schicke einen Zivilwagen mit Beamten ebenfalls in Zivil. Halten Sie den Überbringer auf. Denken Sie sich etwas aus, stellen Sie Fragen oder kramen Sie umständlich in Ihrer Tasche. Wir beeilen uns."

Sie war so nervös, dass ihre Hände zitterten und die Knie drohten nach zu geben. Sie nahm den bereit gelegten Umschlag mit dem Geld und steckte ihn in eine Schublade. Da läutete es. Sie fragte durch die Sprechanlage, wer da sei. Eine sehr junge Stimme antwortete: „Ich soll hier etwas bei Frau Weigl abgeben." „Stecke es einfach in den Briefkasten." „Nein, der Mann sagte, ich soll es Ihnen persönlich übergeben." „Dann komme herauf, ich wohne im ersten Stock." Damit drückte sie den Türöffner.

Es war tatsächlich ein etwa zwölf-jähriger Junge. Er reichte ihr den bekannten Umschlag mit dem Bankaufdruck und sagte dann: „Ich soll gleichzeitig bei Ihnen etwas abholen." „Ja, natürlich. Wo habe ich das denn hingelegt?" Sie tat so, als ob sie nachdenken würde. „Möchtest du nicht inzwischen hereinkommen?" „Der Mann sagte, ich soll so rasch wie möglich wieder zurückkommen. Bitte, geben Sie mir das, was ich abholen soll." „Warum ist der Mann nicht selbst gekommen? Warum hat er dich geschickt? Kennst du ihn?" „Nein, ich habe ihn noch nie gesehen. Er sagte, er hätte etwas an den Beinen und könnte schlecht laufen." „Und er hat dich so einfach angesprochen?" „Ja, ich kam gerade vom Sport. Ich wohne hier ganz in der Nähe. Er hat mir zehn Euro versprochen, wenn ich zu Ihnen gehe. Das Geld kann ich gut brauchen, ich bekomme nur sehr wenig Taschengeld." „Aha", murmelte sie, „wo habe ich das nur wieder hingesteckt?" Unschlüssig blickte sie umher. Dann ging sie auf einen Schrank zu und kramte darin. „Wo ist nur der Umschlag? Ach, ich werde langsam vergesslich!" Da zog sie die nächste Schublade auf. Sie brummte etwas vor sich hin, kratzte sich hinterm Ohr und blickte sich suchend umher. Der Junge wurde ungeduldig. „Bitte, der Mann wartet. Ich möchte keinen Ärger bekommen. Der Mann sah nicht gerade gemütlich aus und irgendwie habe ich Angst vor ihm. Ich glaube, ich hätte mich nicht auf die Sache einlassen sollen!“ „Ich verstehe. Ach ja, hier ist er“, dann holte sie den Umschlag aus der Schublade, in den sie ihn vorhin gelegt hatte und gab ihn dem Jungen. „Ich hole dir noch eine Schokolade“, aber ihre Worte hörte der Junge schon nicht mehr, er war die Treppe hinunter gehüpft und wollte alles so schnell als möglich hinter sich bringen.

Mathilde wartete. Ungeduldig lief sie in der Wohnung hin und her, befingerte da etwas und rückte dort etwas gerade. Endlich betätigte jemand die Hausklingel. Wieder meldete sie sich durch die Sprechanlage. Es war Kommissar Hagenlocher. „Grüß Gott, Frau Weigl. Hier bringe ich Ihnen Ihr Geld wieder.“ „Wie bitte? Aber kommen Sie erst einmal herein.“ Sie führte den Kommissar ins Wohnzimmer und bot ihm einen Platz am Tisch an. „Was ist passiert? Haben Sie den Kerl geschnappt?“ „Leider nein. Er saß in einem Auto und plötzlich gab er Gas und fuhr davon, obwohl der Junge auf der anderen Straßenseite stand. Wahrscheinlich hat er etwas gemerkt, oder etwas kam ihm merkwürdig vor. Wir haben natürlich sein Autokennzeichen, aber es handelt sich hierbei um ein kürzlich gestohlenes Auto. Dem Jungen haben wir den Geldumschlag wieder abgenommen. Das arme Kind war total verängstigt, als es hörte, in was für eine Geschichte es da hineingeraten war.“ Hagenlocher musterte sein Gegenüber. Frau Weigl war eine kleine, zierliche Person, gepflegt, aber einfach gekleidet. Das graue Haar hatte einen nicht allzu modischen Kurzhaarschnitt.

Man sah ihr die Angespanntheit der letzten Tage an, die dunklen Ringe und die nervösen Bewegungen belegten, dass sie Einiges durchgemacht hatte. Sie tat ihm leid, er konnte ihr keine Vorhaltungen von wegen Vergesslichkeit und Schusseligkeit machen, auch ihm hätte es passieren können, die Unterlagen irgendwo liegen zu lassen. „Ich denke, es wird nicht lange dauern und der Erpresser wird sich wieder bei Ihnen melden. Am besten, ich bleibe noch eine Weile bei Ihnen. Würde es Ihnen Mühe machen, einen Kaffee zu machen?" Sie stand sofort auf: „Natürlich nicht. Ich bin so froh, dass Sie hier sind." Sie ging in die Küche und setzte die Kaffeemaschine in Gang. Dann kam sie mit einem Tablett, auf dem zwei Tassen, Milch, Zucker und ein paar Kekse in einer Schale waren, zurück. Ihre Hände zitterten während sie alles auf den Tisch stellte. Dann ging sie zurück in die Küche und kam mit einer Glaskanne voller Kaffee zurück.

Während Mathilde in der Küche hantierte, sah sich Hagenlocher im Wohnzimmer etwas um. Es war gut bürgerlich eingerichtet mit Fotos auf dem Vertiko, die wahrscheinlich die Kinder und Enkel zeigten. Eines zeigte das Porträt eines älteren Mannes, wahrscheinlich das des verstorbenen Herrn Weigl.

Nach einer Weile meldete sich das Telefon. Der Kommissar nickte Mathilde auffordernd zu und sie nahm den Hörer ab. Sie schaltete auf laut, damit Hagenlocher mithören konnte. Ohne Begrüßung donnerte eine Stimme gleich los: „Du verdammte alte Hexe! Was war da los? Willst du mich verarschen?" „Ich weiß nicht, was Sie meinen. Ich habe dem Jungen das Geld gegeben. Das sollte ich doch tun, nicht wahr? Hat er es ihnen nicht abgeliefert?" Sie versuchte sich so harmlos zu geben wie nur irgend möglich und der Kommissar nickte zustimmend. „Irgendetwas stimmte nicht, das habe ich ganz deutlich gespürt. Da waren plötzlich Leute auf der Straße, die betont teilnahmslos herumstanden. Als Strafe will ich nun zwanzigtausend. Dann

bleibt dir immer noch genug fürs Altenheim, denn da gehörst du senile Schlampe hin!" schrie die Stimme aus dem Telefon. „Nein", sagte Mathilde entschieden und durch die Anwesenheit des Kommissars mutig geworden, „gar nichts bekommen Sie. Ich lasse mich doch nicht von Ihnen einschüchtern und schon gar nicht beschimpfen. Und jetzt werde ich die Polizei einschalten." Damit legte sie einfach auf. Hagenlocher sah sie erstaunt an. „Soll ich mir das gefallen lassen? Ich lasse mich einfach nicht von so einem Strauchdieb beschimpfen. Passen Sie bitte auf meine Tochter und ihre Familie auf, was mit mir geschieht ist mir egal." „Aber mir nicht", konterte Hagenlocher, „nun muss ich mir überlegen, was ich tun werde. Auf jeden Fall wird ein Streifenwagen vor ihrem Haus platziert, das ist schon mal eine Ansage. Er wird sich hüten, bei ihnen aufzutauchen. Bitte lassen Sie niemanden herein. Haben Sie genügend Lebensmittel im Haus?" „Mein Tiefkühlschrank ist voll. Keine Sorge! Verhungern werde ich nicht!" Hagenlocher bedankte sich für den Kaffee und verabschiedete sich. Die alte Dame hatte ganz schön Haare auf den Zähnen, dachte er amüsiert.

Anschließend fuhr der Kommissar zu der Familie, deren Auto gestohlen worden war. Der Hausherr war ziemlich aufgebracht und fing sofort an zu schimpfen: „Natürlich war es wieder so ein Ausländer, dieses Pack ist an allem schuld!“ „Ich fürchte, ich muss Sie enttäuschen, es war kein Ausländer. Ich denke eher an einen Drogenabhängigen, denn er hat Ihr Auto benützt, um eine alte Frau zu erpressen, die dummerweise ihre Bankunterlagen in einer Bäckerei liegen ließ. Ist Ihnen nichts aufgefallen, beispielsweise ein Mann, ungefähr Mitte zwanzig, Jeans, abgetragener Pullover, langes, dunkelbraunes, fettig wirkendes Haar? Ich kann mir vorstellen, dass der vor Ihrem Haus herumgelungert ist. Das Merkwürdige an der ganzen Sache ist, dass Ihr Auto nicht kurzgeschlossen wurde, sondern dass der Autoschlüssel benützt wurde. Haben Sie den Schlüssel stecken lassen?“ Dem Mann war diese Frage offensichtlich sehr peinlich. Aber schließlich rückte er mit der Wahrheit heraus: „Ich holte den Wagen aus der Garage. Dann fiel mir ein, dass ich im Haus etwas vergessen hatte. Also stieg ich aus und holte es. Es waren wirklich nur zwei Minuten, länger brauchte ich nicht. Da war das Auto weg, ich sah noch, wie jemand damit wegfuhr.“ „Können Sie sich noch erinnern, ob da jemand in der Nähe war, der Sie beobachtete?“ „Ich habe einfach nicht darauf geachtet.“ „Denken Sie scharf nach. Sie gingen in die Garage, fiel Ihnen auf dem Weg dahin etwas auf?“ „Nein – doch, halt! Ja, ein Mann kam die Straße entlang, zu Fuß war er.“ „Ein jüngerer oder älterer Mann, schlank oder kräftig?“ „Ich denke, er war noch jung. Ich habe ihn nicht weiter beachtet.“ „Wie weit war er von Ihrem Auto entfernt, als Sie wieder ausstiegen?“ „Wie gesagt, ich habe ihn nicht beachtet. Er war auch schon an mir vorbei gegangen, als ich wieder ausgestiegen bin. So etwa zehn, fünfzehn Meter war er vom Auto entfernt.“ „Er könnte es also mitbekommen haben, dass Sie wieder ausgestiegen sind?“ „Wenn er Böses im Schilde führte, schon. Aber das kam mir überhaupt nicht in den Sinn!“ „Na gut, wir fanden also nach einem Mann Mitte zwanzig, bekleidet mit Jeans und Pullover, Haare halblang und strähnig fettig. Leider ist das nicht viel. „Um welche Uhrzeit war das denn, können Sie sich daran erinnern?“ „Natürlich, ich war auf dem Weg ins Büro, es war genau um halb acht. Ich mache mich jeden Tag um diese Uhrzeit auf den Weg.“ „Also könnte es gut sein, dass der Mann hier irgendwo in der Nähe wohnt. Ich werde im Computer nachforschen. Ein Fremder war das sicher nicht. Das ist hier eine ruhige Straße in einem Wohngebiet, hier gibt es keine Geschäfte. Er ging hier entlang um zu seiner Arbeitsstelle zu gelangen, einen anderen Grund kann ich mir nicht vorstellen. Jedenfalls danke ich Ihnen.“ „Und was ist mit meinem Auto?“ „Das werden wir finden, wir haben ja das Kennzeichen.“

Kapitel 5

Frank Hagenlocher stieg in sein Auto, aber er startete nicht. Er blieb ganz ruhig sitzen. Nein, das war keine Beschaffungskriminalität, kein Drogenabhängiger. Das war ein Mensch, der einfach die Gelegenheit nutzte. Er musste hier in der Gegend wohnen, ein Auto besaß er auch nicht, denn er ging zu Fuß und wenn er die Uhrzeit in Betracht zog, ging er einfach zur Arbeit. In der Mittagspause holte er sich beim Bäcker etwas zum Essen, also musste seine Arbeitsstelle nicht allzu weit von der Bäckerei entfernt in der Innenstadt sein. Er zückte sein Telefon und rief seinen Kollegen an. „Bitte sieh mal nach, wer alles in diesem Wohngebiet gemeldet ist. Ich suche einen Mann Mitte zwanzig. Ich vermute, er wohnt in einer kleinen Wohnung zur Miete und hat kein Auto.“ Nach ein paar Minuten meldete sich sein Kollege: „Es gibt in der Augustenstraße ein altes Haus, das eigentlich abgerissen werden sollte. Dort wohnen in einer WG, einer Wohngemeinschaft, einige junge Leute. Vielleicht solltest Du dort mal vorbeifahren.“ „Genau das werde ich jetzt machen. Danke.“

Ein paar Straßen weiter fand er das Haus. Es war ein Backsteinbau und schon ziemlich heruntergekommen. Er parkte sein Auto, stieg aus und studierte die Namen an der Klingelanlage. Fünf Namen fand er, darunter war der einer Frau. Er überlegte, sollte er läuten oder nicht? Er entschied sich dafür, es nicht zu tun. Er wollte die Bewohner nicht aufschrecken, wahrscheinlich würde der Erpresser sofort das Weite suchen. Seine Kollegen sollten ein Auge auf das Haus werfen, und wenn einer der Männer mit dem gestohlenen Auto zur Arbeit fuhr, könnten sie ihn auf die Wache bringen. Er schaute sich nach dem gestohlenen Auto um, konnte es aber nicht entdecken. Nein, das war eher unwahrscheinlich, vermutlich ahnte der Dieb, dass die Polizei nach dem Auto suchte. Er musste es irgendwo versteckt haben. Im Hof war es jedenfalls nicht. Da entdeckte er einen Schuppen, er versuchte das Tor zu öffnen, aber es war verschlossen. Da konnten seine Kollegen von der Streife ebenfalls einmal nachschauen.

Er stieg wieder ins Auto und fuhr zu der Bäckerei. Sie befand sich in der Innenstadt. Natürlich gab es da viele Arbeitsstellen, wo konnte der Gesuchte arbeiten? Einen Bürojob hatte er sicher nicht, seine Kleidung sprach dagegen. Vielleicht arbeitete er in einem Supermarkt? Aber auch hier musste man gepflegt erscheinen. Vielleicht in einem Handwerksbetrieb? Aber er konnte sich keinen Handwerker als Erpresser einer alten Dame vorstellen. Er kannte nicht das Gehalt eines Handwerkers, aber er nahm an, dass man davon ganz gut leben konnte. Ein Gelegenheitsarbeiter, einer der nur zeitweise arbeitete? Wenn man in einer solchen Bruchbude wohnte, lebte man bestimmt von der Hand in den Mund. Das Geld war knapp und die Schusseligkeit einer alten Frau kam da gerade recht.

Er fuhr zurück ins Büro. Frau Weigl war in Sicherheit, die abgestellten, gut sichtbaren uniformierten Beamten würden den Erpresser schon von einem spontanen Entschluss abhalten.

Kapitel 6

Mathilde atmete auf, der Terror hatte ein Ende. Kommissar Hagenlocher hatte ihr versichert, es sei nur die noch die Frage einiger Stunden, dann wäre der Erpresser gefasst und der Alptraum vorbei.

Sie zog die Rollos an den Balkontüren hoch und öffnete weit die Tür. Die frische Luft tat ihr gut und endlich konnte sie ihre Tochter und die Enkel wiedersehen und einkaufen gehen. So langsam leerte sich der Kühlschrank und auch der Gefrierschrank war fast leer. Sie freute sich so sehr auf frisches Gemüse und auf saftiges Obst.

Sie wollte gerade ins Bett gehen, als das Telefon läutete. Noch bevor sie sich melden konnte, schrie eine wütende Stimme: „Wenn du glaubst, ich hätte aufgegeben, dann irrst du dich aber gewaltig! Irgendwann zieht die Polizei ab und dann schnappe ich dich. Ich schlage dich so lange, bis du tot bist. Aber zuvor zerre ich dich zur Bank und du wirst mir dein ganzes Geld aushändigen – alles, nicht nur sechstausend Euro! Was glaubst du eigentlich wer du bist? Glaubst du wirklich, ich würde mich von dir so verarschen lassen, du alte Schlampe?" Dann war die Leitung still, der Kerl hatte aufgelegt. Sie zitterte am ganzen Leib, sie musste sich erst einmal setzen und an Schlaf war jetzt nicht mehr zu denken.

Sie zog die Rollos wieder zu, schloss alle Fenster und schloss die Wohnungstür ab. Den Schlüssel ließ sie stecken, sie hoffte, dass man so die Tür nicht mit einem Werkzeug öffnen könnte.

Den Kommissar konnte sie um diese Uhrzeit nicht mehr anrufen, aber die Polizeiwache konnte sie verständigen. Sie wählte die 110 und erzählte dem wachhabenden Polizisten von dem Anruf. Der beruhigte sie und versicherte ihr, ein Streifenwagen würde sofort kommen und vor dem Haus Wache halten.

Würde dieser Terror denn nie aufhören? Wie konnte ein Mensch nur so gemein sein! Das war doch ein junger Mann, der hatte doch jede Menge Möglichkeiten, Geld zu verdienen. Warum musste er ausgerechnet eine alte Frau wie sie so terrorisieren? War die Welt so schlecht geworden? Sie hatte keine Angst vor dem Tod, aber es sollte ein natürlicher sein, sie wollte nicht zusammengeschlagen, gefoltert und dann gewaltsam getötet werden. Sie war am Ende mit ihren Nerven und fing an zu weinen. Sie konnte gar nicht mehr aufhören, ihre Tränen flossen ohne Ende. Hätte sie Schlaftabletten in ihrer Hausapotheke gehabt, sie hätte alle auf einmal genommen. Es dauerte lange, bis sie sich wenigstens einigermaßen beruhigt hatte, dann ging sie in die Küche und machte sich ein Glas warme Milch mit Honig. Sie hoffte, dass sie danach einschlafen könnte. In dieser Nacht hatte sie Alpträume und alle handelten von dem fiesen Kerl. Sie war froh, als der Morgen dämmerte und sie endlich aufstehen konnte.

Kapitel 7

Am nächsten Morgen versammelte Kommissar Frank Hagenlocher seine Mitarbeiter samt den Kollegen in Uniform um sich. Es musste etwas geschehen und zwar möglichst bald. Der Erpresser konnte doch nicht die ganze Polizeiwache lahmlegen. Es gab schließlich noch jede Menge andere Aufgaben. Es wurde beschlossen, am frühen Abend die Wohngemeinschaft in dem alten Backsteinhaus zu befragen. Um diese Zeit, so vermutete er, wären alle zu Hause. Für alle Fälle besorgte sich der Kommissar einen Durchsuchungsbescheid, es war immerhin zu befürchten, dass nicht alle mit der Durchsuchung ihrer Räumlichkeiten einverstanden waren.

Um sechs Uhr abends fuhren die Streifenwagen vor dem Haus vor. Die jungen Bewohner ließen die Polizisten ohne große Fragen ein. Bereitwillig öffneten sie ihre Zimmer. Sie erzählten, sie würden hier im Ort eine Ausbildung machen. Da sie keine geeignete Wohnmöglichkeit gefunden hatten, hatte ihnen der Besitzer des Hauses angeboten, vorläufig, das heißt bis zum Abriss des Gebäudes hier günstig wohnen zu dürfen. Der Schuppen wurde aufgeschlossen, aber es waren nur Fahrräder vorhanden und einiger Krempel, der eigentlich auf den Müll gehörte.

Die Polizisten rückten wieder ab und Hagenlocher bedankte sich. Er ging zu seinem Auto, stieg aber nicht ein, sondern stand unschlüssig daneben und dachte angestrengt nach. Der Mann musste hier irgendwo wohnen, aber wo sollte er suchen? Das ganze Viertel war alt und heruntergekommen und sollte dringend saniert werden. An den Häusern war vielfach der Putz am bröckeln, die Vorgärten waren zum Teil sehr ungepflegt, niemand schien mehr großes Interesse am hier Wohnen zu haben. Die meisten Menschen lebten hier wohl nur noch, weil die Mieten sehr preiswert waren, oder sie hatten kein Geld, ihre Häuser wieder herzurichten. Schade, dachte er, früher war das bestimmt eine nette Gegend gewesen.

Wie er die Häuser so musterte, fiel ihm auf, dass sich hinter einer Gardine ein Schatten bewegte. Er wurde also beobachtet. Der Schatten war groß und schlank, es konnte nur ein Mann sein, den Umrissen nach, ein junger Mann. Es war nur ein Augenblick, dann trat der Schatten zurück und konnte nicht mehr gesehen werden.

Der Kommissar gab seinen Kollegen, die gerade abfahren wollten ein Zeichen. Er wies sie an, um die Ecke zu fahren und dann möglichst ungesehen zu dem besagten Haus zu kommen und sich bereit zu halten. Er schlenderte die Straße unbefangen entlang, mal das eine, mal ein anderes Haus zu betrachtend. Er wollte, dass es so beiläufig wie möglich aussehen sollte, er wollte keinen Argwohn erwecken.

Endlich klingelte er an dem Haus, an dem er den Schatten im Fenster beobachtet hatte. Es dauerte ziemlich lange, dann öffnete ihm eine ältere, mürrisch aussehende Frau. Er wies sich aus und fragte unbefangen, was sie von der Wohngemeinschaft dahielte. Misstrauisch musterte die Frau ihn, offensichtlich wusste sie nicht so recht, was sie von der Befragung halten sollte. Sie antwortete ihm ausweichend, dass die Nachbarschaft sie nichts anginge und sie sich nur um ihre eigenen Angelegenheiten kümmern würde. „Wohnen Sie alleine hier?", wollte er wissen. Sie wusste nicht so recht, was sie darauf antworten sollte, meinte dann aber: „Mein Sohn wohnt noch hier. Aber der ist nicht zu Hause, er ist auf Montage und kommt nur am Wochenende heim." Hagenlocher fragte, ob er einen Augenblick hereinkommen dürfe, aber sie lehnte das ab. „Ich bin gerade mit dem Abendessen beschäftigt. Wenn ich hier lange herumstehe, brennt mir alles an." Sie wirkte sehr unsicher und er war sicher, dass sie etwas zu verbergen hatte. Die jungen Leute der Wohngemeinschaft waren so aufgeschlossen und freundlich gewesen, die Frau dagegen war das genaue Gegenteil. Irgendetwas stimmte da nicht. Er gab seinen Kollegen ein Zeichen und sie traten vor. Als die Frau das sah, zog sie sich sofort zurück und wollte die Tür schließen, aber der Kommissar hatte schon einen Fuß in die Wohnung gestellt. „Was soll das!" fuhr die Frau ihn an, „das dürfen Sie nicht. Sie können nicht einfach so hier eindringen, das ist Hausfriedensbruch!" Er konterte: „Gefahr im Verzug!" und verschaffte sich Eintritt. Hinter ihm traten nun die Polizisten ebenfalls ein. „Schaut, ob es einen Hinterausgang, eine Kellertür oder Terrassentür oder ähnliches gibt und blockiert sie." Die Polizisten schwärmten aus, lediglich der Assistent Hagenlochers kam mit ihm.

„Ich glaube Ihnen nicht, dass Ihr Sohn nicht hier ist. Ich habe seinen Schatten am Fenster gesehen, er hat unsere Aktion beobachtet und ich möchte nun wissen, warum. Wenn er nichts zu verbergen hat, hätte er sich nicht im Hintergrund gehalten, sondern offen aus dem Fenster gesehen." Streng musterte er die Frau. Auf einmal hörte er ein Geräusch, da schlich doch jemand durch das Haus, vielleicht mit Fluchtgedanken? Sofort spurtete sein Assistent die Treppe hinauf und gleich darauf hörte er den Satz: „Stehen bleiben! Polizei!" Dann gab es ein fürchterliches Gepolter, offenbar wehrte sich der Angesprochene. Der Kommissar sprang nun ebenfalls die Treppe hinauf und zusammen überwältigten sie einen jungen Mann. Sie legten ihm Handschellen an und führten ihn die Treppe wieder hinunter ins Erdgeschoss.

Hagenlocher dachte sofort an die Beschreibung, die Frau Weigl von dem Mann gegeben hatte. Das halblange, strähnige Haar stimmte, die Größe und das Alter ebenfalls. Sollte er tatsächlich den Erpresser gefasst haben?

Er rief die Polizisten, die um das Haus verteilt gewartet hatten und der Mann wurde abgeführt und in einen Polizeiwagen gesetzt. Die Frau zeterte und schimpfte über die Unverschämtheit, das Eindringen und die Festnahme ihres Sohnes, der unschuldig sei und ganz bestimmt nichts getan hätte. Er rief sie zur Räson und riet ihr: „Sie sollten den Mund halten. Wir haben Ihren Sohn im Verdacht, eine alte Frau erpresst und ihr gedroht zu haben, sie tot zu schlagen. Wenn Sie etwas tun wollen, dann suchen Sie einen Anwalt für Ihren Sohn. Ich denke, den braucht er dringend!"

Auf dem Kommissariat schwieg der Mann hartnäckig. Lediglich Angaben zu seiner Person machte er, allerdings auch nur sehr widerwillig und auf mehrere Aufforderungen hin. Der Polizeicomputer verriet, dass er schon einige Male mit dem Gesetz in Konflikt geraten und auch verurteilt worden war wegen Diebstahls und Körperverletzung. Er wurde noch am selben Abend dem Richter vorgeführt und in Untersuchungshaft genommen wegen des dringenden Verdachtes der Erpressung und Androhung einer Körperverletzung möglicherweise mit Todesfolge.

Da der Kommissar sicher war, dass der Verhaftete der war, der Frau Weigl so zugesetzt hatte, rief er sie an und teilte ihr die Verhaftung mit. Mathilde seufzte befreit auf, der Alptraum hatte tatsächlich ein Ende gefunden. Ihr Leben konnte nun wieder in gewohnter Weise weitergehen. Sofort rief sie ihre Tochter an. Das Gespräch dauerte sehr lange und sie nahm auch all die Vorhaltungen ruhig entgegen. Sie wusste ja selbst, dass sie alles nur ihrer Schusseligkeit zu verdanken hatte.

Sie schenkte sich ein Glas Wein ein, legte ihre Füße hoch und war nur glücklich, das alles überstanden zu haben.

Der Verhaftete gestand schließlich doch noch. Man hatte ihm angedeutet, dass er dadurch mit einer etwas milderen Strafe davonkommen würde. Das Gericht verurteilte ihn zu einer mehrjährigen Haftstrafe.

Waterloo

Kapitel 1

Es war heiß, unerträglich heiß. Ganz besonders in der Dachwohnung von Berta Hartmann. Sie hatte alle Fenster geöffnet, in der Hoffnung, dass ein kühler Luftzug durch die heißen Räume wehte. Trotz des späten Abends wollte die Hitze nicht weichen. Die aufgeheizten Wände der Nachbarhäuser gaben nun die aufgestaute Hitze des Tages ab. Berta saß auf ihrem winzigen Balkon, sie hatte kein Licht gemacht, weil sie keine Insekten anlocken wollten. Aber sie brauchte auch kein Licht, direkt gegenüber ihrem Haus stand eine Straßenlaterne. Sie hatte sich ein Glas kühlen Weines mit auf den Balkon genommen, genoss den Frieden des Abends und hoffte auf Abkühlung. Sie ließ ihren Gedanken freien Lauf und erinnerte sich an so manches Schöne, aber auch Schwere.

Ihre Gedanken wurden jäh unterbrochen als etwa 50 Meter weiter auf der anderen Straßenseite ein Paar aus dem dort angesiedelten Edelrestaurant kam, das sich lautstark und heftig stritt. Sie nahm an, dass es ein Ehepaar war, obwohl sie an den Silhouetten sah, dass der Altersunterschied zwischen den beiden erheblich war. Sie nahm nicht an, dass sich Vater und Tochter so heftig stritten. Wobei es bei diesem Streit ging, konnte sie nicht hören, lediglich drangen immer wieder Worte an ihr Ohr.

Da das Restaurant sehr gut besucht war, hatte der Fahrer sein Auto so ziemlich genau ihr gegenüber geparkt. Im Schein der Laterne konnte sie die Gesichter der beiden recht gut erkennen. Die Streiterei schien mehr von der Frau auszugehen, aber auch der Mann war sehr wütend. Er holte die Autoschlüssel aus der Hosentasche, öffnete mit dem Funkschlüssel die Tür und ließ sich auf den Sitz fallen, dann startete er den Wagen. Die Frau wollte gerade die Tür öffnen, als er Gas gab und mit einem Kavaliersstart davonbrauste.

Die Frau schien zunächst sehr verblüfft, denn es herrschte augenblicklich Ruhe, dann aber schrie sie ihm lautstark allerlei Schimpfworte und Verwünschungen hinterher, mit einem sehr starken Akzent und dann in einer Berta unbekannten Sprache. Nach einer Weile realisierte die Frau, dass diese Schimpftiraden den Fahrer auch nicht zurückholten, und verstummte. Nun vernahm Berta ein verhaltenes Schluchzen. Sie überlegte, ob sie sich bemerkbar machen oder einfach die Szene weiterverfolgen sollte. Sie konnte der Frau anbieten, von ihrer Wohnung aus jemanden anzurufen, der sie abholen konnte. Noch während sie den Gedanken hatte, kramte die Verlassene in ihrer Tasche und holte ihr Mobiltelefon heraus. Sie drückte ein paar Tasten, dann meldete sich ein Taxiunternehmen. Sie gab ihren Standort an und das Ziel, das Berta leider nicht verstand. Zehn Minuten später hielt eine Taxe an und die Frau stieg ein. Berta sah den Rücklichtern des davonfahrenden Wagens noch eine Weile nach. Das war ja wohl ein sehr handfester Streit, sie hätte zu gerne gewusst, um was es gegangen war. Ihr verstorbener Mann und sie hatten nie so gestritten, zwischen ihnen war es immer ruhig und gesittet zugegangen. Vor allen Dingen hatten die Schimpfworte Berta peinlich berührt, das hätte sie nie aus dem Mund einer Dame erwartet.

Eine Dame war es wohl gewesen, die Kleidung war Berta sehr elegant und teuer erschienen und an Hals, Handgelenk und Finger hatte es golden aufgeblitzt, wahrscheinlich waren es Brillanten gewesen. Berta besaß auch einen Brillantring, aber der Stein, den ihr Mann ihr zur Silberhochzeit geschenkt hatte, war winzig und blitzte ganz bestimmt nicht so. Das Auto, mit dem der Mann weggefahren war, war eine große 6er-Limusine von BMW gewesen, also ebenfalls teuer. Leider hatte sie nicht auf das Kennzeichen geachtet. Bertas große Leidenschaft waren Krimis im Fernsehen, von denen sie nicht genug bekommen konnte, daher kam ihre Neugierde.

Da nun wieder Ruhe eingekehrt war, nippte Berta an ihrem Weinglas und genoss die langsam eintretende Kühle der Nacht. Schließlich gingen die Streitereien sie nichts an.

Kapitel 2

Hans-Joachim Reimann, von Freunden und Verwandten wurde er kurz Hajo genannt, konnte immer noch nicht begreifen, was seine Frau ihm alles vorgehalten hatte. Er wollte sich mir ihr aussprechen und nicht mit ihr streiten. Weil er die Ausbrüche seiner Frau kannte, hatte er vorgeschlagen, in ihr Lieblingsrestaurant essen zu gehen. Er hatte gehofft, das Temperament von Hanah so etwas im Zaum halten zu können. Es war ihm peinlich gewesen, dass sie so ausfallend geworden war. Seine Ehe war schon lange nicht mehr befriedigend, und dabei hatte alles so romantisch und viel verheißend angefangen. Er liebte sie doch noch immer und hatte sich so sehr Kinder gewünscht, aber seine Frau wollte keine. Sie behauptete, eine Schwangerschaft würde ihre Figur ruinieren. Sie hatte eine phantastische Figur, die hatte er von Anfang an bewundert. Aber was machte es aus, wenn sie etwas rundlicher würde, er würde sie immer lieben und auf Händen tragen.

Hajo leitete ein mittelständisches Unternehmen, das er von seinem Vater geerbt hatte. Mit viel unternehmerischem Geist hatte er es ausgebaut, so dass die Belegschaft sich nun verdoppelt hatte. Die Auftragslage war nicht nur gut, sondern ausgezeichnet und die Geschäfte florierten prächtig. Geld spielte für ihn nur eine unter geordnete Rolle, doch die Ansprüche seiner Frau waren derartig gestiegen, dass er ihre Ausgaben etwas einzuschränken gedachte. Sie reagierte auf seine Bitte hin sehr laut und sehr böse, beschimpfte ihn als alten Geizkragen und machte ihn im ganzen Freundeskreis verächtlich. Er war ganz bestimmt nicht geizig, aber das Geld musste ja nicht gerade zum Fenster hinausgeworfen werden. Er hatte auch überhaupt nichts dagegen, wenn seine Frau eine halbe Boutique aufkaufte, aber manche der teuren Kleidungsstücke trug sie überhaupt nicht, es waren einfach nur Schrankleichen, die sie irgendwann wieder verschenkte.

Kennengelernt hatte Hans-Joachim seine Frau in Prag. Er war dort einige Tage auf Geschäftsreise gewesen und sein Gastgeber hatte ihn in ein kleines Altstadttheater mitgenommen. Dort hatte er Hanah gesehen, sie war Schauspielerin, und er war ihr vom ersten Augenblick an verfallen gewesen. Sie hatte nur eine kleine, unbedeutende Rolle, doch von ihrer Schönheit war er sofort hingerissen. Er hatte sich in ihre wunderbare, schlanke Figur, ihre wundervollen langen, dunklen Locken und ihr ebenmäßiges Gesicht verliebt. Sie war für ihn wie Schneewittchen im Märchen, eine solche Frau war ihm bisher nicht begegnet. Ihr etwas harter Akzent war ihm damals himmlisch erschienen und er hatte sie vom ersten Augenblick an angebetet.

Sein Geschäftsfreund hatte seine Begeisterung gespürt und sie ihm nach der Vorstellung vorgestellt. Er dachte, der Himmel tut sich auf, als er ihr gegenüberstand. Von da an hatte er jeden Abend die Vorstellung besucht und jedes Mal wurde für Hanah ein großer Strauß Rosen abgeben. Zuerst waren die Rosen gelb, also unverfänglich, danach wurden sie zartrosa und dann tiefrot, was seinen Gefühlen entsprochen hatte. Hanah war sehr spröde gewesen, sie hatte sich einige Tage geziert, bis sie endlich seine Einladung zu einem Abendessen angenommen hatte. Sie war so charmant und fröhlich gewesen, dass er ständig auf einer rosaroten Wolke schwebte.

Seine Geschäftsreise hatte er eigentlich nach einer Woche beenden wollen, aber dann waren es zwei Wochen geworden. Er war Arm in Arm mit ihr über die nächtliche Karlsbrücke geschlendert, hatte verzückt die sich in der Moldau widerspiegelnden Lichter Prags erblickt, und als Hanah ihm sagte, wenn er die Füße des Heiligen Nepomuk, dem Schutzpatron Prags, streichelte und sich etwas wünschte, würde das in Erfüllung gehen. Das hatte er mit Freuden gemacht und seinen Wunsch kann man sicherlich erraten. Diese wunderbaren Nächte, die dann in einem kleinen Restaurant endeten, in dem Kafka Stammgast gewesen sein sollte.

Nach diesen beiden wundervollen Wochen hatte er sie überredet, mit ihm nach Deutschland zu kommen und seine Frau zu werden. Sie hatte mit Vorbehalt ‚ja' gesagt, denn zuerst wollte sie ihm noch ihren Bruder Karel vorstellen und seine Einwilligung einholen. Natürlich war Hajo sofort einverstanden, ihre Eltern waren ja leider verstorben und Karel der einzige Verwandte.

Karel war ebenfalls Schauspieler und sehr charmant. Allerdings war in seinem Wesen etwas Lauerndes, etwas, das sich nicht so einfach erklären ließ. Seine Schwester schien er sehr zu lieben, denn immer wieder fasste er nach ihrer Hand oder legte seinen Arm um ihre Schultern. Hajo fand das etwas übertrieben, aber es war ja ihr einziger Angehöriger. Er war nur wenige Jahre älter als seine Schwester, so ungefähr Mitte Zwanzig. Hajo war sich beinahe wie der Vater der beiden vorgekommen mit seinen zweiundvierzig Jahren.

In Deutschland hatten Hajo und Hanah dann sehr schnell geheiratet. Es war eine Traumhochzeit gewesen und seine Freunde waren ebenso hingerissen von der jungen Braut wie der Bräutigam selbst. Seine Mutter und seine Schwester waren allerdings sehr zurückhaltend, beiden war die junge Frau etwas suspekt vorgekommen. Aber wenn er glücklich war, warum sollte man ihm dann sein Glück nicht gönnen?

Inzwischen waren sechs Jahre ins Land gegangen und Hajo musste sich eingestehen, dass sich seine Ehe nicht ganz so gestaltete, wie er es sich gewünscht hatte. Kinder hätte er zu gerne gehabt, hauptsächlich um sein Unternehmen später durch sie weiter führen zu lassen. Hanah war schwierig und immer wieder reiste sie nach Prag um ihren Bruder zu besuchen. Der kam allerdings nie nach Deutschland, um sie zu besuchen.

Kapitel 3

Hanah wünschte sich schon seit langem einen kleinen Hund. Bei einem Hundezüchter hatte sie einen kleinen Spitzwelpen entdeckt, der es ihr besonders angetan hatte. Hajo mochte Haustiere nicht so gerne, aber als Zeichen seines guten Willens schenkte er ihr den Kleinen. Sie betrachtete ihn lange, streichelte sein Fell und nannte ihn ‚Teddy'. Merkwürdigerweise entwickelte Teddy eine große Anhänglichkeit für Hajo, die dieser erwiderte. Die beiden wurden bald unzertrennlich, was Hanah einen Stich ins Herz gab. Schließlich war es ihr Hund, aber jeder entscheidet selbst, wen er liebt. Es war nicht so, dass Teddy Hanah nicht liebte, aber wahrscheinlich fühlte er sich als Hundebaby von Herrchen mehr beschützt. Wenn sie zu dritt spazieren gingen, war Teddy immer in ihrer Mitte. Er schlief auch in ihrem Bett am Fußende immer in der Mitte, es schien fast so, als wäre der Hund nun der Mittelpunkt ihres Lebens.

Hajo war froh und dankbar, dass wieder Ruhe und Frieden ins Haus eingekehrt waren. Er brauchte viel Kraft für seine Firma, die Auftragsbücher waren nicht mehr so voll wie noch vor kurzem. Er hatte sich gewünscht, dass seine Frau sich ebenfalls in der Firma engagieren würde, aber da hatte er sich getäuscht. Stattdessen hatte sie sich einer Laienschauspieltruppe angeschlossen. Dort glänzte sie und wurde von allen bewundert und von den männlichen Darstellern angehimmelt. Sie genoss diese Aufmerksamkeiten sehr, stand sie doch wieder im Mittelpunkt des Interesses der anderen.

Eines Tages kam Hajo überraschend schon am Nachmittag nach Hause und belauschte ein Telefongespräch Hanahs. Ihre Worte verstand er nicht, denn sie sprach tschechisch, aber es klang sehr zärtlich. Sie winkte ihm zu und nach Beendigung des Gesprächs sprach sie ihm Grüße von Karel, ihrem Bruder, aus. Die beiden telefonierten sehr viel miteinander, aber nun ja, sie waren schließlich Geschwister und vermissten einander.

Als Hanah eines Tages verkündete, sie würde zu ihrem Bruder nach Prag reisen, wunderte sich ihr Mann nicht darüber. Wahrscheinlich hatte sie Heimweh und das konnte er nachvollziehen, auch er hatte sich in Prag sehr wohl gefühlt, nicht nur weil es eine wunderschöne Stadt war mit einem einzigartigen Flair, sondern er erinnerte sich auch daran, wie er Hanah kennengelernt hatte.

Nach ihrer Abreise war es sehr still im Haus, lediglich Teddy war da und genoss die volle Aufmerksamkeit seines Herrchens. Abends saß er auf seinem Schoss und ließ sich behaglich streicheln. Hanah schien sich in Prag sehr wohl zu fühlen, oft war ihr Mobiltelefon ausgeschaltet und er sprach nur auf den Anrufbeantworter. Sie rief auch nicht sofort an, sondern ließ sich Zeit. Nach drei Wochen fragte sich Hajo ob sie überhaupt noch einmal zurückkommen würde. Er beschloss, sie zu besuchen und sich so in Erinnerung zu bringen.

Er reiste mit dem Zug nach Prag und freute sich auf das Wiedersehen mit seiner Frau. Im Taxi ließ er sich zur Wohnung seines Schwagers fahren, aber auf sein Läuten hin wurde nicht aufgemacht. Er fuhr zurück in die Stadt und suchte sich ein Hotel direkt im Zentrum. Immer wieder rief er seine Frau an, aber nur der Anrufbeantworter schaltete sich ein. Er fragte sich schon, ob es wirklich so eine gute Idee gewesen war, einfach auf das Geradewohl hierher zu kommen. Vielleicht waren die Geschwister verreist, aber das hätte ihm Hanah sicher erzählt. Er war beunruhigt, hoffentlich war nichts passiert.

Am zweiten Abend seines Aufenthalts schlenderte er über die von Touristen bevölkerte Karlsbrücke. Hier ging es zu wie auf einer Kleinkunstbühne: Hier spielte eine Band, dort trat ein Feuerschlucker auf und weiter hinten war ein Pantomime in Aktion. Zwischendurch gab es immer wieder Verkaufsstände, an denen man Souvenirs kaufen konnte. Die Lichter spiegelten sich in der Moldau, genauso wie damals, als er mit Hanah über die Karlsbrücke gegangen war.

Als er genug von den Menschenmasen hatte, ging er in ein kleines Café und bestellte sich ein Bier, dafür war Prag ja bekannt. Zuvor hatte er sich noch eine deutsche Zeitung besorgt, in die er sich sogleich vertiefte. Als sein Bier gebracht wurde, blickte er auf, bedankte sich beim Kellner und sah zu seiner großen Verwunderung Hanah und Karel an einem der Tische sitzen. Der hielt ihre Hand und küsste sie zärtlich auf den Mund. Sie lehnte sich an ihn und die beiden schienen die Welt um sich nicht mehr wahr zu nehmen.

Verblüfft starrte Hajo zu den beiden hinüber. Was war denn das? Das war doch kein geschwisterliches Verhalten! Er musste die beiden weiterhin beobachten, es war wie ein Zwang, aber er wollte nicht, dass sie ihn bemerkten. Als er einen kleinen Sehschlitz in die Zeitung riss, kam er sich etwas lächerlich vor, wie ein Detektiv in einem schlechten Kriminalfilm. Irgendwann standen die beiden auf und gingen. Karel hatte seinen Arm um die Schultern seiner Schwester gelegt und sie den ihren um seine Taille. Hastig warf Hajo ein Geldstück als Bezahlung für sein Bier auf den Tisch und folgte ihnen.

Die Verfolgung war der vielen Menschen wegen schwierig und bald verlor er die beiden. Aber er hatte genug gesehen und machte sich auf den Weg zu seinem Hotel. Am nächsten Morgen fuhr er nach Hause zurück, völlig verwirrt über das Gesehene. Seine Gefühle konnte er nicht genau definieren: War es Eifersucht, ungläubiges Staunen, Neid, Angst verlassen zu werden, Gefühle des Abgehängtseins? Hatte ihn Hanah nur benutzt, um ein bequemes und sorgenfreies Leben zu führen? Gingen die hohen Summen, die sie angeblich für Kleidung ausgab, gar nicht an die Boutiquen, sondern an ihren Bruder? Dass Karel ihr Bruder war, konnte er nicht mehr glauben, da hatte sie ihn ganz schön an der Nase herumgeführt.

Kapitel 4

Wieder zu Hause grübelte er nach, was er tun sollte. Ja, er musste Klarheit haben, er würde einen Privatdetektiv engagieren. Er setzte sich an seinen Computer und suchte sich via Internet einen in seiner Nähe aus. Er rief auch sogleich an und vereinbarte einen zeitnahen Termin. Dann rief er seine Frau an. Dieses Mal meldete sie sich. Er fragte nach ihrem Befinden und was sie unternehmen würde, dabei versuchte er so harmlos wie möglich zu klingen. Sie erzählte ihm begeistert von ihren Theaterbesuchen und wie schön und aufregend es sei, wieder einmal in ihrer Heimatstadt zu sein. Auf seine Frage hin, wann sie wieder zurückkommen wollte, antwortete sie ihm ausweichend. „Bald, denn ich vermisse dich sehr!" ‚Wenn das mal nicht gelogen ist', dachte er sarkastisch.

Dem Detektiven erzählte er bei seinem Termin offen alles, was er gesehen hatte und bat ihn, alles über seine Frau herauszufinden, Vergangenes und Gegenwärtiges, und ihm zu berichten.

Nach einer weiteren Woche rief Hanah ihn an, sie würde ihren Aufenthalt in Prag nun beenden und er sollte sie am Bahnhof abholen. Er musste sich sehr beherrschen, ihr nicht zu sagen, was er in Prag gesehen hatte. Er konnte sich vorstellen, dass sie ihm eine Szene machen würde von wegen Misstrauen und Nachspionieren und so weiter. Nein, er bemühte sich, ruhig und freundlich und nicht allzu kühl zu sein. „Ich freue mich, dass du wieder zu Hause bist", aber er glaubte es selbst nicht und hoffte nur, dass sie es nicht merkte.

Dann rief der Detektiv ihn im Büro an und teilte ihm mit, dass seine Recherchen nun abgeschlossen seien. Hajo bat ihn, in sein Büro zu kommen. Bei diesem Zusammentreffen erfuhr er dann, was er längst vermutet hatte. „Karel ist nicht der Bruder ihrer Frau. Ihre Eltern sind auch nicht tot, das heißt, ihr Vater ist es nicht. Er lebt mit seinem Sohn, dem Bruder Ihrer Frau, in einem kleinen Dorf in sehr ärmlichen Verhältnissen. Der Bruder, sein Name ist Pawel, ist verheiratet und hat zwei kleine Kinder. Sie betreiben eine kleine Landwirtschaft, die die Familie gerade so ernährt. Zusätzlich arbeitet er noch als Tagelöhner bei einem großen Bauern in der Nachbarschaft. Auch seine Frau arbeitet dort im Haushalt. Der Vater ihrer Frau ist etwas kränklich, aber er passt auf seine Enkel auf und beteiligt sich, so gut er noch kann, am gemeinsamen Haushalt." „Weiß er, dass seine Tochter in Deutschland verheiratet ist?" „Nein, er sagte mir, sie sei eine gefragte Schauspielerin in Prag. Sie hat den Kontakt zu ihm und ihrem Bruder abgebrochen. Offenbar schämt sie sich für ihre arme Verwandtschaft." „Aber wer ist dann Karel?" „Oh, das habe ich auch herausbekommen. Er ist ebenfalls Schauspieler, aber kein erfolgreicher. Er verdient sehr wenig, hat auch kaum Engagements, dennoch scheint er recht gut zu leben. Ihre Frau und er kennen sich schon seit langem und sie waren, beziehungsweise sind immer noch ein Paar. Gehe ich recht in der Annahme, dass Ihre Frau viel Geld verbraucht?" Als Hajo nickte fuhr er fort: „Sehen Sie, das sind Karels Einkünfte, Sie haben ihn unterstützt, ohne dass Sie es wussten!" „Ich danke Ihnen sehr, nun weiß ich, woran ich bin!"

Hajo fühlte sich nach diesem Gespräch, als ob ein Hammer auf ihn niedergesaust wäre. Da hatte ihn die schöne Hanah so richtig hinters Licht geführt. Wahrscheinlich hatten die beiden das so abgesprochen. „Und ich Trottel, habe ihr alles geglaubt, ihr meine ganze Liebe gegeben, sie auf Händen getragen, und sie hat mich abgezockt und hintergangen!" Er schlug die Hände vor das Gesicht und fing an, hemmungslost zu weinen. Was sollte er nun machen? Wahrscheinlich würde Hanah nach einem weiteren Ehestreit sagen, dass sie die Scheidung einreichen würde.

„Scheidung!" Er hatte das Wort laut ausgesprochen. Scheidung, das bedeutete, dass er nach sechsjähriger, das heißt, nach einem vorgeschriebenen Trennungsjahr, nach siebenjähriger Ehe, ihr einen ziemlich hohen Betrag auszahlen musste. In seinem Liebeswahn hatte er nicht einmal an einen Ehevertrag gedacht! Seine Mutter und seine Schwester hatten ihm dazu geraten, doch er hatte alles mit einer Handbewegung weggewischt, Scheidung kommt überhaupt nicht infrage. Niemals. Nicht bei seiner übergroßen Liebe zu Hanah.

Was passierte dann mit seiner Firma? Seine Mutter hielt noch einige Anteile, die sie von ihrem verstorbenen Mann, Hajos Vater, geerbt hatte. Seine Schwester hatte er damals ausbezahlt, sie hatte mit dem Geld ihre Praxis als Augenärztin eingerichtet. Zunächst musste er mit dem Leiter der Buchhaltung sprechen, dann würde er sich einen Anwalt suchen, der sich auf diesem Gebiet auskannte. Würde Hanah die halbe Firma gehören oder nur der in sieben Jahren aufgelaufene Zugewinn?

Die Firma war sein Leben und das Lebenswerk seines Vaters und Großvaters. Seit drei Generationen war sie im Besitz der Familie. Und er sollte sie ruinieren und vielleicht gar verlieren?

„Wohin hat mich meine blinde Liebe nur geführt? Hanah hat einen Narren aus mir gemacht und ich habe es geschehen lassen!" Er konnte es nicht glauben, Hanah, seine große Liebe, hatte ihn als Melkkuh angesehen!

Kapitel 5

Als nächstes konsultierte Hajo einen Scheidungsanwalt. Insgeheim hatte er gehofft, dass eine unter diesen Umständen eingegangene Ehe vielleicht annulliert werden könnte. Der Anwalt wiegte den Kopf hin und her, das war schwer zu beweisen, außerdem war die Ehe ja vollzogen worden, oder etwa nicht? „Ja, natürlich, ich hatte mir doch so sehr Kinder gewünscht." „Und wie stand Ihre Frau zu diesem Kinderwunsch?" „Sie wollte keine, zumindest vorerst nicht." „Aber generell war sie nicht dagegen?" „Nein, sie hatte mich auf später vertröstet. Jetzt wollte sie ihre Figur noch nicht ruinieren, das sagte sie genau so." „Sie haben diese Abmachung akzeptiert?" „Ich liebte meine Frau, sie war noch so jung, erst Anfang zwanzig. Ich habe ihren Wunsch respektiert." „Dann ist das auch kein Scheidungsgrund und schon gar kein Grund, Ihre Ehe zu annullieren." „Es bleibt mir also nichts anderes üblich, als zu zahlen." Mutlos sah Hajo den Anwalt an. „So ist es. Bei Ihren wirtschaftlichen Verhältnissen dürfte das eine ganz hübsche Summe ausmachen."

Geknickt verließ Hajo die Kanzlei des Anwalts. Da würde Hanah, und damit auch Karel, ganz schön von seiner Verliebtheit profitieren. Vielleicht würde er es ja finanziell irgendwie verkraften, aber der Gedanke war ihm sehr zuwider. In ihm wuchs Hass und auch das Gefühl, Rache ausüben zu wollen. Er empfand alles als riesengroße Ungerechtigkeit. Durch seine Leichtgläubigkeit und sein Vertrauen würden die beiden zu einem Vermögen gelangen, und das sah er absolut nicht ein. Was also konnte er dagegen unternehmen?

Zunächst beschloss er, sich nichts anmerken zu lassen. Gewiss würde das sehr schwer sein, aber er konnte in der Firma unabkömmlich sein und erst spät am Abend heimkommen. Dadurch bedingt, würde er sich ein eigenes Schlafzimmer einrichten, denn als rücksichtsvoller Ehemann, der er nun einmal war, wollte er den Schlaf seiner Frau nicht stören. Er konnte auch Geschäftsreisen unternehmen, die bisher seine Mitarbeiter gemacht hatten. Den Mitarbeitern würde das zwar nicht gefallen, aber für ihn war das eine gute Gelegenheit, nicht mit seiner Frau zusammen zu sein.

Dann musste er abwarten und Hanah im Augen behalten. Vielleicht konnte er sie ja bei einer Unvorsichtigkeit ertappen, bei einer erneuten Reise nach Prag zum Beispiel. Schweres Fehlverhalten würde sicher zu einem günstigeren Ergebnis führen, für ihn natürlich.

Hanah ließ sich absolut nichts anmerken. Sie wusste ja nicht, dass ihr Mann sie in Prag mit ihrem Lover gesehen hatte. Sie gab sich unbeschwert und fröhlich, als ob nichts geschehen wäre. Er konnte es nicht glauben, wie abgebrüht sie war! Unglaublich!

Irgendwann kam Hajo der Gedanke, wie er seine Frau ohne Scheidung loswerden könnte. Sollte sie einen Unfall haben, könnte man ihm das schwerlich nachweisen. Der Gedanke setzte sich immer mehr in seinem Gehirn fest. Er dachte sich alle möglichen Situationen aus, aber er verwarf immer wieder seine diesbezüglichen Gedanken. Alles zu gefährlich! Schließlich wollte er nicht im Gefängnis landen, das war die ganze Sache nicht wert.

Auf jeden Fall wollte er sein Privatvermögen so gering wie möglich halten. Er begann Geld auf ein Nummernkonto in die Schweiz zu transferieren, sicher war sicher. Er hatte ihr in seiner Verliebtheit die Vollmacht über sein gesamtes Vermögen gegeben. Das änderte er nun sofort. Ab sofort überwies er ihr monatlich eine beachtliche Summe auf ein Konto, über das sie verfügen konnte. Als er ihr das sagte, sah sie ihn merkwürdig an. „Hast du kein Vertrauen mehr zu mir?“ wollte sie wissen. „Das hat nichts mit Vertrauen zu tun, sondern nur damit, dass die Auftragslage sich verschlechtert hat. Ich muss die Gewissheit haben, dass ich das nötige Geld habe für nötige Investitionen. Außerdem hast du genügend Geld, um deinen bisherigen Standard zu halten, du musst dich nicht im Geringsten einschränken.“ Das stimmte zwar nicht, aber er hatte kein schlechtes Gewissen dabei.

Hanah schmollte ein wenig, aber ändern konnte sie an seinem Entschluss nichts, er blieb hart. Sollte er ihr Verhältnis zu Karel herausbekommen haben? Nein, das glaubte sie nicht, er liebte sie doch, auch wenn ihr die Sache mit den getrennten Schlafzimmern etwas zu denken gab. Aber er hatte ja eine plausible Erklärung dafür geliefert. Er war so gutmütig und geradlinig, dass sie ihm glaubte.

Kapitel 6

In der Ehe von Hajo und Hanah kriselte es immer mehr. Alle Fröhlichkeit und alles Lachen waren verschwunden. Die Einladungen von Freunden waren früher immer beschwingt und heiter, doch nun blieben die Gäste aus. Die Atmosphäre war alles andere als einladend und das spürten alle. Es war wie vor einem Gewitter, dunkle Wolken waren nicht nur am Horizont, sondern bedrohten das ganze Haus und deren Bewohner.

Eines Morgens beschloss Hanah in die Stadt zu fahren um Einkäufe zu tätigen. Sie ging zur Garage und stieg in ihr knallrotes Cabriolet. Langsam ließ sie es aus der Garage rollen. Hajo, der an der Ausfahrt stand, öffnete das Tor, als Teddy auf ihn zulief und ihn ansprang. Er bückte sich, um den kleinen Hund zu streicheln. Hanah hatte dies im Rückspiegel beobachtet. Sie konnte sich im nach hinein nicht erklären, warum, plötzlich gab sie Gas und fuhr rückwärts. Dabei erwischte sie Hajo und den Hund. Entsetzt machte sie eine Vollbremsung und stürzte voller Entsetzen aus dem Auto. Teddy war sofort tot, sie hatte ihn überfahren, aber Hajo lebte – noch. Er war schwer verletzt, das Blut lief aus mehreren tiefen Wunden. Sofort zückte sie ihr Mobiltelefon und rief einen Notarzt. Es dauerte für sie eine Ewigkeit bis der endlich eintraf. Einige Minuten später kamen, mit Martinshorn und Blaulicht, der Krankenwagen und die Polizei.

Die Schwere der Verletzungen konnte der Notarzt auf die Schnelle nicht feststellen und so betteten die Sanitäter ihn vorsichtig auf die Liege und schoben sie dann in den Krankenwagen. Der Notarzt legte sofort eine Infusion, dann wurden wieder Martinshorn und Blaulicht eingeschaltet und ab ging es ins Krankenhaus.

Der Notarzt kümmerte sich nun um die Frau. Ganz offensichtlich hatte sie einen Nervenzusammenbruch. Sie weinte und schluchzte und konnte sich nicht beruhigen. Ihr Puls raste und ihr Blutdruck war beängstigend hoch. Er gab ihr ein Beruhigungsmittel und riet, sich erst einmal hinzulegen. Dann wurde er auch schon zum nächsten Einsatz gerufen.

Nun traten die beiden Polizisten auf Hanah zu. Wie konnte das geschehen? Sie war sehr verwirrt, schluchzte und die Tränen rannen über ihr Gesicht. „Ich muss wohl Bremse und Gas verwechselt haben. Mein geliebter Mann, hoffentlich habe ich ihn nicht zu schwer verletzt." Der Gärtner und das Hausmädchen, die ebenfalls Zeuge des Unfalls waren, konnten nur aussagen, dass Hanah plötzlich und völlig unerwartet nach hinten geschossen sei. Starr vor Entsetzen hatten sie zugesehen und konnten sich den Unfall nicht erklären.

Die Beamten nahmen den ganzen Hergang sorgfältig zu Protokoll. Sobald sie sich wieder etwas besser fühlte, sollte sie zur Polizeistation kommen und das Protokoll unterschreiben. Hanah schrie voller Verzweiflung: „Wie soll es mir jemals wieder besser gehen! Ich habe meinen Mann schwer verletzt und mein armer Teddy ist tot!" Die Polizisten baten das Hausmädchen sie in ihr Zimmer zu bringen und darauf zu achten, dass sie ein paar Stunden liegen blieb. Offensichtlich war die Frau hysterisch, aber bei der Sachlage war das verständlich.

Im Krankenhaus rangen die Ärzte um das Leben von Hajo, er hatte schwerste innere Verletzungen. Irgendwann hatten sie ihn so stabilisiert, dass sie ihn auf die Krankenstation bringen konnten. Ob er überleben würde, konnte zu diesem Zeitpunkt noch nicht gesagt werden.

Bei Hanah begann nun das Beruhigungsmittel zu wirken und sie schlief tatsächlich ein. Als sie nach einigen Stunden wieder aufwachte, fing sie wieder an zu schluchzen und schreien. Es wurde so schlimm, dass das Hausmädchen einen Arzt anrief, der sie wieder mit Beruhigungsmitteln ruhigstellte. Als er ihr sagte, er würde erwägen, sie in ein psychiatrisches Krankenhaus zu bringen, wurde sie etwas ruhiger, das wollte sie auf keinen Fall.

Kapitel 7

Am nächsten Tag berichteten die Zeitungen alle über das furchtbare Geschehen. „Tragischer Unfall des bekannten Industriellen Hans-Joachim Reimann – angefahren von der eigenen Frau!“

Berta Hartmann liebte es, beim Frühstück die Zeitung zu lesen. Auch sie las den Artikel über den Unfall ausführlich. Sie besah sich genau die Fotos von Reimann und seiner Frau Hanah. Die Frau kam ihr bekannt vor: War das nicht die Frau, die von ihrem Mann stehen gelassen worden war und dann ganze Schimpftiraden hinter ihm hergerufen hatte? Natürlich, das war sie, lange, dunkle Locken umrahmten ein ausnehmend hübsches Gesicht, beneidenswerte schlanke Figur und sehr elegant gekleidet. Auch den Mann erkannte sie sofort wieder: Mittelgroß, nicht ganz so schlank, ein attraktiver Mittvierziger. Ein Unternehmer also mit seiner Frau. Die hatte in einer ihr unbekannten Sprache geflucht, jedenfalls hatte es sich so angehört. Tschechin war sie, aus Prag, dann hatte sie also in ihrer Muttersprache geflucht.

In der Zeitung wurde von der großen Liebe der beiden zueinander berichtet und dass die Ehefrau einen Nervenzusammenbruch erlitten hätte. Merkwürdig, wenn die beiden eine solche tiefe Liebe verbunden hatte, warum hatten sie sich dann gestritten, dass die Fetzen geflogen sind? Warum war der Ehemann dann einfach davongefahren und hatte seine

Frau stehen gelassen? Berta schüttelte den Kopf, das passte doch gar nicht zusammen.

Langsam ging sie den Zeitungsbericht noch einmal durch: Die Frau fuhr ihr Cabriolet langsam aus der Garage. Plötzlich gab sie Gas und hatte anscheinend ihren Mann, der ihr das Einfahrtstor zur Villa geöffnet hatte, und den Hund nicht gesehen. Eigenartig. Es wurde berichtet, sie hätte Gas und Bremse verwechselt, kaum zu glauben, sie war doch noch so jung, da stand es, sie war siebenundzwanzig. Verwechselte man in diesem Alter Gas und Bremse, schon gar nicht, wenn man ein routinierter Fahrer war. Das passierte doch nur älteren, etwas verwirrten Menschen oder ungeübten Fahrern. Aber vielleicht hatten sich die beiden ja wieder gestritten und sie hatte die Beherrschung verloren, das konnte in jedem Alter passieren. Das Geschehen erschien ihr mysteriös. Was stand da noch? Die Frau war Schauspielerin? Ha, und wenn das Ganze nur ihrem schauspielerischen Talent zuzuschreiben war? Hysterischer Nervenzusammenbruch. Echt oder gespielt?

Sie legte die Zeitung zur Seite und beendete ihr Frühstück. Sie beschloss, zur Polizei zu gehen und über das nächtliche Ereignis neulich zu berichten.

Auf der Polizeistation nahm ein junger Polizist ihre Beobachtung entgegen. Allerdings schien er dieser keinen großen Wert zuzusprechen, Berta konnte förmlich seine Gedanken lesen: Da wollte doch so eine alte Schachtel Miss Marple spielen! Kurz entschlossen bat sie, mit dem leitenden Kommissar sprechen zu wollen. Der junge Polizist war sichtlich froh, die Alte los zu werden und rief sofort seinen Chef an. „Bringen Sie die Dame zu mir, ich habe gerade Zeit und möchte mir das anhören und mir selbst ein Bild machen." Der Beamte brachte Berta in das Büro von Kommissar Frank Hagenlocher.

Der kam ihr entgegen und bot ihr einen Stuhl gegenüber dem seinen am Schreibtisch an. Notizblock und Stift hatte er schon bereitgelegt. „Heute Morgen las ich in der Zeitung von dem schrecklichen Unfall des Unternehmers Reimann, den seine Frau verursacht hat", begann sie. „In dem Bericht wird von der großen Liebe, die die beiden verbindet, erzählt. Ich habe vor einiger Zeit einen fürchterlichen Ehestreit der beiden erlebt und glaube nicht, dass die Geschichte mit der großen Liebe stimmt, jedenfalls zum damaligen Zeitpunkt nicht." Dann berichtete sie ausführlich von ihrer nächtlichen Beobachtung.

Hagenlocher hatte ihr nachdenklich und ohne sie zu unterbrechen zugehört. „Sind Sie sicher, dass es sich um das Ehepaar Reimann handelt?" „Ja, ganz sicher. Sie standen direkt unter der Laterne schräg gegenüber dem Haus, in dem ich wohne. Meine Augen sind ausgezeichnet, meine Ärztin bestätigte mir erst neulich wieder eine Sehkraft von hundert Prozent." „Zu Ihrer Sehkraft und Ihrer Beobachtungsgabe kann ich Ihnen nur gratulieren." Berta hielt ihm die mitgebrachte Zeitung hin. „Sehen Sie selbst! Schlanke Figur, sehr hübsch, lange, dunkle Locken, sehr elegant, das war sie, zweifelsfrei. Auch ihn habe ich auf dem Bild wieder erkannt, auch wenn er nicht ganz so markant aussieht."

„Frau Hartmann, ich möchte mich bei Ihnen für Ihre Aussage bedanken. Selbstverständlich werde ich Ihrer Beobachtung nachgehen.“

Der Kommissar begleitete Berta Hartmann noch bis zur Tür, dann ging er zurück zu seinem Schreibtisch. Er legte seine langen Beine auf den Tisch, kippte die Lehne seines Bürostuhls nach hinten und verschränkte seine Arme hinter seinem Kopf – seine bevorzugte Haltung, wenn er nachdenken musste.

Wenn das stimmte, was die alte Dame ihm berichtet hatte, dann konnte es mit der ach so großen Liebe nicht weit her sein. Das musste er unbedingt recherchieren. Auch ihm erschien es seltsam, dass eine routinierte, junge Autofahrerin Gas und Bremse verwechselte, es sei denn, sie hätte sich in einem psychischen Ausnahmezustand befunden. Vielleicht hatten die beiden vorher gestritten und das Unbewusste hatte Hanah Reimann einen Streich gespielt und sie dazu gebracht, ihren Mann anzufahren, oder umzufahren. Er würde es herausbekommen. Aber zuerst würde er sich den Zeitungsbericht noch einmal genau durchlesen und danach das Protokoll der beiden Polizisten, die den Unfall aufgenommen hatten.

Kapitel 8

Zunächst sprach alles für einen unglückseligen Unfall. Doch Hagenlocher hatte das Gefühl, dass dahinter mehr steckte. Da war einmal der Ehestreit, der doch über ein übliches Maß hinaus gegangen war. Welcher Ehemann ließ seine Frau schon am Straßenrand stehen und fuhr einfach davon? Worüber war es bei dem Streit überhaupt gegangen? Hanah verweigerte die Aussage, sie brach einfach in Tränen aus und blockte damit alles ab. Also wandte er sich an das Hausmädchen, vielleicht war über sie etwas zu erfahren.

Das Mädchen sagte aus, dass die Ehe am Anfang sehr gut war, aber dann, nach einem Besuch der gnädigen Frau in Prag hatte es angefangen. „Frau Reimann kommt aus Prag. Hat sie dort Verwandte besucht?", wollte der Kommissar wissen. „Ja, ihr Bruder lebt in Prag." Wissen Sie wie er heißt?" „Ja, Karel, den Familiennamen kenne ich leider nicht. Ein sehr gut aussehender junger Mann, breite Schultern, schmale Hüften, dunkles, gewelltes Haar. Was mir an ihm nicht gefiel war seine Vorliebe für Knoblauch. Also der Geruch hätte mich schon gestört. Er war sich seiner Schönheit durchaus bewusst, das merkte man an seinem ganzen Auftreten, den sehr figurbetont geschnittenen Hemden und Hosen. Er soll ebenfalls Schauspieler sein, ich kann mir vorstellen, dass er viele Verehrerinnen hat." „Gibt es noch andere Verwandten?" „Nein, meines Wissens nicht. Etwas fällt mir da noch ein: Herr Reimann fuhr vor einiger Zeit ebenfalls nach Prag. Seine Frau hielt sich dort schon einige Wochen auf. Ich dachte mir, er hat Sehnsucht nach ihr und will sie zurückholen. Aber nach drei Tagen war er wieder zurück, ohne sie. Sie kam dann eine Woche später wieder nach Hause." „Nach dieser Reise war er also anders?" „Ja, das kann man wohl sagen. Ich weiß nicht, wie ich es beschreiben soll. Verwirrt? Verstört? Durcheinander? Etwas in dieser Richtung." „Haben Sie herzlichen Dank."

Was hatte Herrn Reimann so durcheinander, verwirrt oder verstört gemacht? Es musste etwas sein, was mit Hanah und vielleicht Karel zusammenhing. War es eine Entdeckung, die er gemacht hatte? Vielleicht kam er weiter, wenn er die Anwälte der Stadt befragte. Ein Blick in seinen Computer sagte ihm, dass es nur eine kleine Anzahl war. Er fing an, alle in alphabetischer Reihenfolge anzurufen. Schon beim dritten Anruf erhielt er von der Sekretärin die Antwort, ja, ein Herr Reimann hatte den Anwalt aufgesucht. Aber mehr durfte und konnte sie nicht sagen. Der Kommissar vereinbarte einen Termin für den nächsten Tag.

Der Anwalt gab sich sehr bedeckt. Aus Datenschutzgründen könnte er keine Auskunft über den Grund der Konsultation geben. Hagenlocher erklärte ihm den Grund seiner Befragung und dass eventuell eine Straftat seitens Frau Reimann vorliegen würde. Nach langem Überlegen und etlichen Seufzern erzählte der Anwalt, Herr Reimann hätte ihn wegen einer eventuellen Scheidung und den daraus entstehenden finanziellen Kosten konsultiert. „Hatte Herr Reimann einen Grund für den Gedanken an eine Scheidung?" Wieder herrschte betretenes Schweigen, dann sagte der Anwalt: „Herr Reimann hatte den Verdacht,

dass seine Frau ihn betrügen würde und ihn nur aus finanziellem Kalkül heraus geheiratet hätte.“ „Und was veranlasste ihn zu einem solchen Verdacht?“ „Mein Mandant ist wohlhabend, seine Frau war bei der Verehelichung mittellos. Sie hat während der Ehe ihren Bruder unterstützt. Herr Reimann hatte nichts dagegen, aber bei seiner letzten Reise nach Prag war er zu der Erkenntnis gekommen, dass das Verhältnis seiner Frau zu ihrem angeblichen Bruder kein geschwisterliches war. Er hat auch einen Privatdetektiv eingeschaltet. Ich kann Ihnen seinen Namen nennen, aber mehr kann ich leider nicht für Sie tun.“ „Danke, Herr Anwalt, das reicht mir durchaus und trägt unter Umständen zur Aufklärung des Falles bei.“

Er suchte die Adresse des Detektivs heraus und fuhr gleich hin. Er hatte Glück, der Mann war im Büro. „Ja, das war keine so schöne Geschichte. Ich musste Herrn Reimann leider mitteilen, dass der angebliche Bruder nicht der wirkliche Bruder, sondern der Geliebte seiner Frau war.“ „Wie hat Ihr Klient das aufgenommen?“ „Er war sehr betroffen, aber ich konnte alles gut belegen und die von mir gemachten Aufnahmen waren eindeutig.“

Das hatte also die Krise ausgelöst. Frau Reimann sah ihre Felle davon schwimmen, das hätte sich auch bei einer Scheidung finanziell sehr negativ ausgewirkt. Vielleicht hatte sie gar nicht Gas und Bremse verwechselt, sondern hatte in Tötungsabsicht gehandelt. Bei einer so temperamentvollen Frau konnte er sich das sehr gut vorstellen.

Noch vom Auto aus rief er Hanah an und bestellte sie für den nächsten Vormittag zu sich. „Ich habe doch schon alle ausgesagt und die Polizei hat alles zu Protokoll genommen. Ich habe, ich weiß nicht wie es geschehen konnte, Gas und Bremse verwechselt. Es ging mir an diesem Morgen nicht besonders gut, ich hatte Migräne. Es tut mir außerordentlich leid, dass ich meinem geliebten Mann dies angetan habe." Sie fing am Telefon an zu schluchzen, aber der Kommissar hatte kein Mitleid mit ihr. „Morgen Vormittag!" beschied er sie kurz, „und keine Ausreden, auch keine Migräne!" Dann legte er auf.

Hanah sah erstaunt auf den Hörer. Da hatte der doch tatsächlich einfach aufgelegt. ‚Der hat mich einfach herumkommandiert', dachte sie.

Kapitel 9

Am nächsten Vormittag erschien sie in Kommissar Hagenlochers Büro. Sie trug ein Einfaches, aber sehr elegant und figurbetont geschnittenes, dunkelblaues Kostüm aus dem dezent eine weiße Bluse mit dunkelblauen Pünktchen hervor lugte. Der kurze Rock war eng und ihre langen, schlanken Beine steckten in dunkelblauen Pumps mit einer kleinen weißen Schleife. Der Schmuck war ebenfalls dezent, aber, so schätzte der Kommissar, sehr teuer. Sie nahm auf dem Besucherstuhl Platz und schlug ihre Beine übereinander.

Hagenlocher beeindruckte das alles nicht. „Ich habe mich umgehört und einiges erfahren", begann er. „Wussten Sie, dass Ihr Mann einen Detektiv in Prag beauftragt hatte, um Näheres über Ihren, wie soll ich sagen, ‚angeblichen' Bruder heraus zu bekommen?" „Was heißt hier ‚angeblich'. Karel ist mein Bruder!" „Frau Reimann, hören Sie mit den Spielchen auf. Ich habe es schwarz auf weiß. Karel ist nicht ihr Bruder. Ihr Bruder heißt Pawel und wohnt zusammen mit seiner Frau und seinen beiden Kindern bei Ihrem Vater in der Provinz. Wollen Sie das leugnen?" Hanah war rot geworden, ihre Hände bewegten sich nervös in ihrem Schoß, aber sie antwortete nicht. „Sie waren in Prag an einem kleinen Theater engagiert, ebenso Karel. Ihre Gage war gering, jedenfalls konnten Sie damit keine großen Sprünge machen. Da kam Ihnen das Kennenlernen mit Herrn Reimann gerade recht. Er war vom ersten Augenblick an so in Sie verliebt, dass er keine weiteren Fragen stellte und auch keinen Argwohn bezüglich Ihres angeblichen Bruders hatte. Er hat Ihnen alles geglaubt, Sie hätten ihm die größten Bären aufbinden können, er hätte nichts gemerkt. Das stimmt doch, nicht wahr?" Wieder erhielt er keine Antwort, Hanah schwieg beharrlich. „Sie heirateten sehr schnell und ohne zu zögern. Karel wusste Bescheid, wahrscheinlich hatten Sie ausgemacht, dass sie nach einiger Zeit die Scheidung einreichen würden und damit dann eine schöne Summe, sagen wir, so zwei oder drei Millionen Euro, erhalten würden. Genug, dass Sie beide, Karel und Sie, zufrieden und glücklich leben könnten." Fragend sah er die Frau an. Sie starrte ihn ertappt und zugleich böse an, ja, seine Schlussfolgerungen waren richtig. „Wenn das Gericht dies erfahren hätte, hätten Sie überhaupt nichts bekommen, und schon gar keine Millionen! Aber beim Tod Ihres Mannes hätten Sie erheblich geerbt, Sie hätten weitaus mehr Millionen erhalten als bei einer Scheidung. Da kamen Sie auf die Idee, Ihre Tötungsabsicht als Unfall zu tarnen. Sie waren so Ihren Mann los, eine trauernde und von allen bemitleidete Witwe, wohlhabend, und nach einer Anstandsfrist hätten Sie Karel geheiratet, der dann ebenfalls gut versorgt gewesen wäre. Clever ausgedacht, das muss ich eingestehen."

„Ich wollte meinen Mann nicht umbringen, ganz bestimmt nicht. Mir hätte eine Scheidung gereicht. Und ich bin auch nicht in Tötungsabsicht rückwärtsgefahren. Irgendwie mochte ich meinen Mann. Ja, zugegeben, es war keine Liebe, aber ich habe ihn geschätzt und geachtet." „Was war es dann, was hat Sie dazu gebracht, Gas zu geben?" „Ich war nicht ganz bei Sinnen. Irgendwie kommt mir alles wie ein Alptraum vor. Ich bin keine eiskalte Mörderin! Hajo hatte das Tor geöffnet, weil ich einige Besorgungen machen wollte. Und dann kam Teddy, unser Hund, eigentlich war es mein Hund, mein Mann hatte ihn mir geschenkt. Verstehen Sie, es war mein Hund! Aber er liebte sein Herrchen weitaus mehr als mich, er lief zu ihm und sprang hoch und Hajo bückte sich und streichelte ihn liebevoll. Er war so liebevoll zu ihm wie er es früher zu mir gewesen war. In letzter Zeit war er so abweisend, so unzugänglich. Ich hatte mir so gewünscht, dass wir uns aussprechen würden. Es war schändlich, ihn zu heiraten, ihn so hinters Licht zu führen. Ich hätte ihm alles erzählt, vielleicht hätte er verstanden, was es heißt, immer nur am Existenzminimum zu leben, in einer kleinen, schäbigen Wohnung. Keine Perspektive zu haben, dies jemals zu ändern. Ja, ich bin Schauspielerin, aber ich hätte immer nur kleine Nebenrollen erhalten, ich habe nicht das Talent, wirklich brillant zu sein." Hilfesuchend und ohne jede Koketterie blickte sie ihn an

Der Kommissar sah sie an. Bis zu einem gewissen Punkt konnte er ihre Situation nachvollziehen. „Sie hätten Ihrem Mann von Anfang an die Wahrheit sagen müssen. Man kann keine Beziehung auf einer Lüge aufbauen, alles kommt irgendwann ans Licht. Ihr Mann war großzügig, ich kann mir vorstellen, dass er Sie auch so unterstützt oder Sie gefördert hätte. Sie werden nun einem Richter vorgeführt, der wird darüber entscheiden, was weiter geschieht. Ich ermittle nur, ich richte nicht. Kommen Sie bitte mit."

Später fuhr er ins Krankenhaus. Hans-Joachim Reimann war nicht mehr auf der Intensivstation, es bestand keine Lebensgefahr mehr. Da hatte seine Frau richtig Glück gehabt, denn das würde sich strafmildernd auswirken.

Bleich und mit vielen Verbänden lag er in seinem Krankenbett. Eines seiner Beine war eingegipst. Hagenlocher stellte sich vor und berichtete, was er von Hanah Reimann gehört hatte. Hajo hörte zu, dann flüsterte er: „Ich hatte daran gedacht, sie umzubringen. Ich wollte an ihrem Auto die Muttern am Radlager lockern, sodass sie beim schnellen Fahren ein Rad verlieren würde. Doch ich konnte es nicht, denn ich liebe sie immer noch!“ Ein trauriges Lächeln erschien auf seinem Gesicht. „Ich hoffe, ihre Strafe fällt nicht allzu drastisch aus, ich habe ihr jedenfalls verziehen. Ich bin im Grunde auch nicht besser!“

Nachdenklich sah der Kommissar den Patienten an. Schon schlimm, wo fehlgeleitete Liebe die Menschen hinführen kann, dachte er.

Die Mutprobe

Kapitel 1

Elke und Lisa waren Freundinnen seit sie denken konnten. Sie besuchten denselben Kindergarten und mochten sich vom ersten Augenblick an, wo Elke war, war auch Lisa nicht weit und umgekehrt. In der Grundschule saßen sie Seite an Seite und jetzt im Gymnasium hatte sich nichts geändert. Dabei waren sie sehr unterschiedlich: Elke war klein und zierlich, ihre dunklen Locken umrahmten ein hübsches, auch im Sommer leicht olivfarbenes Gesicht. Sie war sehr unternehmungslustig und ständig hatte sie neue Ideen im Kopf, ihre schulischen Leistungen waren allerdings nicht von großer Bedeutung. Sie schwamm im Mittelfeld mit, aber die Schule genoss bei ihr auch nicht die erste Priorität. Lisa war mit ihren nun 15 Jahren ein hoch aufgeschossenes Mädchen mit einem aschblonden Pagenkopf. Sie war sehr zurückhaltend, aber ihre Noten in der Schule konnten sich sehen lassen. Sie war ehrgeizig und zielstrebig und lernte mit großer Begeisterung. Immer war sie dem Lehrstoff um ein paar Seiten voraus, allerdings nicht aus Ehrgeiz sondern aus Freude am Lernen.

Elkes Vater, Jochen Zimmermann, hatte ein Bauunternehmen, das gut florierte. Die Familie bewohnte ein großes Haus, es ging ihnen gut, finanziell gesehen. Elkes Mutter war nicht so zufrieden mit ihrem Leben, sie wäre gerne viel gereist, aber ihr Mann fand dazu keine Zeit und er wollte auch nicht, dass sie alleine, das heißt ohne ihn, auf Reisen ging. Sie war – natürlich – im Tennis-Club, hatte ein Pferd im Reitstall, leistete sich teure Kleidung, aber das alles befriedigte sie nicht so richtig.

Der Vater von Lisa war Schreiner. Er hatte eine kleine Werkstatt und einen Gesellen, der ihm zuarbeitete. Die Mutter machte die Buchhaltung, und das mit Freude. Lisas Bruder war zehn Jahre alt und sollte einmal die Werkstatt übernehmen. Schon jetzt arbeitete er gerne mit Holz, er sägte und bastelte und seine Eltern waren sehr stolz auf ihn. Ihr Haus war wesentlich kleiner als das Anwesen des Bauunternehmers, aber sie waren zufrieden. So sehr gerne sahen sie die Freundschaft zwischen ihrer Tochter Lisa und der des Bauunternehmers nicht. Vater Maier war der Meinung, Lisa würde zu sehr beeinflusst vom Lebensstil der Zimmermanns. Seine Tochter sollte eine tüchtige Frau werden und nicht irgendwelche Flausen im Kopf haben. An Lisa prallte die Meinung des Vaters ab, Elke war ihre Freundin und wichtigster Mensch in ihrem Leben.

Lisa spürte die Unruhe Elkes schon während der ganzen Deutschstunde. Es fiel ihr schwer, sich neben der zappeligen Freundin zu konzentrieren. Auf dem Heimweg erfuhr sie dann endlich, was sie wieder im Schilde führte. „Wäre es nicht furchtbar aufregend und spannend, wenn wir irgendwo in einem Laden etwas klauen würden?“ Entgeistert sah Lisa sie an. „Aber warum? Du bekommst so viel Taschengeld, davon kann ich nur träumen! Warum willst ausgerechnet du stehlen?" „Verstehst du denn nicht, das ist ein Kick, ein richtiger Kick, Adrenalin-Ausstoß pur! Herzklopfen, ob sie einen erwischen, kurz eine Mutprobe!" „Mutprobe? Was soll denn das? Spring doch einfach über einen Bach, vielleicht schaffst du es ans andere Ufer, wenn nicht, landest du im Wasser." „Ach komm, Lisa, das ist doch Kinderkram, das haben wir doch schon in der Grundschule gemacht. Erinnerst du dich noch an den fast zugefrorenen Teich und wie wir auf dem Bauch immer weiter krochen, solange bis es krachte? Das war aufregend, ja, aber dafür sind wir nun schon zu groß. Wir brauchen etwas Prickelndes, etwas Aufregendes, keinen Kinderkram!" Beschwörend sah Elke die Freundin an. „Na los doch, sag einfach ja!" „Das kann ich nicht, hundertprozentig werde ich dabei erwischt. Ich werde immer erwischt und wenn ich nur einmal bei Rot über den Zebrastreifen gehe, schon kommt ein Polizist und ich werde verwarnt, so wie neulich. Nein, Elke, dass mache ich nicht. Ich finde es auch sehr unfair anderen gegenüber, die alles bezahlen." Elke schmollte, wie konnte Lisa nur so schwerfällig sein und jetzt kam sie auch noch mit dem moralischen Zeigefinger! Ziemlich kühl verabschiedete sie sich und ging mürrisch nach Hause. Du liebe Zeit, das war doch völlig harmlos, man musste sich nur nicht so dumm anstellen, dann war das ein Mordsspaß und man wurde auch nicht erwischt.

Die nächsten Tage versuchte Elke ihrer Freundin immer wieder die Mutprobe schmackhaft zu machen. Lisa blieb bei ihrem hartnäckigen Nein und Elke wandte sich anderen Klassenkameradinnen zu. Sie war beliebt und es fiel ihr leicht, im Mittelpunkt zu stehen. Lisa war sehr unglücklich und schließlich gab sie auf und sagte Ja. Elke war sofort Feuer und Flamme: „Wusste ich es doch! Du bist doch nicht so langweilig, wie ich befürchtet hatte.“ Dann beratschlagten die beiden, wo die Mutprobe stattfinden sollte. Zuerst dachte Elke an die teure Parfümerie, in der ihre Mutter so gerne einkaufte, aber diesen Gedanken verwarf sie sehr schnell wieder. Dort waren überall Videogeräte installiert, die die gesamte Verkaufsfläche überwachten. Außerdem war sie dort bekannt, da sie ihre Mutter ab und zu begleitete. „Ich hab's!“ rief sie dann strahlend aus, „der neue Supermarkt direkt am Marktplatz, das ist ideal.“ „Aber der wird doch sicherlich auch überwacht“, warf Lisa ein. „Das checke ich, ich werde meine Mutter überreden, dort am Wochenende einzukaufen.“ Lisa bekam Bauchschmerzen, wenn sie nur daran dachte, aber konnte sie ihre beste und einzige Freundin so enttäuschen?

Das ganze Wochenende hoffte sie, Elke würde ihren Plan fallen lassen. Sie hoffte, der Supermarkt würde so streng überwacht wie Fort Knox. Am Montag berichtete Elke, sie hätte keine Videokamera gesehen und sie hatte sich gründlich umgeschaut. Wollten sie es gleich heute machen? Lisa winkte ab, ihr war ganz flau im Magen, lieber an einem anderen Tag. So hatte sie noch einen kleinen Aufschub, vielleicht beruhigte sich ihr Magen ja bis dahin.

Kapitel 2

Lisa fühlte sich schlecht, sie war unkonzentriert in der Schule und hätte sich morgens anstatt aufzustehen am liebsten die Bettdecke übers Gesicht gezogen. Auf die Frage ihrer Mutter, was los sei mit ihr, schüttelte sie nur den Kopf, alles sei gut, sie hätte lediglich Bauchschmerzen. Wenn sie doch nur den Mut aufgebracht hätte, sich ihrer Mutter anzuvertrauen oder ihrer Freundin abzusagen, aber sie konnte weder das eine noch das andere tun.

Jeden Morgen ging sie zu Elke, um gemeinsam zur Schule zu gehen, und hoffte inständig, diese hätte sich diese Schnapsidee aus dem Kopf geschlagen. Aber nein, das Gegenteil war der Fall, Elke steigerte sich in diese Diebestour immer mehr hinein, ihre Augen funkelten und sie malte sich das alles so aufregend wie möglich aus.

„Heute“, sagte sie munter zu Lisa, „heute machen wir es!“ Nach der Schule gingen sie zusammen in den Supermarkt. Sie bummelten gemütlich und scheinbar ziellos durch die riesige Verkaufsfläche, vorbei an Lebensmitteln, Textilien, Elektrogeräten und allen möglichen anderen Dingen bis zur Kosmetikabteilung. Eine große Palette mit Rouge und diversen Lidschattenfarben hatte es Elke angetan. Die fünfzehn Euro hätte sie locker von ihrem Taschengeld zahlen können, aber dann wäre es kein Spaß mehr gewesen sondern ganz normal. Sie schlenderte um das Regal herum, probierte einen Lippenstift auf ihrem Handrücken aus, begutachtete Haarbänder und anderen Krimskrams. Was sie nicht beachtete war ein älterer Herr, der sie ganz genau beobachtete und ein Auge auf sie hielt, der Hausdetektiv. Als sie sich unbeobachtet glaubte, griff sie schnell nach der Farbpalette und steckte sie in ihren Beutel, den sie über der Schulter trug. Da bemerkte sie den Detektiv und ging schnell zur Kasse, die Palette holte sie wieder aus dem Beutel und hielt sie nun in der Hand. Zuerst dachte sie, es wäre das Beste, sich einfach an der Kasse anzustellen und zu bezahlen. Aber dann wäre der Spaß ja vorbei gewesen. Sie bemerkte eine alte Dame, die gerade ihren Einkauf auf das Laufband legte. Die Einkaufstasche stand einen Spalt auf und Elke steckte die Palette ganz schnell hinein. Dann ging sie rasch weiter. Vor der Kasse wartete bereits der Detektiv. Er hielt das Mädchen an und forderte es auf, mitzukommen. Elke begann unruhig zu werden, aber dann grinste sie vor sich hin: Bei ihr würde der Detektiv nichts finden! Sie ging brav und ohne zu schimpfen mit in das Büro. Dort musste sie ihren Beutel ausleeren, aber da waren nur ihre eigenen Utensilien. Dann kamen die Jacken- und Hosentaschen an die Reihe, aber auch diese Untersuchung verlief negativ. Unschlüssig sah der Detektiv das Mädchen an, wer weiß wo sie die gestohlenen Sachen versteckt hatte. Er rief eine Kollegin und bat sie, bei Elke eine Leibesvisitation durchzuführen. Elke empfand das als sehr unangenehm und protestierte, aber die Detektivin nahm dies gelassen hin. Als auch diese genaue Visitation nichts zutage förderte, wurde sie mit einer lahmen Entschuldigung entlassen.

Vor dem Supermarkt lungerte Elke eine Weile herum und hielt nach ihrer Freundin Ausschau, aber Lisa tauchte nicht auf. Was, wenn Lisa nun erwischt worden war? Oh je, was hatte sie mit ihrer blöden Idee da angerichtet! Ihr wurde richtig elend zumute und nach einer ihr endlos erscheinenden Zeit des Wartens machte sie sich auf den Heimweg.

Lisa hatte in ihrer Aufregung die Freundin aus den Augen verloren. Was sollte sie hier denn klauen? Schließlich griff sie nach einer Mascara und behielt die noch eine Weile in der Hand. Zahlen oder stehlen? Ging es ihr durch den Kopf. Sie wollte Elke nicht enttäuschen und nicht als Spielverderberin da stehen und so steckte sie die Mascara schließlich in die Jackentasche. Langsam und unentschlossen schlenderte sie in Richtung Kasse und Ausgang.

Da schrillte plötzlich vor ihr die Alarmglocke. Die ältere Dame, die gerade den Einkauf in ihrer Tasche verstaut hatte und durch die Schleuse trat, wich überrascht einen Schritt zurück. Was war das? Sie hatte doch alles bezahlt! Fast im gleichen Augenblick standen der Detektiv und seine Kollegin vor ihr, die sie am Arm nahm und ins Büro führte.

Lisa, die gerade dabei war, sich durch die Schleuse zu mogeln, liefen Schauer der Angst über ihren Rücken. Aber es war schon zu spät, sie konnte nicht mehr zurück, denn bei ihr schrillte die Alarmglocke ebenfalls. Sofort baute sich der Detektiv vor ihr auf, groß und breit wie ein Schrank erschien er ihr in ihrer Not.

Der führte sie nun ebenfalls ins Büro zusammen mit der alten Dame und seiner Kollegin.

Dort angekommen nahm sich der Detektiv die alte Dame vor und seine Kollegin das Mädchen. Lisa wurde in einen angrenzenden Raum geführt und musste ihre Taschen leeren. Dabei kam die Mascara ans Licht. Sie schämte sich unendlich und verwünschte sich und ihre Freundin. Wie würden ihre Eltern reagieren! Da sie minderjährig war, würden diese natürlich sofort benachrichtigt werden. Die Detektivin verlangte ihren Ausweis, sie hatte also nicht einmal die Chance, einen anderen Namen anzugeben. Die Frau sah sie streng an: „Warum hast du die Mascara gestohlen? Reicht dein Taschengeld nicht?“ Stumm sah Lisa sie an. Am liebsten hätte sie alles erzählt, aber dann hätte sie den Namen ihrer Freundin preisgeben müssen und das wollte sie unter allen Umständen vermeiden. Elke zu verpetzen kam überhaupt nicht in Betracht. Sie haderte mich sich selbst und machte sich große Vorwürfe: Warum hatte sie diese verdammte Mascara in die Tasche gesteckt und nicht einfach wieder zurückgelegt? Wie kam sie aus dem Schlamassel nur wieder heraus? Plötzlich kam ihr ein Gedanke. Sie fing an zu würgen und brachte mühsam heraus, ihr sei so schlecht und sie müsse sich übergeben. Sofort sprang die Detektivin auf und brachte sie zur Toilette. Und tatsächlich, sie musste sich wirklich übergeben. Mit viel Wasser säuberte sie sich anschließend das Gesicht und trank aus der hohlen Hand das kühle Wasser, das die Bitterkeit herunter spülte. Erschöpft lehnte sie sich an das Waschbecken und dann sah sie das Fenster, ein großes Fenster, das leicht zu öffnen war. Sie spähte hinaus und war erstaunt zu sehen, dass es lediglich zwei Meter waren, die sie von der Freiheit trennten. Entschlossen kletterte sie auf das Fensterbrett und ließ sich langsam nach unten gleiten.

Die Detektivin, die vor der Toilettentür wartete, wurde unruhig. Das Mädchen musste sich in der Zwischenzeit wieder beruhigt haben, es war ihr schon klar, dass sie keine Diebin war, so verängstigt wie sie gewesen war. Trotzdem mussten ihre Eltern benachrichtigt werden, schon deshalb, dass keine Gewohnheitsdiebin aus ihr wurde. Das Mädchen tat ihr leid und sie wollte so einfühlsam wie möglich sein. Sie klopfte an die Tür und fragte, ob alles in Ordnung sei. Als sie keine Antwort erhielt, betrat sie die Toilette. Das offene Fenster fiel ihr sofort auf, sie beugte sich hinaus, konnte das Mädchen aber nicht entdecken. Sollte sie sich so getäuscht haben? Wenigstens hatte sie den Namen und die Anschrift und mit den Eltern würde sie sich ganz bestimmt in Verbindung setzen.

Im Büro packte unterdessen der Detektiv die Einkäufe der alten Dame aus und verglich alles mit dem Kassenzettel. Die Frau war froh, dass sie den, entgegen ihres sonstigen Verhaltens, eingesteckt hatte. Dann hatte der Mann die Lidschatten-Palette in der Hand. Verwundert sah er die Frau an, er konnte weder Lidschatten noch Rouge und auch keinen Lippenstift in ihrem Gesicht erkennen. Die schaute verblüfft auf die Palette und fragte: „Was ist denn das? So etwas habe ich noch nie gesehen. Was soll ich mit diesen Farben, ich male doch gar nicht! Ich erkläre Ihnen hiermit, dass ich nicht die leiseste Ahnung habe, wie das in meine Tasche kommt." „Ihre Personalien brauche ich aber trotzdem."

„Meinetwegen, wenn es der Wahrheitsfindung gilt. Aber gestohlen habe ich in meinem ganzen Leben noch nicht und ich habe auch nicht die Absicht, das jemals zu tun."

Der Detektiv betrachtete die Frau nachdenklich. Nein, er traute ihr keinen Diebstahl zu. Sie hatte ein offenes und ehrliches Gesicht und ihre Verblüffung, als sie die Palette sah, war nicht gespielt gewesen. Trotzdem, man kann ja nie wissen, dachte er. „Haben Sie eine Enkelin?" „Nein, nur zwei Enkel. Aber nun klären Sie mich bitte auf, was das ist." „Das ist eine Schminkpalette. Junge Mädchen sind ganz verrückt danach. Sie bemalen sich das Gesicht, obwohl sie das doch gar nicht nötig haben, sie sind einfach von Natur aus hübsch, da braucht nicht nachgeholfen zu werden." „Sehe ich so aus, als ob ich mir das Gesicht bemalen würde?" Langsam begann die alte Dame die ganze Sache als grotesk anzusehen. „Ist das hier ‚Vorsicht Kamera'?"

Schweigend saß der Detektiv da und versuchte sich zu erinnern. Da war doch eine ungefähr Fünfzehnjährige, die eine solche Palette in der Hand hatte, sie dann in ihrem Schulterbeutel verstaute, sie wieder herausnahm und zur Kasse ging. War das Mädchen so unverschämt, sie der Frau in die Tasche zu stecken? Er hatte sie angehalten und durchsucht, aber nichts gefunden. So ein raffiniertes kleines Biest! Das war ihm auch noch nicht untergekommen! Nein, die alte Dame hatte nichts gestohlen. Er entschuldigte sich bei ihr, dann stand er auf und holte eine Schachtel Pralinen aus seinem Schrank. Sie waren zwar für seine Frau gedacht gewesen, aber er konnte ja eine neue Schachtel kaufen. „Gnädige Frau, ich möchte mich bei Ihnen von ganzem Herzen entschuldigen. Bitte nehmen Sie die Pralinen als kleine Wiedergutmachung an. Aber ich bin dazu angestellt, um den Laden zu überwachen." „Ich verstehe das, aber ich versichere Ihnen nochmals, ich stehle nicht." Der Detektiv drückte ihr die Hand und geleitete sie nach draußen. So etwas war ihm noch nie passiert. „Man lernt eben nie aus!" murmelte er vor sich hin und begab sich wieder in den Supermarkt in der Hoffnung, dass niemand mehr in Versuchung geriet, etwas ohne zu bezahlen mitzunehmen.

Kapitel 3

Lisa war eine gute Sportlerin und das Hinuntergleiten aus zwei Metern Höhe hatte ihr keine Mühe gemacht. Sie war auf den Zehenspitzen aufgekommen, dann winkelte sie leicht die Knie an und federte so das Aufkommen auf dem harten Asphalt ab. Sie schaute schnell nach oben, aber anscheinend hatte noch niemand ihre Flucht bemerkt. Schnell huschte sie um die nächste Ecke und lehnte sich erst mal an die Hauswand um ihre Gedanken zu sortieren. Die Flucht war ein Reflex gewesen, es war einfach so geschehen ohne nachzudenken. War das klug gewesen? Die ganze Aktion war Schwachsinn gewesen, das war ihr klar, aber nun konnte sie nicht mehr zurück. Im Geist sah sie ihre Mutter, wie die unter Tränen sagte: „Kind, warum tust du uns so etwas an? Was habe ich nur falsch gemacht?“ Mit Mutter würde sie schon zurechtkommen, bei Vater war das eine ganz andere Sache. Zornig würde er sie anschauen: „Ist es so weit mit dir gekommen, das du stehlen musstest? Habe ich dir nicht immer gepredigt ‚üb immer Treu und Redlichkeit‘?“ Und so weiter, die ganze Leier. Dann kam Taschengeldentzug, Hausarrest, das Verbot, sich mit Elke zu treffen, denn die war ja der Grund für das ganze Übel. Nein, das konnte sie nicht aushalten und das wollte sie auch nicht, jedenfalls nicht sofort. Sie brauchte Abstand. Doch wo sollte sie schlafen, woher bekam sie etwas zu essen? Ratlos und ziemlich hilflos lehnte sie an der Wand und bemerkte den Jungen erst, als er vor ihr stand. „War eine reife Leistung, wie du dich so elegant aus zwei Meter Höhe geschwungen hast.“ Bewundernd sah er sie an. „Na, was hast du angestellt?

Du kannst es mir ruhig sagen, ich verrate dich nicht. Aber erst einmal musst du von hier weg. Am Marktplatz gibt es eine Eisdiele, da gehen wir jetzt zusammen hin. Keine Angst, ich lade dich ein." Aufmunternd sah er sie an. Und Lisa ging mit, was sollte sie auch anderes machen.

Am Marktplatz angekommen, forderte er sie auf, sich auf eine Bank zu setzen, dann fragte er nach ihrem Lieblingseis und ging zur Eisdiele. Kurz darauf kam er mit zwei Eistüten wieder zurück. Er reichte ihr die eine, dann setzte er sich neben sie und sagte erst einmal nichts, sondern widmete sich dem süßen Vergnügen. Nach einer Weile meinte er dann: „Na, schieß los und erzähl mir was passiert ist." Lisa musterte ihn, aber von ihm ging keine Gefahr aus. Er war etwa achtzehn Jahre alt, nicht viel größer als sie und hatte dunkle, störrische Haare, die er vergebens mit Gel bearbeitet hatte. Seine Sommersprossen rund um die Nase sahen eher lustig aus, es ging eine Unbekümmertheit von ihm aus, wie sie es noch nie erlebt hatte. Sie fasste Vertrauen zu dem Unbekannten und erzählte ihm die ganze Geschichte. „Übrigens, ich heiße Ole, eigentlich Olaf, aber kein Mensch nennt mich so." „Ich bin die Lisa", stellte sie sich nun auch vor. „Und du willst wirklich nicht nach Hause? Deine Eltern reißen dir doch deswegen den Kopf nicht ab. Du wirst eine gewaltige Strafpredigt über dich ergehen lassen, aber das geht zum einen Ohr hinein und zum anderen wieder heraus. Halb so schlimm!" „Nein. Du kennst meine Eltern nicht. Ich kann nicht heim." „Aber was willst du denn dann tun?" Neugierig sah Ole sie an. „Wenn ich das wüsste!" „Kannst du nicht zu deiner Freundin, schließlich hat sie dir den ganzen Schlamassel eingebrockt." „Die will ich gerade auch nicht sehen, die ist einfach abgehauen und hat mich alleine alles ausbaden lassen, was sie angestellt hat." Nachdenklich sah Ole sie an. „Ich habe eine Idee: Du kommst mit zu uns, das heißt zu meinem Alten und mir. Meine Mutter ist schon vor Jahren abgehauen, hat es wohl mit uns nicht mehr ausgehalten. Wir wohnen allerdings ziemlich außerhalb und unser Haus ist eine alte Bruchbude. Aber wir haben im Garten eine kleine Gerätehütte mit einem Feldbett. Kumpels von mir übernachten schon mal dort, wenn sie zu viel getankt haben. Wenn du willst, kannst du mitkommen." Erwartungsvoll sah er seine neue Bekanntschaft an. Lisa nickte zustimmend, da hatte sie richtig Glück gehabt, sie konnte ja schlecht auf einer Parkbank die Nacht verbringen. „Na dann komm. Dort drüben steht mein Mofa. Einen Helm habe ich für dich nicht dabei, aber wir werden schon keinem Bullen begegnen."

Der Beifahrersitz des Mofas war eigentlich ein Gepäckträger, aber Lisa war sportlich und es machte ihr Spaß, sich den Wind um die Ohren wehen zu lassen. Die Fahrt dauerte eine ganze Weile, dann bog Ole um eine Kurve und hielt vor einem halb verfallenen Haus an. „Ist das etwa einsturzgefährdet?" wollte Lisa wissen. „Na ganz so schlimm ist es nicht. Aber was soll's, dem Alten und mir reicht es." Er führte Lisa gleich zum Geräteschuppen, es war wirklich nicht mehr als ein Schuppen, voller altem, teilweise verrostetem Gartengerät, das schon lange nicht mehr benutzt worden war. Er öffnete die Tür und deutete auf ein schmales Feldbett. „Eine Decke bringe ich dir und auch etwas zum Essen." Dann ging er durch den Garten zum Haus.

Es dauerte eine ganze Weile bis er mit einer Decke unter dem Arm wieder kam. Aus der mitgebrachten Tasche holte er eine Flasche Coca-Cola und zwei Butterbrote mit Gurkenscheiben darauf. „Sorry, mehr habe ich leider nicht gefunden. Lass es dir trotzdem schmecken." Eine Weile setzte er sich zu ihr ins Gras vor dem Schuppen und sah ihr beim Essen zu. Dann sah er auf seine Uhr, eine erstaunlich gut und teuer aussehende Uhr, und meinte: „Ich muss zur Arbeit. Ich liefere am Abend immer Pizzen aus. Also, schlaf gut und bis morgen!"

Lisa sah ihm nach. Er schien wirklich nett zu sein. Für heute war sie versorgt, aber was würde morgen sein? Sie beschloss, nicht mehr daran zu denken, vielleicht sah morgen ja alles ganz anders aus. Sie nahm die Decke, wickelte sich darin ein und legte sich ins Gras. Über ihr zwitscherten einige Vögel in den Zeigen des Baumes, weiße Sommerwölkchen zogen über einen blauen Himmel, sie war zufrieden und es dauerte nicht lange, bis sie einschlief, schließlich war es ein sehr aufregender Tag gewesen.

Die Vögel weckten Lisa in aller Frühe. Sie lauschte ihrem Gesang und vergaß für einen Augenblick ihre ganze Misere. Dann setzte sie sich auf und überlegte, was sie zuerst tun sollte. Als erstes, entschied sie sich, brauchte sie ihr Waschzeug und Kleidung zum Wechseln. Geld hatte sie ja nicht, sonst hätte sie sich einfach neue Sachen gekauft. Sie sah sich im Garten um und entdeckte eine Regentonne, randvoll gefüllt mit Wasser. Sie schüttete sich Wasser ins Gesicht und steckte ihre Arme so tief sie konnte in die Tonne. Den Hausschlüssel hatte sie noch in der Tasche und so machte sie sich auf den Weg nach Hause.

Sie schlich sich vorsichtig an ihr Elternhaus heran. Eigentlich müsste Vater schon in seiner Werkstatt sein, aber sein Auto stand noch vor der Tür. Wenn sie ihren Eltern nicht begegnen wollte, musste sie warten, was ihr sehr schwerfiel. Sie versteckte sich im Gebüsch und beobachtete das Haus. Endlich, sie glaubte schon, es würde nie geschehen, ging die Haustür auf und Vater und Mutter traten heraus. Sie sah ihrer Mutter an, dass es ihr nicht gut ging und sie sah sehr verweint und mitgenommen aus. Vater öffnete die Autotür und half ihr beim Einsteigen, das war noch nie geschehen. Wohin fuhren die beiden? Vielleicht zur Polizei, immerhin war sie ja verschwunden.

Sie wartete noch eine Weile, es konnte ja sein, dass ihre Eltern zurück kamen, dann ging sie ins Haus. Alles war so vertraut und am liebsten hätte sie sich in ihr Zimmer verzogen, ins Bett gelegt und die Decke über die Ohren gezogen. Aber sie holte nur ihre Sporttasche und füllte diese mit Waschzeug, einem Handtuch, Wäsche, einer Jeans und mehreren T-Shirts. So, das müsste erst einmal genügen. Dann machte sie sich wieder auf den Weg zum Geräteschuppen.

Ole wartete schon auf sie. Er hatte ein Frühstück auf einem Tablett mitgebracht und schaute sie fragend an. „Wo warst du, ich dachte schon, du hättest es dir anders überlegt und bist zu deinen Eltern zurück gegangen." „Stimmt, ich war zu Hause, aber nur um einige Klamotten zu holen, schließlich kann ich nicht ewig in den gleichen herumlaufen." Sie setzten sich zusammen ins Gras, er goss Kaffee in einen Becher, dessen Henkel schon vor langer Zeit abgebrochen war. Dann bot er ihr ein Käsebrötchen an, das sie dankbar und hungrig annahm. „Hast du ein Buch für mich? Ich kann doch nicht den ganzen Tag nichts tun." „Ja sicher, aber ich dachte, du könntest dich als Hausfrau betätigen. Weißt du, mein Alter und ich haben es nicht so mit Putzen." Verlegen sah er sie an. „Dann stelle ich dir auch den Alten vor, wenn er es überhaupt mitkriegt."

Lisa ging mit ins Haus. Sie hatte nie so viel Schmutz auf einmal gesehen, wie konnten die beiden nur in einer solchen Unordnung und in einem solchen Schmutz leben? Kopfschüttelnd machte sie sich an die Arbeit. Igitt – sie schüttelte sich vor Ekel. Dann stolperte Oles Vater in das Bad, das sie gerade sauber machte, sah sie geistesabwesend an und murmelte etwas. Ole meinte lapidar: „Das ist mein Alter und das ist unsere neue Mitbewohnerin." Es war noch nicht Mittag und der Mann war schon so betrunken, dass er sich kaum auf den Beinen halten konnte. Er war unrasiert und hatte sich schon längere Zeit nicht mehr gewaschen. Sein ehemals weißes Feinrippunterhemd war grau meliert und außerdem zierten es Essensreste. Es war schon sehr lange nicht mehr gewaschen worden. Seine ausgebeulte und ebenfalls schmutzige Jogginghose hing auf halbmast und Lisa dachte, dass sie noch nie so einen ungepflegten Menschen gesehen hatte. Und hier sollte sie wohnen? Ihr wurde noch elender zumute und am liebsten wäre sie einfach davongelaufen.

Kapitel 4

Lisas Eltern, Hermann und Maria Maier, waren tatsächlich auf dem Weg zur Polizei. Maria war fast von Sinnen vor Angst, ihrer Tochter könnte etwas zugestoßen sein. Als erstes hatte sie natürlich Elke angerufen, aber die konnte ihr keine Auskunft geben. Sie hätte keine Ahnung, wo Lisa sein könnte. Sie hatte selbst auf sie gewartet, aber sie sei nicht gekommen. Wo könnte das Kind sonst noch sein? Es gab nicht so viele Möglichkeiten. Sie lief zu allen Nachbarn und fragte nach, aber alle schüttelten nur den Kopf, keiner hatte Lisa gesehen.

Hermann war in erster Linie wütend. Was sollte das, warum machte seine Tochter plötzlich solche Zicken? Er hatte sie immer für vernünftig gehalten und nun sollte sie plötzlich verschwunden sein? Das ergab keinen Sinn. Doch so langsam schlich sich auch die Sorge in sein Gemüt und er betete inständig, dass sie nicht Opfer eines Verbrechens geworden war.

Auf der Wache wurde das Paar in ein Büro geführt und eine junge Polizistin nahm die Daten auf. „Seit wann ist Ihre Tochter verschwunden?“ „Sie kam gestern Nachmittag nicht von der Schule nach Hause. Wir haben ihre beste Freundin angerufen, aber die konnte uns auch nichts sagen“ „Machen Sie sich keine Sorgen. Es kommt immer einmal wieder vor, dass Mädchen in diesem Alter verschwinden und ein paar Tage später wieder reumütig auftauchen. Hatten Sie Streit oder gab es Verstimmungen, Verbote, die sie nicht einhalten wollte oder etwas in der Richtung?“ Die Eltern schüttelten verneinend den

Kopf. Nein, es gab weder Streit, noch Verstimmungen noch Verbote, alles war wie immer. „Nein, es war nicht so wie immer“, erinnerte sich Maria plötzlich, „Lisa war in den letzten Tagen nervös und fahrig, sie wirkte so bedrückt, irgendetwas stimmte nicht mit ihr. Ich habe gefragt, aber ich erhielt keine Antwort, keine befriedigende Antwort, alles in Ordnung. Leider habe ich nicht weiter nachgefragt, denn ich spürte, dass etwas nicht so war, wie es sein sollte. Doch ich wollte nicht in sie dringen, ich hoffte, sie hätte so viel Vertrauen, dass sie freiwillig mit mir darüber reden würde. Leider war das nicht der Fall.“ Hermann schaute seine Frau unwillig an: „Warum hast du nicht mit mir darüber gesprochen?“ „Lieber, du bist immer gleich so polterig, dir hätte sie ganz bestimmt nichts erzählt.“ „Was willst du damit sagen?“ Aufgebracht sah er seine Frau an. „Herr Maier, das bringt jetzt nichts. Ihre Frau hat sicher alles getan um ihre Tochter zum Reden zu bringen. Aber wenn sie nicht freiwillig darüber sprechen wollte, kann man sie auch nicht zwingen. Fünfzehn ist ein schwieriges Alter, nicht mehr richtig Kind und auch noch nicht richtig Erwachsene, jedes Mädchen hat da Geheimnisse, die es den Eltern nicht erzählt. Hat Lisa einen Freund?“ „Nicht, dass ich wüsste“, sagten die Maiers unisono. „Wir werden der Sache selbstverständlich nachgehen und unseren Streifenbeamten Bescheid geben, nach Lisa Ausschau zu halten. Es ist schwierig jemanden zu finden, der nicht gefunden werden will. Wichtig wäre es zu wissen, welchen Grund ihr Verschwinden hat. Ein Foto brauchen wir noch, haben Sie eines dabei?“ Maria zog einen erst kürzlich von Lisa gemachten Schnappschuss aus der Tasche. „Das ist unsere Lisa“, sagte sie und Tränen liefen über ihre Wangen.

Auf der Fahrt zurück grübelten die Eltern laut über den Grund, aber sie konnten keinen finden. Ihre Tochter war immer zurückhaltend, ja fast schüchtern gewesen. Hermann aber war sich sicher, dass hinter dem Verschwinden die Freundin Elke stand. So unzertrennlich, wie die beiden waren, wusste sie wahrscheinlich Bescheid, nur verriet sie es nicht.

Zu Hause angekommen rief Maria Lisas Klassenlehrerin an und erzählte ihr alles. Die war sehr betroffen und konnte sich das Verschwinden ebenfalls nicht erklären. Ja, auch ihr war eine gewisse Verstörtheit an Lisa aufgefallen, irgendetwas hatte sie bedrückt. Elke war wie immer gewesen, vielleicht etwas euphorischer als sonst. Aber sie hatte immer wieder Pläne und Ideen, die sie begeisterten, das war nichts Neues.

Hermann entschloss sich, in seine Werkstatt zu gehen. Er brauchte dringend eine Ablenkung, sonst wäre er verrückt geworden. Maria saß am Fenster und weinte bitterlich, auch der kleine Bruder verzog sich in sein Zimmer und vergnügte sich mit Videospielen. Insgeheim dachte er sich, dass dies eine gute Gelegenheit sei, endlich einmal ausgiebig zu spielen, sonst wurde ihm dieses Vergnügen nur sehr eingeschränkt gegönnt.

Kapitel 5

Nun war Lisa schon fast eine Woche zu Gast bei Ole und seinem Vater. Sie war froh, dass sie das Badezimmer geputzt hatte, denn nun konnte sie es benützen und musste keine Katzenwäsche an der Regentonne mehr machen. Auch die Küche hatte sie einigermaßen in Ordnung gebracht, sie ekelte sich nicht mehr so wie am Anfang. Oles Vater allerdings ging sie aus dem Weg, was nicht so schwer war, da der die meiste Zeit mit der Bierflasche vor dem Fernseher verbrachte und irgendwann auf dem schäbigen Sofa einschlief. Sie schlief aber immer noch im Geräteschuppen, denn ins Haus ging sie nur, wenn es sich nicht vermeiden ließ.

Als Ole ihr gemeinsames Frühstück brachte und sie nebeneinander im Gras saßen, wirkte er nicht so fröhlich wie sonst, sondern etwas gehemmt. Auf ihre Frage hin, was denn los sei, meinte er: „Mein Alter lebt von Hartz IV und ich arbeite für etwas mehr als ein Taschengeld bei der Pizzeria, wir schrammen immer so knapp an der Pleite vorbei. Dich zu verhalten kostet auch Geld, Geld, das wir nicht haben." „Ich würde ja gerne Geld verdienen, aber ich weiß nicht, wie ich es anstellen soll. Ich gehe noch zur Schule, wer wird mich schon nehmen wollen?" Lisa war es sehr peinlich, zu Hause war es selbstverständlich gewesen, dass sie genügend zu Essen und zu Trinken, immer Taschengeld erhalten hatte und Vater und Mutter sorgten für Kleidung. Und nun sollte sie plötzlich für ihren Lebensunterhalt selbst aufkommen, wie sollte das denn gehen? Sie fiel aus allen Wolken, daran hatte sie bis jetzt gar nicht gedacht. Sicher, sie wollte fremden Menschen nicht auf der Tasche liegen, aber wie um alles in der Welt sollte sie zu Geld kommen? Sie dachte daran, Elke anzupumpen, verwarf diesen Gedanken aber so schnell wieder, wie er gekommen war. Nachdenklich sah sie vor sich hin. Vielleicht ist es doch besser, wenn ich wieder heim gehe, irgendwann werden mir meine Eltern schon verzeihen.

„Ich mache dir einen Vorschlag“, meldete sich Ole, „wir fahren gemeinsam in die Stadt, nicht in unsere, da kennen dich zu viele, in die nächste größere Stadt. Da kenne ich einen Platz, wo immer Bettler sitzen und die bekommen ganz schön Geld zusammen an einem Tag.“ Entgeistert starrte Lisa ihn an: „Das ist nicht dein Ernst! Ich soll betteln, die Menschen anbetteln? Nein, das kann ich nicht und das werde ich auch nicht machen!“ Entschlossen sah sie Ole an. „Was ist denn dabei? Das ist doch nichts Unehrenhaftes, was glaubst du, wie viele Leute sich so über Wasser halten? Du setzt dich einfach hin und streckst einen Becher den Vorübergehenden hin, das ist alles, das ist kein Hexenwerk, das kannst selbst du.“

Wo bin ich da nur hineingeraten, dachte Lisa verzweifelt. Aber Ole streckte ihr die Hand hin und zog sie hoch. „Na komm schon, je früher wir da sind, desto mehr Geld sammelst du ein. Kopf hoch, das kriegst du schon hin, das ist nicht halb so schlimm, wie du es dir denkst.“

Die beiden fuhren auf dem Mofa in die nächste Stadt, dieses Mal hatte Ole einen zweiten Helm besorgt. Die Fahrt dauerte mehr als eine halbe Stunde und Lisa hatte keine besondere Freude daran, denn sie dachte mit Schrecken und Schaudern daran, was sie dann tun musste. Sie schämte sich jetzt schon in Grund und Boden, aber sie sah keinen Ausweg aus dieser ganzen verfahrenen Situation.

Ole brachte das Mädchen zu einem Platz, an dem schon ein anderer Bettler saß. Als der merkte, dass Lisa seine Konkurrentin sein würde, wurde er wütend und beschimpfte sie. Ole baute sich vor ihm auf und bedrohte ihn, worauf der Mann etwas eingeschüchtert wurde, Lisa aber immer noch argwöhnisch beobachtete.

Den ganzen Tag saß sie auf dem Fußweg, viele Menschen gingen an ihr vorüber, die wenigsten beachteten sie und noch weniger warfen ein paar kleine Münzen in den Becher, den sie ihnen entgegen streckte Immer wieder sah sie verzweifelt in den Becher und stellte fest, dass sie für die paar Münzen noch nicht einmal einen Laib Brot kaufen konnte. Als Ole sie am Abend abholte, war er sehr enttäuscht. Der konkurrierende Bettler grinste schadenfroh und hoffte, dass ihm die Neue am nächsten Tag nicht wieder den Platz streitig machen würde.

Wenn Lisa gehofft hatte, dass Ole seinen Plan aufgeben würde, hatte sie sich getäuscht. Am nächsten Morgen ging es wieder in die Stadt, dieses Mal aber an einen anderen Platz in der Fußgängerzone. Die Inhaber der kleinen Läden waren nicht erfreut, als Lisa sich vor der Tür auf den Fußweg setzte und den Passanten ihren Becher hinhielt. Ein Ladenbesitzer kam sofort heraus und jagte sie weg und Lisa blieb nichts anderes üblich, als sich wo anders hinzubegeben. Aber da war auch eine Frau, die sehr nett zu ihr war. Sie brachte ihr eine Flasche Limonade und ein belegtes Brötchen zur Mittagszeit. „Du tust mir leid, Kleine. Sind deine Eltern so arm, dass sie dich zum Betteln schicken müssen?“ Mitleidig sah sie Lisa an und die fing zu weinen an, die Tränen liefen ihr über die Wangen. Die Frau ging in ihren Laden zurück und kam mit einem zehn Euroschein wieder zurück, den sie in den Becher steckte. „Es ist nicht viel, aber mein Laden wirft auch nicht viel ab. Heute kaufen die Menschen im Internet und nicht mehr in unseren kleinen Ladengeschäften. Kaufe etwas zum Essen für dich und deine Familie. Ich wünsche dir von ganzem Herzen, dass es euch bald wieder besser geht.“

Als Ole sie am Abend abholte, grinste er erleichtert. „Na, jetzt hast du den Bogen heraus.“ Lisa erzählte von der netten Ladenbesitzerin: „Ich will die Frau nicht ausnützen, sie war so lieb zu mir. Morgen suche ich einen anderen Platz.“

So ging das etliche Tage lang, die Einnahmen Lisas betrugen immer nur wenige Euro, so wenige, dass selbst Ole einsah, dass das Benzin für die Fahrt in die Stadt teurer war als die Ausbeute. Dieser Versuch war fehlgeschlagen.

Kapitel 6

Lisas Eltern ging es immer schlechter, Vater Maier vergrub sich in seiner Werkstatt und war nicht mehr ansprechbar. Der Geselle musste die Aufträge der wenigen Kunden entgegennehmen und die fertigen Arbeiten ausliefern, was sonst immer Aufgabe seines Chefs gewesen war.

Maria rief jeden Tag bei der Polizei an in der Hoffnung, endlich etwas über den Verbleib ihrer Tochter zu erfahren. Jedes Mal wurde sie vertröstet, nein, das Mädchen war noch nicht gefunden worden und es gab auch keine Anhaltspunkte, wo sie sich aufhalten könnte. Eines Tages machte sie sich auf den Weg und ging selbst zur Polizeiwache. Sie ließ sich nicht abwimmeln, sie bestand darauf den Chef zu sprechen.

Nach einem Anruf wurde sie zu Kommissar Hagenlocher gebracht. Als sie sein Büro betrat, stand er sofort auf, ging ihr entgegen und streckte ihr die Hand zur Begrüßung hin. Dann bot er ihr den Stuhl gegenüber seinem Schreibtisch an. Maria erzählte alles, was sie wusste. „Wie lange ist Lisa nun schon verschwunden?“ wollte er wissen. „Nun sind es fast zwei Wochen. Wir, das heißt mein Mann und ich haben gleich am nächsten Tag ihres Verschwindens eine Vermisstenanzeige hier auf der Wache gemacht. Ich rufe jeden Tag an, manchmal sogar zweimal, aber niemand kann mir eine Auskunft geben.“ Der Kommissar bat telefonisch von seinen Kollegen, ihm die Akte zu bringen. Es dauerte nicht lange und ein Kollege brachte ihm das Gewünschte. Er studierte die Unterlagen genau.

„Ihre Tochter war in der Schule. Der Unterricht endet um 13 Uhr, danach kommt sie immer pünktlich nach Hause. An diesem Tag wollte sie zusammen mit ihrer Freundin bei deren Eltern essen. Kam das öfter vor?“ „Nein, eigentlich nicht, oder nur sehr gelegentlich, so zwei bis drei Mal im Jahr.“ „Wann fingen sie an, ihre Tochter zu vermissen?“ „Als sie nicht zum Abendessen kam, da habe ich dann bei den Zimmermanns, das sind die Eltern der Freundin, angerufen. Ich bekam die Auskunft, dass Lisa nicht zum Essen eingeladen gewesen war. Elke, die Freundin, war alleine nach Hause gekommen, aber auch verspätet, so etwa gegen 15 Uhr.“ „Und wo war Elke in dieser Zeit?“ „Sie sagte mir, sie hätte in der Stadt etwas eingekauft.“ „Sagte sie, in welchem Geschäft oder in welchen Geschäften sie Einkaufen war?“ „Nein, ich fürchte ich habe nicht danach gefragt.“ Schuldbewusst sah Maria den Kommissar an. „Dann werde ich das nachholen, das erscheint mir wichtig. In der Akte steht, dass die beiden unzertrennlich waren. Warum war also Elke alleine einkaufen? Ich weiß, Frau Maier, dass Sie sich große Sorgen machen, trotzdem sollten Sie jetzt erst einmal tief durchatmen. Bis jetzt ist uns kein Gewaltverbrechen an einer jungen Frau bekannt, auch ein Verkehrsunfall mit einer jungen Frau passierte nicht. Meine Kollegen haben die Krankenhäuser in der ganzen Gegend abgefragt, alles negativ. Sobald ich etwas erfahre, informiere ich Sie sofort.“

Obwohl sie objektiv gesehen, nichts über das Verschwinden Lisas erfahren hatte, war sie doch erleichtert. Kommissar Hagenlocher würde alles tun, um das Verschwinden aufzuklären, das hatte sie im Gefühl.

Ihr Mann, dem sie von ihrem Besuch bei der Polizei erzählte, sah das anders: „Die halten uns doch nur hin, gar nichts tun die! Das ist doch nur Beschwichtigung, weiter nichts!“ Maria seufzte, musste ihr Mann immer so negativ sein? Warum musste er das Fünkchen Hoffnung, das in ihr aufgekeimt war, wieder zu Nichte machen? Sie klammerte sich an das Versprechen des Kommissars und hoffte und betete inständig, dass Lisa wieder auftauchen würde.

Als der Kommissar wieder allein in seinem Büro war, drückte er die Lehne seines Schreibtischstuhls ein wenig nach hinten, legte die Beine auf den Schreibtisch und verschränkte die Arme hinter seinem Kopf. Er wollte in Ruhe nachdenken und alles noch einmal rekapitulieren.

Elke und Lisa hatten nach dem Schulunterricht noch etwas vor. Beide sagten ihren Eltern, sie würden später zu Hause sein. Elke wollte einkaufen, Lisa behauptete ihren Eltern gegenüber, sie sei zum Essen bei Familie Zimmermann eingeladen. Beide hatte sich also ein Alibi verschafft, nur für was? Was hatten die beiden wirklich vor? Etwas, was die Eltern nicht wissen durften, das lag klar auf der Hand. Wo wollte Elke einkaufen? Das musste er unbedingt wissen. Lisas Absichten kannte er nicht, aber da die beiden Freundinnen unzertrennlich waren, hatten sie wahrscheinlich vor, etwas gemeinsam zu machen, nur was? Frank Hagenlocher spürte, wenn er diese beiden Fragen beantworten könnte, wäre er ein ganzes Stück weitergekommen.

Kurz entschlossen nahm er seine Beine vom Schreibtisch, blätterte in der Akte Lisa und suchte nach der Telefonnummer der Zimmermanns. Sie war leider nicht notiert. Er startete seinen Computer und nach ein paar Klicks hatte er die Nummer. Am Telefon meldete sich Elke. Toll, dachte er, das ist ausgezeichnet. Er meldete sich und fragte ganz harmlos: „Sag mal, Elke, wo hast du am Tag des Verschwindens von Lisa eingekauft?" Prompt kam die Antwort: „Im neuen Supermarkt am Marktplatz. Aber ich war nur ganz kurz dort, was ich wollte, habe ich nicht gefunden." Der Kommissar bedankte sich und legte auf.

Elke starrte auf das Telefon und dachte, das hätte ich nicht sagen dürfen, aber der Anruf kam so unerwartet, sie hatte damit nicht gerechnet. Sie überlegte, ob es klug gewesen war, ihr Einkaufsziel zu verraten.

Hagenlochers nächster Anruf galt dem Supermarkt. Eine Dame in der Zentrale meldete sich mit dem obligatorischen Satz: „Was kann ich für Sie tun?" Er nannte seinen Namen und seinen Dienstgrad und bat, ihn mit dem Büro den Hausdetektiven zu verbinden. Es dauerte eine Weile, dann meldete sich der Detektiv. Er stellte sich nochmals vor und kam auf den Tag von Lisas Verschwinden zu sprechen. „Ist an diesem Tag etwas vorgefallen?" Der Detektiv blätterte in seinem Kalender. „Ja, sogar einiges. Als erstes hielt ich ein junges Mädchen für eine Diebin, aber ich hatte mich geirrt. Dann schrillte die Alarmglocke bei einer alten Dame, die eine Schminkpalette gestohlen hatte, die ich auch in ihrer Tasche fand, die das aber heftig und glaubwürdig bestritt. Dann nahm meine Kollegin ein junges Mädchen fest, das eine Mascara geklaut hatte. Das Mädchen suchte unter einem Vorwand die Toilette auf und verschwand durch das Fenster." Der Kommissar bedankte sich für die Auskunft und legte auf.

Also doch, es gab eine Verabredung zwischen den beiden Teenagern, eine Verabredung zum Diebstahl. Er konnte sich gut vorstellen, dass Elke so raffiniert war, die Palette der alten Dame zuzustecken. Lisa war nicht so gewandt und wurde mit der Mascara erwischt. Aber warum war sie durch das Fenster abgehauen? Er vermutete, dass es Scham und Angst gegenüber ihren Eltern, hauptsächlich gegenüber ihrem Vater, gewesen war. Doch was war mit ihr geschehen, wo war sie hingegangen? Wo geht ein junges Mädchen hin, wenn es nicht gefunden werden will? Diese Frage musste er unbedingt mit Maria Maier klären. Er wollte mit ihr alleine sprechen ohne ihren Mann, dessen Reaktion konnte er sich lebhaft vorstellen.

Am nächsten Morgen rief er an in der Hoffnung, dass Vater Maier inzwischen in seiner Werkstatt war. Er atmete erleichtert auf, als Maria sich meldete. „Frau Maier, ich möchte gerne mit Ihnen sprechen." „Haben Sie Nachricht von meiner Tochter?" Dies musste er leider verneinen. „Gibt es einen Platz, den Lisa aufsucht, wenn sie alleine sein will, wenn sie etwas bedrückt und sie Sorgen hat?" „Dann zieht sie sich immer auf die Schaukel im Garten zurück. Ein anderer Platz fällt mir nicht ein. Aber warum fragen Sie?" „Ich habe etwas herausgefunden, was vielleicht das Verschwinden von Lisa erklären könnte. Hat Lisa

Angst vor ihrem Vater, Ihrem Mann?" „Ja, mein Mann ist sehr streng und kann sehr ungehalten reagieren, wenn etwas nicht so läuft, wie er es sich vorgestellt hat", seufzte sie. „Gut, ich erzähle Ihnen nun etwas, von dem ich vermute, dass es so abgelaufen ist und den Grund für Lisas Untertauchen darstellen könnte." Dann erzählte er ihr, was er von dem Detektiv erfahren hatte. „Das dumme Mädchen! Natürlich finde ich Stehlen nicht gut, ich hätte ihr ins Gewissen geredet, aber ihrem Vater hätte ich nichts davon erzählt, weil der sich fürchterlich aufgeregt und getobt hätte. Wahrscheinlich hätte es auch Ohrfeigen gehagelt, was ich ganz schlecht finde." „Dann behalten Sie das Erzählte lieber für sich. Ich werde mich bei Ihnen melden, sobald ich etwas erfahre. Und noch einmal: Es wird schon alles gut werden, wir werden Lisa finden."

Kapitel 7

Ole überlegte, wie er Lisa seinen neuen Plan, Geld zu verdienen, nahebringen könnte, ohne dass sie gleich in Abwehrstellung ging. Eigentlich war es kein neuer Plan, sondern seine Haupteinnahmequelle. Aber das verschwieg er, das war besser so.

„Traust du dir zu, Passanten anzusprechen, ohne zu stottern und rot zu werden oder gleich im Boden zu versinken?“ „Was meinst du mit ‚ansprechen‘?“ „Na ja, auf Leute zugehen, sie nach der Uhrzeit oder nach dem Weg fragen, das ist doch nicht schwer.“ „Und warum sollte ich das tun?“ „Um sie abzulenken natürlich.“ Ablenken? Wovon soll ich sie ablenken?“ „Mann, Lisa, stell dich doch nicht so blöd an. Du lenkst die Leute ab und ich spiele Robin Hood!“ „Robin Hood?“ Was sollte der Blödsinn, warum wollte er Robin Hood spielen? Ole sah sie lauernd an, kapierte sie denn gar nichts? „Was meinst du, wie ich zu meiner teuren Uhr gekommen bin? Von den paar Kröten, die ich beim Pizzalieferdienst verdiene, ganz bestimmt nicht. Davon kann ich mir gerade mal das Benzin für das Mofa leisten.“ Langsam dämmerte ihr, was er mit ‚Robin Hood spielen“ meinte. „Du beklaust Leute?“ „Was heißt da schon ‚beklauen‘, ich verteile ihr Vermögen einfach um wie Robin Hood. Der nahm das Geld den Reichen ab und gab es den Armen, das ist doch hoch moralisch, oder etwa nicht? Warum sollen die einen alles und die anderen gar nichts haben? Das ist doch im höchsten Maße ungerecht. Die Menschen sollten alle solidarisch denken: Was die einen zu viel haben, haben die anderen zu wenig, also wird alles verteilt

und jeder kann leben." „So einfach ist es aber nicht. Im Prinzip hast du schon recht, alles sollte gerecht aufgeteilt werden. Aber das kann man doch nicht mit Stehlen erreichen. Warum versuchst du es nicht einmal mit einem ordentlichen Beruf? Mein Vater sucht ganz dringend einen Lehrling, aber er findet keinen. Dabei ist der Beruf eines Schreiners schön, du kannst kreativ tätig sein und verdienst genügend Geld um – beispielsweise – eine Familie zu ernähren." „Mit einer Ausbildung habe ich es versucht, das ist nichts für mich. Jeden Morgen in aller Frühe aufstehen und dann acht Stunden malochen, nein danke." „Willst du dein ganzes Leben so verbringen wie du es jetzt tust? Eines Tages wird dich die Polizei erwischen und dann kommst du ins Gefängnis, dann ist es aus mit dem freien Leben." Ernst sah Lisa ihren neuen Freund an: „Wirklich Ole, das ist doch kein Leben." „Mal sehen, noch habe ich Zeit, ich bin erst achtzehn, ich kann noch vieles im Leben unternehmen." „Aber nicht, wenn du im Gefängnis warst, dann will dich keiner mehr, dann hast du dein Leben versaut."

„Lisa, das bringt nichts, das ist eine nutzlose Diskussion. Kurz, willst du mir behilflich sein oder nicht? Wenn ja, haben wir Geld und können damit etwas anfangen, wenn nein, dann bleibt dir nur noch die Rückkehr zu Papa und Mama mit allen Konsequenzen."

Das arme Mädchen bekam immer noch Bauchkrämpfe, wenn es an seinen Vater dachte. Lisa fürchtete sich vor dem Zorn ihres Vaters, obwohl sie wusste, dass der Zorn schon seine Berechtigung hatte.

„Was muss ich tun? Stehlen kann und will ich auf keinen Fall." „Das brauchst du auch gar nicht. Du gehst einfach auf die Leute zu, schaust sie mit deinen großen, blauen Augen an und fragst unschuldsvoll: ‚Ich möchte meine Oma besuchen. Ich war noch nie hier. Können Sie mir bitte sagen, wie ich zu der XY-Straße komme? Mehr nicht, alles andere erledige ich." „Was erledigst du?" „Es ist besser, wenn du es nicht so genau weißt. Spiele einfach die Unschuld vom Lande."

Am liebsten hätte Lisa geweint, wie tief war sie gesunken. Und alles nur, weil Elke sie dazu überredet hatte, im Supermarkt auf Diebestour zu gehen. Vater hatte recht, Elke war keine Freundin für sie. Was wohl aus ihr geworden war? Ob sie auch von dem Detektiv ertappt worden war? Aber Elke hatte Glück, immer kam sie mit einem blauen Auge davon. Wahrscheinlich war sie euphorisch nach Hause gelaufen, sie hatte wieder einmal bekommen, was sie sich vorgenommen hatte. Und sie saß nun in der Tinte, immer traf es sie. Ganz tief innen wusste sie allerdings, dass sie selbst es gewesen war, die zugestimmt hatte. Spätestens im Supermarkt hätte sie an der Kasse die Mascara bezahlen können, sie hätte es ja ihrer Freundin nicht erzählen müssen und alles wäre gut gewesen.

Schweren Herzens willigte sie in Oles Plan ein. Der sprang sofort auf und meinte: „Na dann los, bevor du es dir anders überlegst.“ Die beiden schwangen sich auf das Mofa und los ging die Fahrt in die Stadt.

Lisa machte alles so, wie Ole es ihr beigebracht hatte. Was der hinter ihrem Rücken veranstaltete, sah sie nicht. Sie heftete ihre Augen groß und schüchtern auf die Angesprochenen und wenn die ihr dann gestenreich den Weg erklärten, hatte Ole sie schon um ihre Brieftasche, den Geldbeutel oder die Uhr gebracht. Bis sie merkten, was geschehen war, waren die beiden längst verschwunden. Für Ole wurde es eine sehr erfolgreiche Diebestour, es hatte sich wirklich gelohnt. Ohne Lisa hätte er nicht so viel Erfolg gehabt.

Obwohl die Bestohlenen sofort die Polizei alarmierten, die Brieftaschen, Geldbeutel und Uhren waren weg. Es wurde vermutet, dass eine ganze Diebesbande am Werke war, die plötzlich aufgetaucht war und dann wieder verschwand.

Kapitel 8

Kommissar Hagenlocher spazierte zum Marktplatz. Um die Ecke war der Supermarkt, in dem die beiden Freundinnen geklaut hatten. Was hatte Lisa gemacht nachdem sie sich aus dem Fenster auf die Straße hatte gleiten lassen? Sicher war sie nicht stehen geblieben um auf Elke zu warten, das wäre viel zu riskant gewesen. Sie hatte sich also so schnell wie möglich verdrückt. Wohin? Der Marktplatz pries sich regelrecht an mit den vielen kleinen Ladengeschäften, den Bistros und der Eisdiele. Eisdiele! Das war es, da würde er als erstes nachfragen.

Hagenlocher zog Lisas Foto aus der Tasche. Die Bedienung konnte sich sogar ganz gut erinnern, ein junges Mädchen und ein junger Mann, sie schien ziemlich verschüchtert, er war forsch. Ja, er hatte zwei Eistüten gekauft, eine für sich, eine für das Mädchen. Hagenlocher zog verwundert die Augenbraue hoch. „Ein junger Mann? Das Mädchen war nicht alleine?" „Nein, sie war in Begleitung." „Wie sah der Junge aus?" „Mittelgroß, dunkles, struwweliges Haar, Jeans, T-Shirt, das Übliche eben." „Haben Sie ihn schon mal gesehen?" „Ja, der kommt immer mal wieder vorbei, meist hat er ein paar Kumpels dabei. Die kommen auf ihren Mofas, holen sich Eistüten und verschwinden dann wieder." Er bedankte sich für die Auskunft und wollte gerade gehen, als die Bedienung sagte: „Warten Sie, den Jungen habe ich auch schon Pizza ausliefern sehen. Die Pizzen waren in einem Warmhaltekasten mit einem Logo darauf. Was war das noch mal? Richtig, Pizza La Mamma stand darauf.“ Der Kommissar atmete auf: Jetzt kriege ich ihn! Und wenn ich ihn habe, dann finde ich auch Lisa.

Pizza La Mamma, die Adresse hatte er schnell an seinem Notebook herausgefunden, das er immer im Auto bei sich hatte. Er machte sich auf den Weg zu der Pizzeria. Das Restaurant war klein, lediglich ein paar Stehtische standen da, aber es waren etliche hungrige Esser da, die ihre Pizza mit Vergnügen verzehrten. Er spürte, dass er ebenfalls hungrig war und stellte sich in die Schlange der Wartenden. Er gab seine Bestellung auf und wartete. Nach einiger Zeit wurde seine Pizza ausgerufen, er nahm sie entgegen und zwängte sich zwischen die Gäste an einen Stehtisch. Mmh, die war aber lecker, so eine gute Pizza hatte er schon lange nicht mehr gegessen. Dieses Lokal musste er sich merken.

Anschließend versuchte er einen der Angestellten zu erwischen. Das war nicht einfach, denn der Andrang war immer noch groß. Doch endlich schaffte er es. „Sie liefern die Pizzen auch aus?“ „Ja, sicherlich, wir sind sehr beliebt.“ „Ich suche nach einem ungefähr Achtzehnjährigen, mittelgroß mit dunklen, kurzen Haaren?“ Misstrauisch sah die Frau ihn. „Was wollen Sie von ihm?“ „Ich sah ihn neulich auf seinem Mofa, er war so freundlich und half mir, ich würde mich gerne bei ihm bedanken.“ Nun sah die Frau ihn schon freundlicher an. „Das war bestimmt Ole. Der fährt allerdings nur abends Pizzen aus. Soll ich ihm einen Gruß von Ihnen sagen?“ „Danke, das ist sehr nett von Ihnen, aber ich möchte mich gerne persönlich bei ihm bedanken. Wissen Sie wo er wohnt?“

„Einen Augenblick, Enzo“, sprach sie einen Pizzabäcker an, der etwa in Oles Alter war, „weißt du wo der Ole wohnt?“ „Ja, irgendwo außerhalb, ich glaube es ist die Eichenstraße.“ „Sie haben es gehört?“ Der Kommissar nickte, steckte ihr ein Trinkgeld zu und bedankte sich.

Im Auto konsultierte er wieder einmal sein Notebook. Eichenstraße, ja, dass zwar ziemlich außerhalb, aber da würde er jetzt hinfahren. Vielleicht lief ihm ja Lisa über den Weg.

In der Eichenstraße standen einige Häuser, die alle schon einmal bessere Zeiten gesehen hatten. Wie hieß Ole mit Familiennamen? Er hatte nicht danach gefragt, weil er keinen Argwohn erwecken wollte. Er parkte sein Auto am Straßenrand und schlenderte die Straße entlang. Am Ende kam er an ein Haus, das sehr baufällig aussah. Wahrscheinlich wurde es nur noch vom abblätternden Putz zusammengehalten. Ein Fenster war geöffnet und drinnen lief ziemlich laut der Fernseher. Das Gartentor hing nur noch lose in den Angeln und er schob es vorsichtig einen Spalt weiter auf. Zwischen den Wegplatten wuchs Grad gleich büschelweise und der Garten zwar total verwildert. Er versuchte das Namensschild an der Glocke an der Haustür zu entziffern, aber es war so verwaschen, dass er keinen Namen erkennen konnte. Sein Instinkt sagte ihm, dass er hier richtig war.

Er ging um das Haus herum und sah einen Schuppen, dessen Tür ebenfalls nur noch lose in den Angeln hing. Er spähte herein und entdeckte eine Sporttasche. Sollte er nachsehen oder lieber mit einem Durchsuchungsbefehl zurückkommen? Da weit und breit niemand zu sehen war, entschied er sich dafür, gleich nachzusehen. Er zog den Reißverschluss der Tasche auf und fand darin einige T-Shirts, die offenbar einem Mädchen gehörten.

Er ging zurück und läutete an der Tür. Es dauerte einige Zeit bis endlich ein älterer Mann seinen Kopf aus dem Fenster streckte. Hagenlocher sah sofort, dass der Mann betrunken war. Die Haare umstanden wirr seinen Kopf und er trug nur ein graues, schmutziges Unterhemd. „Ich möchte gerne Ihren Sohn sprechen", rief er zu dem Mann hinauf. Der schien zuerst nicht zu verstehen und sah nur blöde aus dem Fenster. Endlich schien er sich zu erinnern und sagte: „Der Ole ist nicht da. Ich weiß nicht, wo der Bengel sich wieder herumtreibt." Dann verschwand er wieder im Innern des Raumes.

Den Ole hatte er gefunden, das heißt, wo er sich aufhielt, wenn er nicht gerade unterwegs war. Nun galt es nur noch Lisa zu finden. Ein Mofa sah er nicht, wahrscheinlich waren die beiden unterwegs. Er hatte ein ungutes Gefühl: Hoffentlich war das Mädchen nicht in kriminelle Geschichten verwickelt worden. Er würde wiederkommen in einem Streifenwagen. Er überlegte kurz, wahrscheinlich war der frühe Morgen der beste Termin. Wenn Ole bis Mitternacht Pizzen auslieferte, würde er wahrscheinlich morgens ausschlafen. Er hoffte nur, dass die Kleine dann auch da war.

Kapitel 9

Kommissar Hagenlocher informierte seine Kollegen, dass sie sich am nächsten Morgen um Punkt sechs Uhr alle unauffällig, ohne Blaulicht und Sirene, bereithalten sollten. Zwei Streifenwagen mit jeweils zwei Beamten sollten bereits vor Ort sein. Er selbst wollte mit seinem Privatwagen auch dort sein. Wenn Ole bis Mitternacht Pizzen auslieferte, würde er ganz bestimmt lange schlafen. Wie früh Lisa aufwachen würde, konnte er nicht sagen, das war auch nicht wichtig, weil er den Schuppen selbst im Augen behalten wollte.

Am nächsten Morgen waren alle vor Ort. Pünktlich um sechs Uhr stiegen die Beamten aus den Autos und klingelten am Haus von Ole und seinem Vater. Der hörte nichts, so betrunken wie er immer noch war. Ole schaute schlaftrunken aus dem Fenster und erkannte blitzschnell die Situation. Vorne an der Tür standen zwei Polizisten und im Garten waren ebenfalls zwei. Er saß in der Falle.

Lisa war schon vorher von Hagenlocher geweckt und zum Auto gebracht worden. Sie war sehr erschrocken, als der sich über sie gebeugt hatte und ihr ganz schnell die Hand auf den Mund gelegt hatte, als sie losschreien wollte. Er zeigte ihr seine Dienstmarke und Lisa gab auf. Ihre Gefühle waren sehr zwiespältig, einerseits hatte sie große Angst, andererseits war sie froh, dass das alles ein Ende hatte. Mit den Diebereien Oles kam sie nicht zurecht und so nahm sie lieber die Konsequenzen ihres Handelns auf sich. Der Kommissar nahm sie mit zu seinem Auto und kettete sie vorsorglich am Autositz an, dann ging er zu seinen Kollegen.

Ole dachte nicht daran so schnell aufzugeben. Als er eingesehen hatte, dass er nicht durchs Fenster entwischen konnte, kletterte er auf den Dachboden und versteckte sich. So mussten die Polizisten die Tür eintreten, was nicht besonders schwierig war, da sie ganz schräg in den Angeln hing. Systematisch wurde erst das Erdgeschoss, dann das Obergeschoss und schließlich der Dachboden abgesucht. Endlich fanden sie den jungen Mann, der sich in einem alten Schrank versteckt hatte. Er wurde festgenommen und zum Streifenwagen gebracht. Sein Vater hatte zuletzt doch noch mitbekommen, dass die Polizei im Haus war und lamentierte laut über die Unverschämtheit, einfach so in ein friedliches Haus einzudringen, das ging gar nicht. Schnell wurde er aufgeklärt und ihm wurde gesagt, wenn er sich nicht ruhig verhielte, würde er ebenfalls mitgenommen werden. Kleinlaut gab er auf und brummte nur noch leise vor sich hin.

Im Vernehmungsraum stritt Ole zuerst alles ab. Das war doch alles ein Missverständnis, niemals würde er Menschen beklauen und das Wort Diebstahl hatte er offenbar noch nie gehört. Erst als der Kommissar ihm die Anzeigen der Ausgeraubten vor Augen hielt und die Beschreibung, die die Bestohlenen von Lisa, seiner Komplizin, und von ihm, abgegeben hatten, gab er die Diebstähle zu. Auf die Frage, ob er das Mädchen gezwungen hätte, wies er dies weit von sich. Nein, natürlich nicht, sie hatte ganz freiwillig mitgemacht, ja, es war sogar ihre Idee gewesen.

Damit wollte sie sich erkenntlich zeigen, dass er sie mit nach Hause genommen und vor dem Zorn ihres Vaters gerettet hatte. Mit hochgezogener Augenbraue sah Hagenlocher ihn skeptisch an. Das war eine faustdicke Lüge, nach allem, was er über Lisa erfahren hatte, konnte er das nicht glauben.

Auch Lisa berichtete unter Tränen von den Geschehnissen, angefangen beim versuchten Diebstahl im Supermarkt, ihre Flucht aus Angst vor dem Vater bis zu den Diebstählen mit Ole. Elke erwähnte sie nicht, trotz allem fühlte sie sich ihrer Freundin verbunden und sie wollte sie nicht in die ganze Sache hineinziehen. Der Kommissar bohrte auch nicht weiter, denn der Freundin konnte er einen Diebstahl nicht nachweisen. Sie war schließlich nicht erwischt worden.

Lisas Eltern kamen erleichtert zur Polizeidienststelle, man hatte sie benachrichtigt, dass ihre Tochter wieder aufgefunden worden war. Ihre Mutter nahm sie sofort in die Arme, sie war so froh und glücklich, ihr Kind endlich wieder zu haben. Der Vater war zurückhaltender, er war zwar auch froh, aber so richtig vergeben konnte er seiner Tochter nicht.

Ungeschoren kam Lisa aber nicht davon. Der die Verhandlung leitende Richter legte ihr viele Sozialstunden auf, die sie in einem Pflegeheim absolvieren musste. In ihre alte Schule wollte sie nicht mehr, sie fürchtete sich vor dem Zusammentreffen mit ihrer einstmals so engen Freundin Elke. Die versuchte mit ihr Kontakt aufzunehmen, aber Lisa hielt sich von ihr fern. Vater meldete sie in einer anderen Schule an, wo sie niemand kannte. Das Geschehene lastete noch lange auf ihr und sie strengte sich in der neuen Schule ganz besonders an. Irgendwann fand sie neue Freundinnen und dann konnte sie auch wieder lachen und fröhlich sein.

Ole kam nicht so glimpflich davon. Er musste für eine ganze Zeit ins Gefängnis. Lisa hoffte sehr, dass er die Chance, eine Lehre zu machen, wahrnehmen würde.

Die Golferin

Kapitel 1

Elisabeth spielte gerne Golf. Nach dem Tod ihres Mannes hatte sie sich allein gefühlt und war daher sehr dankbar, als ein Nachbar sie zum Golfplatz mitnahm. Anfangs war ihr das harte Schlagen der Bälle schwergefallen, ihre Schulter hatte höllisch geschmerzt. Aber mit der Zeit lernte sie ihre Kräfte weniger schmerzbringend einzusetzen. Es gefiel ihr, an der frischen Luft zu sein und stundenlang langsam über den grünen Rasen zu gehen, dann wieder stehen zu bleiben und sich auf den nächsten Schlag zu konzentrieren. Es war nicht besonders anstrengend, denn die übrigen Spieler und Spielerinnen waren alle schon im gesetzten Alter, genau wie sie. Wichtig war ihr, dass sie nicht mehr allein war. Und da gab es noch einen ganz besonderen Anziehungspunkt, den Golflehrer Christian, ein Mann mittleren Alters, für sie aber war er jung. Er hatte ihr das Spiel mit sehr viel Geduld und Einfühlungsvermögen beigebracht und das hatte ihr gut gefallen.

Christian, der Golflehrer, war ein ganz gutaussehender Mann, Mitte vierzig, schlank natürlich und durchtrainiert. Er strahlte einen gewissen Charme aus, dem insbesondere ältere Damen nicht widerstehen konnten. Elisabeth himmelte ihn geradezu an. Vor einiger Zeit hatte sich seine Frau von ihm getrennt und war mit den beiden Kindern in eine andere Stadt zu ihren Eltern gezogen. Seitdem wirkte Christian irgendwie hilflos. Wie fast alle Männer hatte er sich wenig zu häuslichen Arbeiten hingezogen gefühlt und nun musste er alles alleine bewältigen: Einkaufen, Kochen, sein kleines Apartment sauber halten, Wäsche waschen und was sonst noch so anfiel und das alles neben seinem Ganztagsjob, dem Golfspielen, das heißt, er brachte es seinen zumeist älteren Schülerinnen bei. Ja, das Leben war ganz schön anstrengend geworden. Er verstand immer noch nicht, warum seine Frau ihn verlassen hatte. Sie hatten doch so friedlich zusammen gelebt. Gut, das musste er sich eingestehen, er war nicht viel zu Hause gewesen, aber das war nun einmal so, das musste doch seine Frau einsehen. Leider war das nicht der Fall gewesen.

‚Der arme, verlassene Mann', dachte Elisabeth und sie fing an, für ihn einzukaufen. Dann bot sie sich als Köchin an, und sie kochte wirklich phantastisch. Christian war begeistert, er genoss es, heimzukommen und das Essen stand auf dem Tisch. Elisabeth hielt auch seine Wohnung sauber, er musste sich um nichts mehr kümmern. Um seine Finanzen stand es nicht besonders gut, er musste nicht nur für seine Kinder Unterhalt bezahlen, sondern auch seine Frau beanspruchte einen Teil seines Gehaltes. Sein Apartment, so klein es auch war, kostete Geld. Umso dankbarer war er, dass Elisabeth alle Einkäufe, die sie anschleppte, auch aus eigener Tasche bezahlte. Er war ihr dankbar.

Auch genoss er es, abends nicht mehr alleine herum zu sitzen. Anfangs hatte er sich irgendetwas aus der Dönerbude geholt oder sich eine Pizza bestellt und vor dem Fernseher verzehrt. Seit Elisabeth für ihn kochte, aßen sie auch zusammen, und zwar am schön gedeckten Tisch. Nach dem Essen setzten sie sich zusammen auf die Couch und tranken den von Elisabeth mitgebrachten Wein. Sie hörten Musik und er erzählte seiner Freundin von vergangenen Taten. Er legte seinen Arm um ihre Schultern und sie war glücklich, einfach nur glücklich. Sie hätte nie gedacht, dass sie in ihrem Alter, immerhin war sie fast achtzig Jahre alt, noch einmal so glücklich sein konnte und, das gestand sie sich ein, verliebt.

Auf dem Golfplatz behandelte er Elisabeth wie alle anderen Spielerinnen auch. Er räumte ihr keine Sonderstellung ein und sie akzeptierte das. Dennoch bekamen seine Kollegen und die Spieler diese seltsam anmutende Freundschaft mit und fingen an, darüber Witze zu machen und ihn zu hänseln. Er ertrug alles mit stoischer Ruhe, sollten sie doch alle lästern, ihm ging es gut.

Aber das Leben ist unberechenbar: Eines Tages lernte er eine Frau seines Alters kennen und verliebte sich in sie und sie sich in ihn. Seine Idylle mit Elisabeth war nun dahin, denn Sabine war sehr eifersüchtig. Sie wollte Christian für sich alleine haben und nicht mit so einer alten Schachtel teilen. Ein Glück für Elisabeth war es, dass die neue Freundin zweihundert Kilometer entfernt wohnte und berufstätig war. Sie kam nur alle zwei Wochen, mehr ging nicht.

Elisabeth arrangierte sich so gut es ging. Wenn Sabine da war, zog sie sich zurück, wenn Christian alleine war, war sie wieder bei ihm wie vorher. Allerdings durften das die anderen nicht mitbekommen, es sollte keinen Tratsch geben, die neue Situation war schwierig, aber machbar.

Das Jahr ging zu Ende und Elisabeth hatte Karten für das Musical ‚König der Löwen', das in Hamburg aufgeführt wurde, besorgt. Ein Hotel hatte sie ebenfalls gebucht samt einem Galadinner für Silvester. Sie freute sich riesig darauf. Als Christian sie bat, ihm und seiner neuen Freundin die Musical-Karten und das gebuchte Arrangement zu überlassen, brach für sie eine Welt zusammen. Eben noch war ihre Welt eine heile gewesen und nun fühlte sie sich wie nach einem Erdbeben, kein Stein war mehr auf dem anderen. Zwar überließ sie alles Christian und der nahm auch alles an, ohne zu bedenken, war er mit diesem Wunsch angerichtet hatte. Er bedankte sich überschwänglich und meinte, so viel Großzügigkeit hätte er noch nie erlebt. Er nahm sie in die Arme und merkte nicht, dass Elisabeth tapfer ihre Tränen herunterschluckte. Als er gegangen war, schloss sie die Tür und verriegelte sie, den Schlüssel ließ sie im Schloss stecken, niemand durfte sie in ihrem Unglück sehen. Sie ging nicht mehr ans Telefon, sondern hatte eine Nachricht auf dem Anrufbeantworter hinterlassen, dass sie ein paar Tage verreist sei. Sie wollte unter keinen Umständen, dass ihre Töchter angereist kamen, weil sie sich Sorgen um die Mutter machten. Sie heulte tagelang und das Ende der Welt, ihrer Welt, war für sie gekommen.

Kapitel 2

Zurück von Hamburg rief Christian sie sofort an. Inzwischen hatte sie sich so weit beruhigt, dass sie die Nachricht auf dem Anrufbeantworter gelöscht hatte und wieder das Telefon abnahm. Er bedankte sich nochmals überschwänglich, beteuerte ihr, dass es mit ihr viel schöner gewesen wäre und dass es ihm so leid täte, dass er mit Sabine gefahren sei. Diese Worte waren Balsam für Elisabeths verletzte Seele. Sie fing zu hoffen an, dass die Affäre mit Sabine eben doch nur eine Affäre gewesen sei.

Sie fuhr wieder zum Golfplatz und himmelte ihren Christian an. Die anderen Spieler und Kollegen sahen das und lächelten, aber irgendwie tat sie ihnen allen leid. Elisabeth war wieder glücklich, kaufte ein, kochte, wusch und putzte die Wohnung wie vordem. Sobald Sabine anreiste, hielt sie sich zurück. Sorgfältig achtete sie darauf, dass sie nichts hinterließ, was auf ihre Anwesenheit schließen ließ.

Eines Abends, sie saßen gemütlich bei einem Glas Wein zusammen, meinte Elisabeth eine gewisse Unruhe bei Christian zu spüren. „Irgendetwas bewegt dich heute, nicht wahr?“ Er sah sie unsicher an. Ja, es war tatsächlich so. Im Winter bei Eis und Schnee konnte man nicht Golf spielen und so musste er immer eine Pause einlegen, in der er nichts verdiente. Das aber konnte er sich nicht leisten. Er hätte als Kellner arbeiten oder sich eine andere Saisonstelle besorgen können, aber das wollte er nicht. Golfen war für ihn nicht nur eine Einnahmequelle, sondern eine Passion. Er hatte sich bei einer Reiseagentur beworben, die einen Golflehrer für einen Kurs in Südafrika suchte und diese Anstellung auch angeboten bekommen. Doch er musste die Reisekosten und seinen Unterhalt selbst bezahlen, er bezog lediglich ein Gehalt. Es gab herrliche Golfplätze in der Nähe von Kapstadt, das reizte ihn nicht nur sehr, sondern er war von der Idee begeistert. Er hatte seine Freundin gefragt, ob sie ihm nicht das Geld vorstrecken könnte, aber die wollte mitkommen und brauchte das Geld selbst, Südafrika reizte sie ebenso und sie wollte schon lange einmal dort Urlaub machen. Also blieb als Finanzier nur noch Elisabeth. „Eine Reiseagentur hat mir einen tollen Job als Golflehrer in Südafrika angeboten. Das wäre phantastisch, nicht nur wegen der faszinierenden Landschaft, sondern dann könnte ich auch während unseres Winters hier Geld verdienen." Er sah Elisabeth fragend an. „Du, das ist doch die Chance für dich. Und ich komme mit, nach Kapstadt wollte ich schon immer." Begeistert sah sie ihn an. „Die Sache hat nur einen Haken," erzählte Christian weiter, „ich muss finanziell in Vorleistung gehen. Das heißt, ich muss meinen Flug selbst bezahlen und auch für meinen Lebensunterhalt aufkommen, lediglich die Unterkunft wird bereitgestellt. Das könnte ich mit vielen Einschränkungen machen, aber ich habe ja auch noch eine Familie zu unterhalten und meine geschiedene Frau kennt kein Pardon wenn es um Geld geht." Seine Freundin erwähnte er lieber nicht, Elisabeth könnte gekränkt sein, wenn sie hörte, dass diese auch mitkommen wollte. „Das ist doch kein Problem, ich bezahle dir den Flug und das Essen. Das brauchst du auch nicht zurück zu zahlen, Hauptsache, dass wir dann zusammen sind." Glücklich sah sie ihn an. ‚Himmel hilf'! seufzte er im Stillen, genau das hatte er befürchtet. „Ich werde dort ungefähr zwei Monate lang sein. Möchtest du so lange mitkommen?" Sie überlegte: „Ich denke, das wäre doch eine zu lange Zeit, aber vier Wochen könnte ich mir das schon vorstellen." In Gedanken malte sie sich schon die schöne Zeit mit ihrem Christian aus. Sie würden zusammen frühstücken und dann den ganzen Tag Golf spielen. Abends würde sie etwas Leckeres kochen und dann am Pool den Tag mit südafrikanischem Wein ausklingen lassen. Das war ja schöner als der Gedanke an das Paradies! „Mit meinen Eltern habe ich auch schon gesprochen," fuhr Christian fort. Sie möchten auch zwei Wochen mit dabei sein. Deshalb können sie mir auch finanziell nicht helfen." Würde sie nun ihren Wunsch nach einem vierwöchigen Aufenthalt zurücknehmen? Misstrauisch sah sie ihn an, was war mit seiner Freundin? Würde die auch mitkommen wollen? Als hätte er ihre Gedanken gelesen, meinte er: „Und Sabine möchte auch dabei sein. Es tut mir leid." „Nun, deinen Eltern kannst du mich ja als langjährige Schülerin und Mitglied der Reisegruppe vorstellen, aber deiner Freundin möchte ich nicht über den Weg laufen." ‚Schade, schade, schade, es wäre so schön gewesen', dachte sie. „Du könntest ja die ersten drei Wochen mit dabei sein, ebenso wie meine Eltern. Die spielen allerdings nicht Golf, sie werden sich wohl selbst unterhalten müssen. Und Sabine werde ich vorschlagen, zwei oder drei Wochen am Ende zu kommen und wir reisen dann gemeinsam zurück. Würde dir das zusagen?" Elisabeth kämpfte ihre Enttäuschung nieder, seine Eltern und sie würden dann gemeinsam mit ihm am Pool sitzen und seine Freundin hätte ihn dann anschließend für sich allein. Das war doch ungerecht! Aber was sollte sie machen? ‚Ein bisschen Christian ist immer noch besser als kein Christian', dachte sie resignierend.

Endlich war es soweit, Christian, seine Eltern und die Reisegruppe, darunter auch Elisabeth saßen im Flugzeug. Seine Eltern hatten sie freundlich begrüßt, so freundlich wie sie die übrigen Mitreisenden auch begrüßt hatten. Christian wollte ihre Freundschaft nicht öffentlich bekannt machen, sondern sie war eben eine seiner langjährigen Schülerinnen und dadurch auch mit ihm vertraut.

Der Golfplatz war wunderschön gelegen, das Wetter sommerlich warm und die Hotelanlage entpuppte sich als eine Bungalow-Siedlung. Sie teilte sich ein kleines Haus mit Christians Eltern, die etwas jünger als sie waren. Sie kamen gut miteinander aus. Damit es nicht langweilig wurde, machte die Reisegruppe gut organisierte Ausflüge nach Kapstadt und auf den Tafelberg. Sie besichtigten in einem Reisebus die Weinberge und es wurden Weinproben veranstaltet. Die Hauptsache war natürlich das Golfspielen. Die drei Wochen waren wie im Flug vorüber gegangen und Christian brachte seine Eltern, Elisabeth und die Reisegruppe zum Flughafen, um dort eine neue Gruppe von Golfspielern in Empfang zu nehmen. Elisabeth bedauerte es sehr, dass sie ihm nur die Hand geben konnte. Zu gerne hätte sie ihn umarmt, aber das wagte sie nicht wegen seiner Eltern. Sie hatte sich alles etwas anders vorgestellt, sie war etwas enttäuscht.

Kapitel 3

Es war März und schon angenehm warm, als Christian mit der letzten Reisegruppe wieder in Deutschland ankam. Elisabeth hätte ihn zu gerne in Frankfurt in Empfang genommen, aber Sabine war mit dabei. Also versagte sie sich diese Freude und schickte ihm deshalb nur eine Willkommensmeldung vom Smartphone aus. Sie konnte es kaum erwarten, ihn wieder zu sehen.

Nach einer Woche kam endlich der ersehnte Anruf, die Golfsaison begann wieder. Es war einfach wunderbar, wieder auf dem Golfplatz zu sein, den Geschichten aus Afrika zu lauschen. Was hatten sie nicht alle gemeinsam erlebt! Elisabeth wäre am liebsten die ganze Zeit über dabei gewesen. An der Bar gab Christian für seine Spieler und Spielerinnen einen Drink aus und unter viel Geschnatter wurde auf die neue Saison angestoßen.

Einige Zeit später, Elisabeth hatte eine Einzelstunde bei ihrem Golflehrer gebucht, eröffnete er ihr, er hätte die Absicht, Sabine zu heiraten. Schon aus steuerlichen Gründen sei dies notwendig. „Zwischen uns bleibt alles, wie es war. Sabine wird weiterhin in Frankfurt arbeiten und nur am Wochenende bei mir sein.“ Unsicher sah er Elisabeth an, wie würde sie diese Nachricht aufnehmen? Er wollte es sich mit ihr nicht verderben, denn ihre finanzielle Unterstützung würde sehr fehlen. Sie hatte sich eben in Positur gebracht und war im Begriff den Golfball mit einem kräftigen Schlag in die richtige Position zu bringen. Sie hörte die Worte und ihr ganzer Körper gefror schlagartig zu Eis. Trotzdem schlug sie auf den Ball ein. Der flog unkontrolliert in eine ganz andere Richtung. Christian sah dem Ball nach und sein Blut gefror ebenfalls zu Eis. Der Ball flog genau in die Richtung, in der ein Kollege von ihm eben seinen Ball einlochen wollte. ‚Nein' wollte er schreien, seinen Kollegen warnen, irgendetwas unternehmen, doch er stand wie gelähmt da. Da geschah es, der Ball traf den Hinterkopf des Kollegen und der fiel wie ein gefällter Baum zu Boden. Um Himmelswillen! Was sollte er tun? Sein Blick fiel auf Elisabeth. Die schaute in eine andere Richtung und kämpfte mit den Tränen. Sie hatte nichts mitbekommen, sie war völlig mit sich beschäftigt. Wenn sie wüsste, was sie angerichtet hatte, würde sie nie wieder Golf spielen, das war ihm klar. Dann gab es keine finanzielle Unterstützung mehr, Afrika konnte er sich dann abschminken. Um zu verhindern, dass sie sah, was sie angerichtet hatte, ging er zu ihr und nahm sie in die Arme. Nun flossen ihre Tränen in Strömen. Während er ihr Haar streichelte und irgendwelche Worte murmelte, sah er über ihren Rücken hinweg zu seinem Kollegen. Der lag immer noch in der gleichen Position am Boden. ‚Herr, bitte lasse ihn wieder zu sich kommen', betete er, obwohl er nicht an Gott glaubte. Aber in diesem Augenblick fiel ihm nichts anderes ein. „Gehen wir zurück und trinken wir etwas zusammen, ich werde dir alles erklären", flehte er sie an. „Bitte, weine nicht. Ich werde immer für dich da sein, das verspreche ich dir."

Langsam gingen sie zum Clubhaus zurück. Elisabeths verzweifeltes Schluchzen hatte aufgehört, aber die Tränen liefen ihr immer noch über die Wangen. „Verzeih, Christian, aber ich kann jetzt nicht an die Bar. Ich möchte jetzt einfach nach Hause". „In diesem Zustand kann ich dich nicht fahren lassen. Ich will nicht, dass du einen Unfall hast." „Ich bin eine versierte Fahrerin, mir passiert schon nichts. Ich will jetzt einfach alleine sein, das verstehst du doch sicher." Er begleitete sie zu ihrem Auto, einem älteren Mercedes-Modell, das ihrem Mann gehört hatte und von dem sie sich nicht trennen konnte. Sie stieg ein und er ermahnte sie nochmals, vorsichtig zu fahren. Ergeben nickte sie, ließ den Motor aber noch nicht an, sondern saß einfach nur so da.

Erleichtert ging er zum Clubhaus, er brauchte jetzt unbedingt einen doppelten Whisky. Sie würde sich schon wieder beruhigen, damals an Silvester hatte sie sich ja auch wieder beruhigt und alles war so weitergegangen wie zuvor. Viel mehr Sorgen machte er sich um seinen Kollegen. Er nahm seinen Trolley mit den Golfschlägern und ging über den Rasen. Er tat so, als ob er das Einlochen an verschiedenen Stellen üben würde. So näherte er sich langsam seinem Kollegen. Der lag immer noch genauso da, wie er es aus der Ferne gesehen hatte. Er ließ seinen Golfschläger fallen, bückte sich und fühlte seinen Puls. Er fühlte nichts mehr. Keinen Puls. Da er keinen Spiegel bei sich hatte, löste er seine Uhr vom Handgelenk und hielt sie vor den Mund des am Boden Liegenden. Das Glas der Uhr beschlug nicht. Der Mann war tot, tot, tot ... Entsetzt starrte Christian ihn an. Was sollte er tun? Klar, es war eindeutig ein Unfall gewesen, ein Richter würde es als Körperverletzung mit Todesfolge benennen, Elisabeth war in einem emotionalen

Ausnahmezustand gewesen, die Strafe konnte nicht so hoch sein, aber sie würde auf diesen Schock hin nie wieder zum Golfplatz kommen. Das konnte er sich einfach nicht leisten. Dumme Sache, aber der Mann war tot, das konnte durch nichts mehr geändert werden. Er atmete schwer und starrte auf den Toten. Dann zog er sein Smartphone aus der Tasche und rief im Clubhaus an. Der Steward meldete sich. „Schnell, rufen Sie einen Notarzt. Ich habe den Kollegen Martin gefunden. Er liegt am Boden vor dem 11. Loch und bewegt sich nicht." „Sofort werde ich einen Notarzt rufen. Aber Sie können das auch machen." „Ja, richtig, entschuldigen Sie, ich bin völlig verwirrt. Ja, ich rufe an." Damit legte er auf. Danach rief er den Notarzt an und gab seine Position durch.

Eine endlose Viertelstunde wartete er neben dem Toten. Dann sah er den Notarzt mit einem Caddy ankommen, die Polizei war ihm dicht auf den Fersen. Der Arzt untersuchte den Mann, dann wandte er sich zu den Polizisten um: „Ich kann leider nichts mehr tun, der Mann ist tot." „Seit wann ist er das?" wollte einer der Polizisten wissen. „Seit ungefähr einer halben bis einer Stunde, wenigstens der Körpertemperatur nach. Genaueres muss der Gerichtsmediziner herausfinden. Er wurde wahrscheinlich von einem Golfball von hinten am Kopf getroffen und erlitt durch den heftigen Schlag eine Gehirnblutung, die zum Tod führte. Aber das ist nur eine erste Diagnose." Dann packte er seinen Erste-Hilfe-Koffer wieder zusammen und ließ sich zurückfahren.

Die Polizisten forderten nun die Spurensicherung an und meldeten den Vorfall dem Leiter der Polizeistation Frank Hagenlocher. Zusammen mit der Spurensicherung und dem Kommissar traf auch der Gerichtsmediziner ein. Der bestätigte die Diagnose seines Kollegen und die Leiche wurde zur Obduktion in die Gerichtsmedizin gebracht. Hagenlocher sah sich um. Aus welcher Richtung war der Ball gekommen? Hatte jemand den Ball absichtlich gegen den Kopf des toten Golflehrers geschlagen? Vermutlich nicht. Es war wahrscheinlicher, dass der Mann von einem fehlgeschlagenen Ball getroffen wurde, ein sehr unglücklicher Umstand. Wer war in der Nähe gewesen? Das musste er unbedingt herausfinden. Er machte sich zusammen mit seinen beiden Kollegen auf den Weg ins Clubhaus.

Dort waren die anderen Golflehrer zusammengekommen und diskutierten über den Fall. Während der Kommissar sich mit den einzelnen Golfern unterhielt und fragte, wo sie zu dem Zeitpunkt des Todes ihres Kollegen gewesen waren, notierten sich die Polizisten die Personalien. Auch Christian wurde gefragt. Er war ziemlich blass, aber er beantwortete sofort die Frage des Kommissars. „Ich habe eine meiner Schülerinnen zum Auto gebracht. Sie hat sich nicht wohl gefühlt und wollte nach Hause." Auf die Frage, wann das gewesen sei, sah er auf die Uhr und meinte: „Genau kann ich es nicht sagen, es war wohl so gegen vier Uhr. Wann ist der Unfall passiert?" „So ungefähr um diese Zeit, aber Genaueres kann ich noch nicht sagen. Das erfahre ich erst nach der Obduktion vom Gerichtsmediziner. Ich brauche aber noch den Namen ihrer Schülerin. Auch sie muss ich befragen."

Christian hoffte sehr, dass Elisabeth sich nicht mehr so genau an die Uhrzeit erinnern konnte. Er musste sich unbedingt mit ihr in Verbindung setzen und sie davon überzeugen, dass es tatsächlich vier Uhr gewesen war, als sie ins Auto stieg.

Kapitel 4

Kommissar Hagenlocher stand nachdenklich an Loch 11. Der Leichnam war inzwischen abgeholt worden, aber die Spurensicherung war noch immer hier und untersuchte in weitem Umkreis den Boden, das nahe Gebüsch, einen Sandgraben, sie fanden zwar jede Menge Fußabdrücke, aber die konnten wahrscheinlich nicht zugeordnet werden. Schließlich bewegten sich täglich etliche Goldlehrer mit ihren Schülern und andere Gruppen auf dem Gelände. Er sah sich um, konnte aber niemand entdecken. War das eine bewusste Tötung gewesen? ‚Eher nicht', dachte er, einen Ball auf die Entfernung so gezielt zu schlagen war sehr unwahrscheinlich. Also war es ein Unfall. Er würde das Umfeld des Toten genau untersuchen.

Gedankenvoll ging er zum Clubhaus, wo Lehrer und Schüler sich versammelt hatten und auf die Befragung durch die Polizisten warteten. Gegen den toten Golflehrer schien niemand etwas gehabt zu haben. Alle beteuerten, er sei ein netter Kollege und Lehrer gewesen, niemand hätte mit ihm Streit gehabt, ein eher unauffälliger Mann, ruhig und sachlich. Auf die Frage, ob der Tote verheiratet gewesen sei, bekam er die Antwort, ja, schon eine ganze Anzahl von Jahren. Affären schien er auch nicht gehabt zu haben.

Sein nächster Besuch galt der Ehefrau des Getöteten. Er hasste diese Aufgabe, aber er wollte das auch nicht seinen Mitarbeitern überlassen. Wichtig war für ihn der erste Eindruck, den er von den Hinterbliebenen bekam. Auf sein Klingeln öffnete die Frau die Tür. Tränen liefen ihr über das Gesicht, sie sah ihn nur tief traurig an. „Darf ich reinkommen?“ Sie antwortete nicht, ging aber ein Stück zur Seite und machte eine einladende Geste. „Sie wissen bereits, weshalb ich hier bin?“ „Ja, ein Kollege meines Mannes hat mich informiert. War es ein Unfall?“ „Vermutlich, aber mehr kann ich Ihnen noch nicht sagen. Der Gerichtsmediziner muss erst die genaue Todesursache herausfinden. Aber es sieht alles nach einem Unfall aus.“ Mit einer Handbewegung bot sie ihm einen Platz an und setzte sich ihm gegenüber. „Wir sind seit fünfzehn Jahren verheiratet. Natürlich gab es Höhen und Tiefen in unserer Ehe, ich denke das trifft auf alle Ehen zu, aber wir waren zufrieden miteinander. Ich vermisse meinen Mann sehr.“ Ein Schluchzen schüttelte sie. „Er war ein guter Mann, liebevoll und hilfsbereit. Wie soll ich nur ohne ihn weiterleben?“ Mit tränenumflortem Blick sah sie ihn an. „Haben Sie Kinder?“ „Nein, wir haben keine. Wir haben uns so sehr ein Kind gewünscht, aber es blieb nur ein Wunsch. Ich bin Lehrerin und habe auf diese Weise viele Kinder, das macht mich glücklich, wenn es auch nicht immer ganz einfach ist.“ Hagenlocher beobachtete die Frau, wie er hoffte, nicht zu auffällig. Nein, da war er sich ganz sicher: Sie hatte nichts mit dem Tod ihres Mannes zu tun. Er sprach ihr nochmals sein Beileid aus und verabschiedete sich dann.

Wenn es ein Unfall war, warum meldete sich der Verursacher dann nicht bei ihm? Ein unkontrollierter Schlag – das konnte schon einmal vorkommen, vor allen Dingen bei Anfängern. War es Angst vor der Strafe oder weil derjenige dann nicht mehr Golf spielen durfte? Oder hatte der Spieler nicht bemerkt, dass sein Ball jemanden getroffen hatte? Vielleicht durch Kurzsichtigkeit oder war dieser heftige, unkontrollierte Schlag eine emotionale Handlung gewesen? Er konnte sich vorstellen, dass durch Ärger über Kritik schon mal Wut aufkommt und aus dieser Wut heraus ein unkontrollierter Schlag entsteht.

Im Clubhaus hatte er die anderen Spieler und Spielerinnen gefragt, ob sie in der Nähe gewesen wären und jemanden gesehen hätten. Aber alle hatten nur den Kopf geschüttelt. Er hatte auch gefragt, ob es üblich ist, alleine zu spielen oder zu üben. Alle hatten bestätigt, dass dies durchaus so sei. Auch Golflehrer müssen immer wieder Übungsspiele einlegen und es sei durchaus üblich, dies alleine zu tun. Im Augenblick konnte er nichts weiter machen, aber er würde am Ball bleiben. Kurzzeitig hatte er überlegt, selbst Golf zu spielen, vielleicht würde er so etwas erfahren, was den Fall lösen würde. Aber als er dann den Betrag hörte, den er zu zahlen hätte, um überhaupt in den Golfclub aufgenommen zu werden, winkte er ab. Er würde den Fall auch so lösen.

Wo war nur der Golfball geblieben? Die Spurensicherung hatte das Gelände akribisch abgesucht, aber nichts gefunden. Er selbst hatte auch Ausschau nach dem Ball gehalten, aber auch er hatte ihn nicht entdeckt. An dem Ball mussten Blutspuren des Opfers sein, vielleicht auch Fingerabdrücke des Spielers. Diese würden ihn weiterbringen, da war er sich sicher.

Erst einmal war wieder Ruhe eingekehrt im Golfclub. Der getötete Kollege war bestattet worden. Es war eine sehr feierliche Beisetzung, bei der alle Golfer zugegen waren. Auch der Kommissar war dabei gewesen, aber er hatte nichts Auffälliges entdecken können. Alle schienen sehr ergriffen zu sein und ehrlich um den Mann zu trauern. Er war sich sicher, dass dies ein Unfall gewesen war, nur wer war der Verursacher? Er überlegte und sah alle Trauernden der Reihe nach an. Konnte es sein, dass der, der den Ball geschlagen hatte, gar nicht wusste, was er angerichtet hatte? Dass der völlig ahnungslos war?

Kapitel 5

Einige Tage nach der Beisetzung, Christian trank im Clubhaus gerade einen Cappuccino, als Martin, ein Kollege, sich zu ihm an den Tisch setzte. Er hatte eine Tasse Kaffee mitgebracht und fing ein harmloses Gespräch an, dessen Inhalt das Wetter und einige Schüler waren. „Wenn du Zeit hast, können wir ja einmal eine Runde gemeinsam spielen“, meinte Martin schließlich. Christian sah ihn erstaunt an, das hatte der Kollege noch nie vorgeschlagen, aber warum nicht? Er sagte zu und sie verabredeten sich für den nächsten Tag. Christian beschlich ein ungutes Gefühl, hatte der Kollege etwas gesehen? Er hoffte inständig, dass es sich wirklich nur um ein Spiel handelte.

Pünktlich trafen sich die beiden am nächsten Tag zur verabredeten Zeit. Martin redete nur von ihrem Spiel und beide konzentrierten sich auf die Schläge. Eben hatte er seinen Ball eingelocht, als er Christian ansah und sagte: „Du und Elisabeth, ihr beide spieltet doch zusammen, ich habe euch gesehen, zwar nur aus der Ferne, aber ich habe euch erkannt. Ich beobachtete, wie Elisabeth plötzlich auf den Ball einschlug und der unkontrolliert in Richtung elftes Loch flog. Ich war total überrascht, Elisabeth ist zwar nur eine leidlich gute Spielerin, aber so unkonzentriert ist sie nicht wirklich. Ich sah zu euch hinüber und du nahmst sie in den Arm, den Ball hatte ich dabei aus den Augen verloren. Als ich dann wieder zum Loch elf sah, war dort niemand mehr. Aber als ich vom Tod des Kollegen erfahren habe, wundert es mich auch nicht, denn der lag ja am Boden und da ich in der Senke war, konnte ich ihn nicht mehr sehen.“ Streng sah er seinen Kollegen an. „Warum hast du das der Polizei nicht gesagt? Dass so ein Unfall passiert ist zwar äußerst selten, aber manchmal passieren die ungewöhnlichsten Dinge.“

Christian war er so erschrocken, als hätte er eben einen Ball an den Kopf bekommen. „Du musst dich getäuscht haben. Wir waren nicht in der Nähe. Erst sehr viel später kam ich zum elften Loch und fand den Kollegen. Ich rief sofort in der Notfallzentrale an, alles andere hast du ja selbst erlebt.“ Skeptisch sah Martin ihn an. „Du willst dein altes Schätzchen schützen. Es kann gut sein, dass sie von dem Geschehen nichts mitbekommen hat. Aber ich denke, du weißt das ganz genau. Ich wette, du hast dem Ball nachgesehen und hast auch gesehen, wo der gelandet ist.“ „Du irrst dich gewaltig. Ich habe gar nichts gesehen und Elisabeth hat nichts gemacht. Warum fällst du mir in den Rücken, willst du mich ruinieren? Habe ich dir jemals etwas getan? Ich denke, du spielst alleine weiter. Diese Unterstellungen lasse ich mir von dir nicht gefallen.“ Damit drehte sich um, steckte seinen Schläger in den Trolley und zog mit diesem ab.

Martin sah ihm nach. War das echt oder nur gespielt? Hatte er nicht richtig hingesehen oder etwas falsch interpretiert? Seiner so geschätzten Elisabeth konnte doch nicht viel passieren, es war ein Unfall. Die Dame hatte einfach in einem Anfall von Unkonzentriertheit in die falsche Richtung geschlagen, oder die beiden hatten sich gestritten und in ihrer Wut hatte sie auf den Ball eingedroschen. Er zuckte mit den Schultern und widmete sich wieder seinem Spiel.

Christian ging zurück ins Clubhaus. Er fühlte sich sehr schlecht. Vielleicht hätte er dem Kommissar doch die Wahrheit sagen sollen. Wenn ‚sein altes Schätzchen', wie Martin Elisabeth genannt hatte, nicht mehr Golf spielte, sah es mit seinen Finanzen schlecht aus. Er hatte Schulden und wusste nicht, wie er die je begleichen konnte. Da waren seine geschiedene Frau und seine beiden Kinder, die die Hälfte seines Gehaltes, das sowieso nicht hoch war, bekamen. Für seine eigene Wohnung, auch wenn sie noch so klein war, musste er Miete bezahlen und wenn Elisabeth nicht mehr für seine Lebensmittel sorgte, musste er hungern. Seine Verlobte, Sabine, wusste nichts von seinen finanziellen Engpässen und Sorgen und sie sollte davon auch nichts erfahren. Sie wollte, wenn sie erst verheiratet waren, kündigen und sich eine Halbtagstelle in seiner Nähe suchen, damit sie öfter zusammen sein konnten. Zunächst würde er auch noch für sie sorgen müssen, vor allem aber konnten sie in seinem winzigen Apartment nicht zusammenwohnen, also kamen für eine größere Wohnung noch mehr Belastungen auf ihn zu. Die Golfkurse in Südafrika konnte er sich dann auch abschminken, denn wer sollte die Flugtickets und die Verpflegung bezahlen? Außerdem war das seine einzige Möglichkeit, auch im Winter Geld zu verdienen, sonst wäre er arbeitslos gewesen, denn der Golfplatz hatte den Winter übergeschlossen. Seine Eltern konnten ihm nicht helfen, die meinten, er verdiene gut und lebten sehr bescheiden in ihrem kleinen Häuschen im Norden Deutschlands, also weit entfernt.

Was sollte er tun, oder besser, was musste er tun, um Martin daran zu hindern, ihn bei der Polizei anzuschwärzen? Er seufzte und holte sich in der Cafeteria ein belegtes Brötchen, das in selbsthaftende Folie eingepackt war. Damit machte er sich erneut auf den Weg um Martin zu suchen, wenn er ihm seine Situation erklärte hatte er vielleicht Verständnis. Der Kollege war tot, daran konnten auch Geständnisse nichts mehr ändern.

Mit seinem Trolley machte er sich auf den Weg über den Golfplatz. Wahrscheinlich würde er Martin bei Loch acht oder neun antreffen, weiter war der bestimmt nicht gekommen. Unterwegs aß er das Brötchen, die Folie steckte er achtlos in seine Jackentasche.

Tatsächlich traf er Martin am neunten Loch an. Der schaute ihn erstaunt an: „Was willst du denn noch? Ich dachte, ich hätte dir meinen Standpunkt klar gemacht. Ich mache keine Mauscheleien und über kurz oder lang findet die Polizei sowieso alles heraus. Dann bist du dran und kommst nicht ungeschoren davon. Wenn du dich rechtzeitig meldest, passiert nicht viel.“ „Du verstehst meine Situation nicht. Ich brauche die Zuschüsse von Elisabeth. Ohne diese kann ich aufhören oder muss mir einen Zweitjob suchen.“ „Was ist daran verkehrt? Das machen andere auch.“ „Wie stehe ich vor meinen Eltern da und vor Sabine?“ „Ach, richtig, deine Verlobte, ihr habt ja vor, bald zu heiraten. Mensch, Christian, reicht dir eine in den Sand gesetzte Ehe nicht aus? Ihr könnt doch weiterhin zusammenleben, das interessiert doch heute niemanden mehr. Wir leben doch nicht mehr im letzten Jahrhundert, es gibt keinen Kuppeleiparagraphen mehr.“ Kopfschüttelnd sah er seinen Kollegen an.

Christian sah ein, dass er so nicht weiterkommen würde. Martin war, seiner Meinung nach einfach nur stur. Langsam kroch Wut in ihm hoch. Dieser arrogante Mensch! Der tut so überlegen und auch ach so moralisch, aber wie würde er in seiner, Christians, Situation handeln? Der tote Kollege tat ihm ja auch leid, aber er konnte die Zeit nicht mehr zurückdrehen, tot war tot, aus, basta.

Er nahm einen Golfschläger aus dem Trolley und sah ihn an. Er griff in seine Jackentasche und fühlte sofort die Folie, die er vorhin achtlos eingesteckt hatte. Langsam zog er sie heraus und wickelte sie um den Schlagteil des Schlägers. Martin hatte ihm die ganze Zeit über den Rücken zu gedreht, er war konzentriert damit beschäftigt, das Loch zu fixieren, in das der Ball rollen sollte. Aus einem plötzlichen Impuls heraus hob Christian den Golfschläger, holte kräftig aus und donnerte ihn seinem Kollegen auf den Kopf. Der fiel mit einem Aufschrei auf den Rasen und stöhnte. Christian schlug ein zweites Mal und sogar ein drittes Mal zu. Martin blutete stark aus der tiefen Kopfwunde und rührte sich nicht mehr. Seine Hände entspannten sich und seine Augen wurden glasig, er war tot. Kaltblütig sah Christian den Toten an, der würde ihm nicht mehr in die Quere kommen. Warum nur musste der so stur sein, er war selbst schuld, dass er nun tot war und bäuchlings auf dem Rasen lag.

Es hatte leise zu regnen angefangen. Es war, als ob der Himmel über diese brutale Tat weinte. Alles, was Christian denken konnte war, dass der Regen seine Fußspuren verwischen würde. Der Rasen wurde immer sehr kurzgehalten und bei der Feuchtigkeit würden sich die Grashalme schnell wieder aufstellen. Angestrengt schaute er in die Runde – kein Mensch war zu sehen, niemand hatte die Tat beobachtet.

Langsam und vorsichtig wickelte Christian die Folie vom Schlagteil ab. Sie war voller Blut. Er knüllte sie zusammen und achtete sorgsam darauf, dass keine Blutspuren an seine Hände oder seine Kleidung kam. Dann steckte er sie wieder in seine Jackentasche. Er würde sie irgendwo entsorgen, wo sie niemand finden konnte. Dann steckte er den Schläger wieder in den Trolley zurück und machte sich auf den Weg zum Parkplatz. Er wunderte sich darüber, wie ruhig und gelassen er war.

Kapitel 6

Martins Leiche wurde erst am nächsten Morgen von einer Gruppe von vier Spielern entdeckt. Die Kleidung war vom Regen durchgeweicht und das Blut aus den Kopfwunden weitgehend abgewaschen. Aufgeregt rief einer im Clubhaus an und die anderen rannten kopflos durch die Gegend. Nur einer behielt die Nerven und rief bei der Polizei an.

Sofort wurde Kommissar Hagenlocher von der Telefonzentrale über den Anruf verständigt. Er sprang von seinem Bürostuhl auf, schnappte sich seinen über einen Stuhl geworfenen Trenchcoat und zog ihn sich im Laufen über. Er rannte zur Wache, die schon bereitstand und dann ging es mit Martinshorn und Blaulicht Richtung Golfplatz. Zuerst ein wahrscheinlicher Unfall und nun schon wieder ein Todesfall – das mutete doch seltsam an, der Golfplatz schien ein gefährlicher Ort zu sein.

Bei der Ankunft der Polizisten sahen die Teilnehmer der Golfspielgruppe ziemlich blass aus. Sie standen in einiger Entfernung von dem Toten und schnatterten durcheinander. Warum gerade der Martin? Dieser besonnene und ruhige Mann, wem hatte der etwas getan? Er war nie unangenehm aufgefallen, warum war ausgerechnet er erschlagen worden? Wer könnte das gemacht haben? Wer hatte das zu verantworten? Die wildesten Spekulationen wurden geäußert und diskutiert.

Die Polizisten befragten die Vier, aber viel hatten sie nicht zu sagen. Nach der Aufnahme ihrer Personalien und der Bemerkung, sich zur Verfügung zu halten, wurden sie weggeschickt.

Sie wanderten zurück ins Clubhaus und wurden dort sofort von den anderen Spielern umringt. Beim Erzählen wurde noch etliches hinzugedichtet und schließlich hätte man glauben können, Jack the Ripper hätte sein Opfer grauslich zugerichtet. Die ganze Geschäftsleitung, der Geschäftsführer, sein Stellvertreter, der Finanzchef und die jeweiligen Sekretärinnen tauchten auf und alle diskutierten wild durcheinander. Endlich fasste sich der Geschäftsführer und orderte für alle einen doppelten Whisky.

Später trafen auch die Polizisten im Clubhaus ein. Hagenlocher versuchte erst einmal Ruhe in den Aufruhr zu bringen. In nüchternen Worten erzählte er den mutmaßlichen Tathergang. Er kündigte an, dass alle Golfschläger konfisziert seien und von der Spurensicherung untersucht würden. „Wenn ich alle Golfschläger sage, dann meine ich auch alle, auch die, die Sie zu Hause haben, ebenfalls alle Schläger der Spieler, die jetzt nicht hier sind." Ein heftiges Gemurmel begann und einige meinten empört, es sei eine Unverschämtheit, sie zu verdächtigen, einen Mord begangen zu haben. Der Geschäftsführer war von dieser Maßnahme nicht angetan. „Sie können doch nicht uns alle verdächtigen. Ich kann mir nicht vorstellen, dass einer unserer Clubmitglieder so etwas tut. Uns alle mit einem Mord in Verbindung zu bringen, das ist einfach grotesk! Das war bestimmt einer aus dem Dorf, die Bauern mögen uns nicht. Sie würden viel lieber Kartoffeln auf unserem Rasen anpflanzen oder Mais. Im Übrigen wünsche ich, dass Sie diskret vorgehen. Sie können doch nicht unsere Mitglieder vergraulen!" Der Kommissar sah ihn an: „Wir gehen hier nur unserer Arbeit nach und ich denke, es ist auch in Ihrem Interesse und im Interesse Ihrer Clubmitglieder, dass der Mord schnellstmöglich aufgeklärt wird. Ich erwarte von Ihnen allen", damit wandte er sich an die Versammelten, „dass Sie uns unterstützen. Alles was Sie gesehen oder gehört haben, alle Streitereien, Missverständnisse und was sonst noch so alles dazu gehört, müssen Sie uns melden. Wir wollen Sie hier nicht alle verdächtigen. Wenn wir Ihre Golfschläger, die Sie hier bei sich haben oder zu Hause deponiert haben, untersuchen, dann nur unter der Prämisse, alle auszuschließen, die mit dem Mord nichts zu tun haben."

Energisch sah er die Mitglieder und die Geschäftsleitung an. Dann gab er den Beamten ein Zeichen, alle Golfschläger einzusammeln. Man sah den Leuten an, dass sie nur sehr widerwillig der Aufforderung nach kamen, aber keiner muckte auf. Dann wurden sämtliche Personalien aufgenommen und auch wo sie sich zur Zeit des Mordes, so gegen 17 Uhr des vergangenen Tages, aufgehalten hatten.

Dann wollte der Kommissar eine Liste aller Spieler und Lehrer, die nicht hier waren. Eine der Sekretärinnen ging sofort in ihr Büro und kam dann mit einer langen Liste wieder. „Hier stehen alle Namen, die der Spieler und der Lehrer, samt Anschriften und Telefonnummern." Hagenlocher bat sie, Kopien zu machen, und verteilte die dann an seine Beamten. „Ihr besucht sofort alle, die nicht hier sind, und stellt die Golfschläger sicher. Wenn einer Schwierigkeiten macht, sagt mir sofort Bescheid, ich werde dann einen richterlichen Durchsuchungsbeschluss bringen." Es war ihm klar, dass damit seine Beamten stundenlang beschäftigt waren, aber das musste sein. Er konnte sich nicht der Meinung des Geschäftsführers anschließen, dass für diese Tat nur ein Außenstehender verantwortlich sein könnte. Vielleicht waren die Bauern nicht vom Golfplatz begeistert, aber der bestand nun schon so lange, dass der ihnen letztendlich gleichgültig war. Nein, das war die Tat eines Mitgliedes, irgendjemand hatte etwas gegen den Getöteten gehabt und Eifersüchteleien und Neid gab es überall, auch in einem elitären Golfclub.

Kapitel 7

Frank Hagenlocher saß an seinem Schreibtisch. Er hatte, wie er es gerne tat, wenn er nachdachte, die Füße auf die Tischplatte gelegt und die Arme hinter seinem Kopf verschränkt. Vieles ging ihm durch den Kopf, während er auf die Auswertung der Spurensicherung wartete. Wie passten ein offensichtlicher Unfall und ein Mord zusammen? Ständig kreisten seine Gedanken um diese Sache. Gab es Zusammenhänge oder war alles nur ein absurder Zufall? Oder war der Unfall gar keiner und der Mord geschah nur deshalb, um den ersten Mord zu vertuschen?

Es klopfte und ein Beamter kam mit einem Stapel Papier herein. „Das sind die Auswertungen der Spurensicherung. Zusammenfassend ist zu sagen, dass an keinem der Golfschläger Spuren von Blut oder der DNA des Getöteten anhafteten. Es konnten lediglich die Fingerabdrücke und die DNA der jeweiligen Besitzer festgestellt werden. Tut mir leid, Chef, ich hatte auch gehofft, dass wir etwas finden würden, das uns weiterhilft." Der Kommissar bedankte sich und vertiefte sich in die Unterlagen. Es war tatsächlich so, wie sein Kollege eben gesagt hatte. Auch er war enttäuscht. Es wäre aber auch zu leicht gewesen, den Totschläger so zu identifizieren. Wie kam er zu mehr Informationen? Da fiel ihm plötzlich ein: Er hatte doch einen Anschlag gesehen auf dem stand ‚Aushilfe für die Bar gesucht'. Kürzlich war eine junge Polizistin zu ihnen gekommen, die gerade die Polizeischule hinter sich gebracht hatte, eine attraktive junge Frau. Wie hieß sie noch? Er suchte nach der Personalliste in seinem Schreibtisch

und zog eine Mappe mit der Aufschrift ‚Personal' aus einer der Schubladen. Da war ihr Name, Henriette Bosch, der einzige ihm nicht geläufige Name seiner Mitarbeiter. ‚Henriette' ging es ihm durch den Kopf, was für ein altmodischer Name. Irgendeine Großtante von ihm hatte so geheißen, aber die alten Namen schienen wieder modern zu werden.

Er ging zum Empfang und erkundigte sich, wo er Henriette Bosch finden würde. Noch hatte sie keinen festen Arbeitsplatz, sondern sah den älteren und erfahrenen Beamten über die Schulter. „Im Einbruchsdezernat", lautete die Antwort auf seine Frage. Sofort machte er sich auf zu diesem Dezernat. Ach, da war sie auch schon. Er ging zu ihr und begrüßte sie. „Haben Sie sich schon etwas bei uns eingelebt?" „Ja, ich finde das alles sehr spannend," antwortete sie. „Ich habe einen Auftrag für Sie. Können Sie sich vorstellen, für uns einige Tage under cover zu arbeiten?" Fragend sah die junge Frau ihn an. „Wie meinen Sie das?" „Ich habe einen Fall, bei dem ich nicht weiterkomme. Es geht um die Bedienung an einer Bar im Golfclub. Der hat zwei Räume, die Cafeteria, in der Gäste Kaffee trinken und eine Kleinigkeit essen können, und einen Clubraum, in dem nur Mitglieder des Clubs sich aufhalten dürfen. Für die Bar in diesem Raum wird eine Aushilfe gesucht. Ich kann mir vorstellen, dass an einem solchen Ort ganz schön geklatscht wird, da wird bestimmt über so manches geredet, das nicht so nach außen dringt. Wäre das etwas für Sie? Sie müssen nur die Ohren offenhalten und mir berichten und es ist auch nur für ein paar Tage. Es ist sehr schwer für Außenstehende, etwas über den internen Klatsch zu erfahren. Was meinen Sie dazu?“ Erwartungsvoll sah er Henriette an. Die meinte lächelnd: „Ich denke, das schaffe ich, ich sehe doch sehr vertrauenerweckend aus, nicht wahr? Und Tratsch kann ja auch Spaß machen. Ja, das mache ich, einverstanden.“ „Das freut mich, dass Sie das so locker sehen. Am besten machen Sie sich gleich auf den Weg, aber in ziviler Kleidung natürlich. Haben Sie ein Auto oder soll ich Sie hinfahren?“ „Ich habe eines, klein – aber mein!“ „Wir hören von einander“, lächelte der Kommissar, der Einsatz der jungen Kollegin freute ihn.

Während Hagenlocher den Kollegen vom Einbruchsdezernat Bescheid sagte, machte sich Henriette auf den Weg. Zuerst fuhr sie nach Hause und wählte ein schwarzes Kleid aus, so der Mittelweg zwischen seriös und sexy. Sie begutachtete sich im Spiegel und fand, dass sie so durchaus in einen Golfclub passte. Sie hatte Erfolg, der Barkeeper fand sie auch recht attraktiv und wies sie in ihre Arbeit ein. Zuerst erklärte er ihr die sehr komplizierte Kaffeemaschine, dann zeigte er ihr, wo die Getränke zu finden sind. Es reichte, wenn sie die Mitglieder bediente, abkassieren war dann seine Sache. Henriette zeigte sich sehr anstellig und der Barkeeper war zufrieden, so schnell und unkompliziert eine Hilfe gefunden zu haben.

Die Mitglieder, vor allem die männlichen, waren sehr angetan von der attraktiven, jungen Dame und es dauerte nicht lange, und sie plauderten völlig unbefangen mir ihr. Eigentlich machten sie ihr mehr Avancen, aber Henriette ließ sich davon nicht beeindrucken.

Sie wollte viel lieber mit den Damen ins Gespräch kommen, aber die reagierten etwas zurückhaltender, sie fürchteten eher die Konkurrenz.

Henriette sperrte ihre Ohren weit auf, aber es dauerte seine Zeit, bis auch die weiblichen Gäste sich an sie gewöhnt hatten und unbefangener wurden. Es waren die üblichen Gerüchte, die hier verbreitet wurden. Sie erfuhr, dass die Golflehrer von den Damen angehimmelt wurden. Der tote Martin war wohl nicht so nach dem Geschmack der Spielerinnen gewesen, er hatte sich auf das Spielen konzentriert und darauf, dass seine Schülerinnen die richtige Technik erlernen. Sachlich, kühl und reserviert sei er gewesen, meinten sie. Einige fanden sein Verhalten gut, nämlich diejenigen, die wirklich Golf spielen lernen wollten. Andere hätten gerne mit ihm geflirtet, denn er war ein sehr ansehnlicher Mann gewesen, dazu jung und unverheiratet. Die anderen Lehrer waren alle verheiratet und schon etwas älter. Sie machten zwar Witze und flirteten auch mal, aber so richtigen Spaß hatte man mit ihnen nicht, nur der Christian machte eine Ausnahme. Aber der hatte es eher mit den älteren Semestern, besonders mit seinem ‚alten Schätzchen'.

Das ließ Henriette sofort aufhorchen. Vorsichtig, sie wollte nicht neugierig erscheinen, erkundigte sich, wer denn das ‚alte Schätzchen' sein. Nun, die Elisabeth, die scharwenzelte andauernd um ihn herum, manchmal war es schon fast peinlich, wie die ihn anhimmelte und immer wieder seine Hand berührte und sich an ihn heran drückte. Dabei hatte sie erst neulich ihren 80. Geburtstag hier ganz groß gefeiert. Alle waren eingeladen worden zu Kaffee und Kuchen. „Und diese alte Dame spielt noch Golf?“ wollte Henriette ungläubig wissen. „Nun ja, so eine richtig gute Spielerin ist sie eigentlich nicht, aber wir glauben hier alle, sie macht das in erster Linie wegen Christian.“ „Was meint der dazu, dass die alte Dame so hinter ihm her ist?“ Fragend sah Henriette ihre Gesprächspartnerinnen, zwei mittelalterliche Damen, an. Die genossen es sichtlich, einmal so richtig vom Leder ziehen zu können. „Der Christian ist geschieden und neulich hat er verkündet, dass er bald wieder heiraten will. Wir fragen uns nur, wo er das Geld hernimmt, er muss doch zumindest seinen beiden Kindern Alimente bezahlen. Den Winter über fliegt er neuerdings nach Afrika, dort ist Sommer und er kann Unterricht geben. Hier wäre er für einige Monate arbeitslos, denn von Dezember bis Ende Februar läuft hier nichts. Sein ‚altes Schätzchen‘ fliegt natürlich auch mit, allerdings immer nur für drei Wochen, dann kommt seine Verlobte.“ „Und was sagt die zu seiner Beziehung?“ „Ach, für Sabine ist das nur eine alte, etwas aufdringliche Spielerin. Christian hat ihr erzählt, dass er ohne Elisabeths Geld nicht nach Afrika könnte. Die Reiseagentur zahlt scheinbar nur ein Gehalt, Flug und Lebensunterhalt muss er selbst bestreiten. Da nimmt er die Alte eben als Goldesel mit in Kauf. Für Elisabeth war es ein böser Schock, als sie hörte, dass Christian und Sabine sich verlobt haben und bald heiraten wollen. Sie war so durch den Wind, dass sie endlos lange in ihrem Mercedes saß und heulte. Ich wollte sie trösten, aber sie wimmelte mich nur unwirsch ab." „Wie steht Elisabeth jetzt dazu? Haben sich die beiden wieder versöhnt oder ist sie so sauer, dass sie ihren Freund nicht mehr anschaut?" „Offensichtlich haben sie sich wieder vertragen, jedenfalls sieht es so aus. Sie darf eben ihr Alter nicht vergessen. Sabine ist vierzig, Christian etwas älter, die beiden passen doch zusammen, jedenfalls altersmäßig. Elisabeth dagegen könnte ja fast seine Großmutter sein." Henriette dachte, dass die Damen nicht gerade freundlich von den beiden erzählten, aber das Gehörte war doch sehr aufschlussreif und informativ. Da musste sie nachhaken und sie freute sich schon darauf, dem Kommissar davon erzählen zu können.

Zwei Tage später kam auch Elisabeth in den Clubraum zusammen mit Christian. Die beiden Klatschtanten waren ebenfalls da und lenkten Henriettes Blicke auf die beiden. Sie hatte den Eindruck, dass die beiden wirklich sehr vertraut miteinander umgingen. Sie tranken Kaffee, den Henriette servierte und dabei die Ohren weit aufsperrte. Und so hörte sie wie Elisabeth sagte: „Heute Abend koche ich uns etwas Schönes. Komme bitte nicht später als acht Uhr, sondern verbruzzelt mir alles."

Henriette sagte zu ihrem Chef, dass sie noch etwas ganz Wichtiges erledigen müsste und er erlaubte ihr, früher zu gehen. Auf dem Parkplatz wartete sie bis Elisabeth kam und ihren alten Mercedes bestieg. Unauffällig, das hatte sie in der Polizeischule gelernt, folgte sie ihr immer mit einem Sicherheitsabstand und achtete darauf, dass der Verfolgten nichts auffiel.

Die junge Beamtin hätte sich nicht so vorsichtig verhalten müssen, denn Elisabeth ging in Gedanken ihr Abendmenü durch. Sie parkte das Auto vor Christians Wohnung und Henriette staunte nicht schlecht, als sie sah, wie die alte Dame einen Schlüssel aus der Tasche holte und aufschloss. Sie sah, wie im ersten Stock ein Licht anging und Elisabeth geschäftig hin und her ging. ‚Das nenne ich richtiges Vertrautsein', ging es ihr durch den Kopf. Sie war sich unschlüssig, ob sie nun ebenfalls nach Hause fahren sollte oder ob sie noch etwas warten sollte. Sie entschloss sich, abzuwarten. Damit die Wartezeit nicht zu lang wurde, holte sie sich in einer nahe gelegenen Bäckerei ein Croissant und einen Kaffee to go.

Kurz vor acht Uhr kam Christian mit dem Auto an. Er schloss die Haustüre auf und traf in der Küche auf die geschäftige Elisabeth. Henriette sah, wie er seine Freundin, denn das war sie ganz offensichtlich, umarmte. Dann entschloss sie sich, nun auch Feierabend zu machen. Sie hatte genug gesehen und konnte Hagenlocher berichten. Vielleicht war ja das der Schlüssel zur Auflösung des Rätsels, das ihn so beschäftigte.

Der Kommissar hörte sich interessiert den Bericht seiner jungen Kollegin an und lobte sie sehr. „Kann ich nun meine Anstellung als Barfrau kündigen?" fragte sie ihn. „Halten Sie diese Woche noch durch und ab nächster Woche sehe ich Sie dann wieder hier im Kommissariat. Ich danke Ihnen sehr, ich hoffe, dass Ihre Beobachtungen mich weiterbringen. Halten Sie die restlichen Tage aber weiterhin die Ohren offen. Vielleicht hören Sie noch andere interessante Klatschereien, vor allen Dingen jetzt, wo Sie das Vertrauen der Klatschbasen errungen haben." Dabei grinste er sie an.

Kapitel 8

‚Die Informationen unseres Kükens sind zwar interessant, aber sie bringen mich nicht wirklich weiter', überlegte der Kommissar. Elisabeth konnte ihren Golflehrer mit so viel Geld unterstützen wie sie wollte oder für richtig empfand, strafbar war das keineswegs. Er nahm das Geld zwar an, aber er forderte es nicht von ihr. Und diese Liebesgeschichte oder was immer es war ging im Grunde niemanden etwas an, mochten die Golferinnen auch noch so lästern. Wenn die beiden glücklich waren, warum eigentlich nicht? Er brauchte handfeste Beweise, zum Beispiel musste er unbedingt den Golfball finden, der den ersten Golflehrer getötet hatte.

Er stand auf, zog seine Jacke an und sagte seinen Kollegen Bescheid. Dann fuhr er wieder einmal zum Golfplatz. Die Sonne schien und es war ein wunderschöner, warmer Tag. Er freute sich, einmal gemütlich über die Rasenflächen zu spazieren und vielleicht fand er ja auch diesen verdammten Ball.

Am elften Loch war der Mann getötet worden, deshalb stellte er sich genauso hin, wie dieser gestanden hatte. Der Ball traf den Hinterkopf, von dort prallte er sicherlich ab, aber in welche Richtung? Der Gerichtsmediziner vermutete, der Ball sei von links gekommen, also etwas schräg, das konnte man aus der Wunde ersehen. Vielleicht war er dann nach rechts abgeprallt. Er drehte sich um und marschierte in die gedachte Richtung. Wie weit mochte der Ball noch geflogen sein? Der Aufprallwucht nach vielleicht zehn Meter. Ganz langsam ging er über den Rasen und seine Augen waren stur auf den Boden gerichtet. Etwas seitlich von seiner Richtung bemerkte er Maulwurfhügel. Er überlegte, ob die auch schon da waren, als der Mann zu Tode kam, aber er konnte sich nicht daran erinnern. Er wollte schon eine andere Richtung einschlagen, als ihn sein Bauchgefühl zu den kleinen Erdhügeln führte. Mit der Schuhspitze stieß er sie an, erst einen und dann machte er weiter. Beim fünften oder sechsten Hügel sah er etwas Weißes. Er bückte sich und siehe da, hier hatte sich der Unglücksball versteckt. Die Erde hatte ihn verdeckt, so dass er nicht zu sehen war. Hagenlocher hoffte nur, dass dies der richtige war und nicht einer, der dort schon längere Zeit lag. Aber das hätten die Rasenmäher sicherlich bemerkt, jedenfalls nahm er es an. Er holte aus seiner Jackentasche eine Plastiktüte und jonglierte den Ball vorsichtig hinein, er wollte auf keinen Fall irgendwelche Fingerabdrücke verwischen. Und dann sah er es: Auf einer Seite haftete Blut, schon geronnenes Blut, aber der Unfall war ja auch schon ein paar Tage her. Er beglückwünschte sich selbst zu diesem Fund.

Sofort machte er sich auf den Weg zurück ins Kommissariat. Den Ball gab er bei der Spurensicherung ab und bat, ihm das Ergebnis schnellst möglich mitzuteilen. „Aber Herr Kommissar, wir arbeiten immer schnellst möglich!“ tadelte ihn die Leiterin, „Sie wollen ja die richtigen Ergebnisse haben und weil wir nicht schludern, dauert es eben seine Zeit.“ Er entschuldigte sich, so war das doch nicht gemeint.

Am nächsten Tag kam das Ergebnis: Das Blut am Golfball war das Blut des Verunfallten, außerdem waren noch Fingerabdrücke zu entdecken, die zweifellos einer Elisabeth Pohl gehörten. Die Polizisten waren eifrig bei der Arbeit gewesen und hatten von allen Fingerabdrücke genommen. Christian und seine Freundin waren also doch in der Nähe gewesen, obwohl beide das vehement abgestritten hatten, das heißt, eigentlich hatte nur Christian es abgestritten, Elisabeth konnte sich nicht erinnern, hatte sie behauptet.

Er versuchte sich die Szene vorzustellen: Die beiden waren in der Nähe des elften Loches, er musste auf dem Plan nachsehen, welches Loch in der Nähe lag. Christian eröffnete gerade Elisabeth, dass er sich verlobt habe und bald heiraten würde. Wahrscheinlich hatte sie das so erregt, dass sie alles um sich vergessen hatte und einfach auf den Ball, den sie sich schon zurechtgelegt hatte, einschlug. Der flog dann leider in die Richtung elftes Loch und traf den unglücklichen Golfer. Auch die Aussage einer der beiden Klatschtanten, Elisabeth sei weinend im Auto gesessen, deutete darauf hin. Also waren die Ermittlungen Henriettes doch nützlich.

Als nächstes bestellte er Elisabeth zu sich. Als Grund sagte er, es habe neue Ansatzpunkte gegeben und er müsste noch einmal mit den Befragungen anfangen. Sie war sehr aufgeregt, aber er beruhigte sie, alles sei in Ordnung. Sie sollte jetzt nicht die Nerven verlieren und ihren Freund alarmieren.

Als sie kam war er zuerst etwas erstaunt. Er hatte sich eine alte, ziemlich aufgetakelte Dame, mit Schmuck behängt wie ein Weihnachtsbaum, vorgestellt. Aber Elisabeth Pohl war zwar sehr lebhaft, aber ihre Kleidung war eher zurückhaltend. Sie trug eine dunkelblaue Hose, dazu ein ebenfalls dunkelblaues Poloshirt und eine schlichte weiße Perlenkette. Ihre flachen Mokassins waren ebenfalls dunkelblau. An ihrem linken kleinen Finger blitzte ein Einkaräter, aber mehr Schmuck trug sie nicht, außer einer Uhr, die aber auch sehr schlicht gehalten war. Ihre eisgrauen Haare, die schon etwas dünn geworden waren, trug sie in einem einfachen Kurzhaarschnitt. Man sah ihr das Alter an, Furchen durchzogen ihr ehemals sehr hübsches Gesicht und ihre Haltung war schon etwas vornüber geneigt. Sie wirkte durchaus sympathisch und sie war alles andere als aufgedonnert.

„Frau Pohl", fing Hagenlocher nach der Begrüßung an, „es hat sich da etwas ergeben, das ich gerne mit Ihnen besprechen wollte. Wir haben nach langem Suchen, das muss ich zugeben, einen Golfball gefunden, an dem nicht nur ihre Fingerabdrücke, sondern auch das Blut des ums Leben gekommenen Golflehrers anhafteten. Sie und Herr Christian Frasch müssen in der Nähe gewesen sein und ich behaupte, dass der tödliche Schlag von Ihnen ausgegangen war." Erschrocken sah sie ihn an. „Das kann nicht sein, Christian sagte doch, wir waren gar nicht in der Nähe, also kann ein von mir abgeschlagener Ball gar nicht getroffen haben." „Wie erklären Sie sich dann Ihre Fingerabdrücke?" „Das muss ein Irrtum sein." „Da muss ich Sie leider enttäuschen, Frau Pohl. Unsere Untersuchungen sind sehr akribisch und lassen keine Unsicherheiten zu." Er musterte sein Gegenüber, er wollte keineswegs, dass sie die Nerven verlor und hysterisch wurde. „Ich gehe davon aus, dass Sie sich in einer starken emotionellen Erregung befunden haben, so war es doch, nicht wahr?" Verunsichert sah ihn die alte Dame an. Sie hatte diesen schrecklichen Nachmittag völlig verdrängt, als Christian ihr gestanden hatte, dass er sich verlobt hätte und bald heiraten wollte. „Ja, ich war sehr erregt, aber ich kann mich wirklich nicht erinnern. In mir war nur Aufruhr, Enttäuschung, auch Eifersucht. Meine Welt war plötzlich ein Scherbenhafen. Christian ist für mich wie ein Sohn, den ich nie hatte, mein bester Freund und ja, ich liebe ihn auch. Er ist für mich alles, was ich habe und für ihn würde ich auch alles tun." „Sie standen also da, bereit den Golfball über das Feld zu schlagen, als Christian Ihnen das Geständnis seiner baldigen Hochzeit machte." „Ja, so war es. Ich habe dann in meinem Unglück einfach auf den Ball eingedroschen, ohne nachzudenken, einfach so. Aber ich hatte nicht bemerkt, dass ich jemanden mit dem Ball getroffen habe und schon gar nicht so hart, dass der Arme daran sterben würde. Bitte, das müssen Sie mir glauben. Wenn ich das mitbekommen hätte, ich hätte in meinem ganzen Leben keinen Golfschläger mehr angefasst. Es tut mir so leid, warum auch musste mir Christian das gerade in diesem Augenblick sagen! Es gab genügend andere Gelegenheiten, es musste nicht beim Golfspielen sein." Verzweifelt sah sie ihn an und er glaubte ihr. „Sie verstehen, dass ich das der Staatsanwaltschaft melden muss. Immerhin ist ein Mensch zu Tode gekommen, auch wenn das, so wie Sie es schildern, ein

Unfall war.“ „Was wird nun aus mir? Muss ich ins Gefängnis?“ „Nein, das glaube ich nicht. Sie werden schlimmstenfalls mit einer Bewährungsstrafe davon kommen, vielleicht auch mit einer Geldbuße, ich weiß es nicht, wie der Richter entscheiden wird.“ „Nie wieder werde ich Golf spielen!“ „Sagen Sie das nicht, das hält Sie jung und fit. Sie müssen nur immer Acht geben, wohin Sie die Bälle schlagen. Jedenfalls danke ich Ihnen für das offene Gespräch. Ich muss Sie allerdings bitten, nochmals herzukommen, Sie müssen noch das Protokoll unterschreiben.“

Als Elisabeth gegangen war, trat der Kommissar ans Fenster. Es war also tatsächlich so, wie er es sich gedacht hatte. Es war wirklich der schlechteste Moment für ein solches Geständnis, den Christian gewählt hatte. Als erfahrener Golflehrer hätte er das wissen müssen. Und nun würde er sich den vorknüpfen. Wer weiß, vielleicht hatte der seinen Kollegen umgebracht.

Kapitel 9

Christian Frasch war in den Vernehmungsraum geführt worden. Es sollte ein offizielles Verhör werden und keine Befragung. Frank Hagenlocher war überzeugt, dass Frasch der Mörder ist, aber er konnte es nicht beweisen. Seine Golfschläger waren frei von Fremdanhaftungen gewesen und die Spurensicherung hatte das sehr sorgfältig untersucht. Er musste den Verdächtigen also dazu bringen, ein Geständnis abzulegen.

Der Kommissar ließ sich Zeit. Christian saß am Vernehmungstisch, ein Aufzeichnungsgerät stand vor ihm und hinten in einer Ecke stand ein Polizist und bewachte ihn. Er fühlte sich sichtlich unbehaglich, was ja auch der Sinn der Sache sein sollte. Hagenlocher beobachtete ihn von draußen. Dann trat er in den Raum, grüßte, aber gab dem Verdächtigen nicht die Hand. „Herr Frasch, ich habe inzwischen ermittelt, dass Frau Pohl den Unfall mit dem Golfball verursacht hat. Frau Pohl behauptet zwar, von diesem Vorfall nichts bemerkt zu haben, was ich ihr auch glaube. Aber Sie wussten davon, Sie haben sie abgeschirmt und ihre Verwirrtheit ausgenützt. Ich frage Sie nun, warum Sie das gemacht haben?“ Christian antwortete: „Wenn Sie schon alles wissen, warum fragen Sie mich dann?“ „Weil ich die Erklärung aus Ihrem Mund hören möchte!“ Hagenlocher sah sehr streng aus. „Ich kenne Elisabeth gut genug um zu wissen, dass sie dann nie mehr zum Golfplatz gekommen wäre. Wie Sie inzwischen wissen, unterstützt sie mich in finanzieller Hinsicht. Mein Golflehrergehalt ist nicht sehr üppig, ich muss meine geschiedene Frau und meine beiden Kinder un-

terhalten. Ich muss für mein Apartment Miete bezahlen, ein Auto brauche ich auch und mein Chef erwartet von mir, dass ich stets adrett gekleidet bin. Das alles kostet Geld. Ich unterrichte im Winter in Afrika, damit ich nicht arbeitslos bin, aber dort ist mein Gehalt auch nicht hoch. Ich bin Elisabeth sehr dankbar für ihre Unterstützung, ich bin ehrlich zu ihr, ich täusche ihr nichts vor. Aber wir sind im Laufe der Zeit Freunde geworden. Sie ist sehr einsam, ihre Freundinnen reden nur von Krankheiten, was sie langweilt. Sie ist trotz ihres Alters aktiv, vor allem ist sie unterhaltsam und ich langweile mich nicht mit ihr. Sie sorgt für mich wie eine Mutter und ich ersetze ihr den Sohn, den sie nicht hatte. Finden Sie das verwerflich?" „Natürlich nicht, das ist aber auch Ihre Privatangelegenheit. Ich finde es gut, dass Sie beide sich so gut verstehen."
„Was wollen Sie dann von mir?"

Hagenlocher beobachtete Christian. Der würde nie ein Geständnis ablegen, zumindest nicht freiwillig. Wie konnte er ihn aus der Reserve locken? „Nun gut, dann werde ich Ihnen meine Vermutungen, die ich übrigens für zutreffend halte, erzählen: Ihr Kollege hatte Sie mit dem Vorfall konfrontiert. Er hatte das Geschehen beobachtet und wollte Sie nun dazu bringen, den Unfall der Polizei zu melden. Das wäre korrekt gewesen. Sie befürchteten, und das zu Recht, dass Frau Pohl dann ihre Lust am Golfspiel verlieren würde und Sie dann auch nicht mehr unterstützen würde. Sie wollten mit ihm reden, aber er reagierte stur und beharrte auf seinem Standpunkt. Sie wurden wütend und schlugen zu. Damit war für Sie die Sache erledigt." „Wenn ich zugeschlagen hätte, dann müssten Sie an meinen Golfschlägern Spuren gefunden haben, so ist es doch, nicht wahr? Aber es wurde nichts gefunden, also kann ich auch nicht zugeschlagen haben. Warum verdächtigen Sie mich dann immer noch?" „Es ist so ein Gefühl, ein Gefühl, dass mich noch nie getäuscht hat." „Und wegen eines Gefühls halten Sie mich hier fest?" Christian sah ihn entrüstet an und schüttelte den Kopf. „Ich verstehe das einfach nicht: Sie verdächtigen mich eines Gefühls wegen, beweisen können Sie gar nichts. Kommen Sie damit vor Gericht durch? Wahrscheinlich kommt es nicht einmal zum Prozess. Ich werde jetzt gehen. Wenn Sie noch weitere Fragen haben, dann wenden Sie sich an den Anwalt, den ich engagieren werde." Damit stand er auf, er war ziemlich sauer und vertuschte das auch nicht. Er nahm seine Jacke von der Lehne des Stuhles, dann wünschte er dem Kommissar hämisch noch einen schönen Tag.

Sobald Frasch den Raum verlassen hatte, rief Hagenlocher die Bereitschaft an. „Eben hat Christian Frasch den Vernehmungsraum verlassen. Einer von Ihnen soll ihm folgen, in Zivil natürlich, und bitte nicht aus den Augen verlieren, das ist wichtig!" Hoffentlich machte der Kollege oder die Kollegin in Zivil das richtig, er hatte es im Gefühl, dass etwas geschehen würde. Wenn nicht, hatte er schlechte Karten, er konnte Frasch den Mord tatsächlich nicht nachweisen, er würde also damit durchkommen. Das konnte, das durfte nicht sein.

Als Christian die Dienststelle verließ, bemerkte er von der Verfolgung nichts. Misstrauisch sah ein paar Mal über die Schulter zurück, blieb vor einem Schaufenster stehen und beobachtete die Straße, aber er konnte keinen Verfolger erkennen. Erleichtert atmete er auf. Seine Knie hatten ganz schön gezittert, aber er hoffte, der Kommissar hätte seine Aufregung nicht bemerkt. Wenn der gewusst hätte, was er in seiner Jackentasche mit sich trug, wäre er sofort verhaftet worden und dann hätte das Gericht auch die nötigen Beweise gehabt. Dort steckte immer noch das Corpus Delicti, die Folie, die er um das Schlagende des Golfschlägers gewickelt hatte. Er wollte sie schon die ganze Zeit wegwerfen, aber er wusste nicht wohin damit. Zu Hause konnte er sie nicht in den Mülleimer werfen und unterwegs traute er es sich nicht, weil er nicht wusste, ob ihn jemand beobachtete. Dieses Gefühl war er die ganze Zeit über nicht losgeworden, vielleicht war es das schlechte Gewissen, dass ihm dies einsuggerierte. Er blieb nochmals stehen und vergewisserte sich, dass ihm niemand folgte, dann nahm er aus der Hosentasche ein Papiertaschentuch, schnäuzte sich und wickelte die Folie anschließend hinein und behielt alles in der Hand. Einige Meter weiter warf er das Taschentuch dann im Vorbeigehen und wie beiläufig in den öffentlichen Abfallbehälter. So nun war er das los, nun konnte ihm niemand mehr etwas nachweisen. Erleichtert ging er weiter.

Gleich drei Polizisten hatten ihn verfolgt. Sie wechselten sich immer wieder ab, mal war der eine zu sehen, dann der andere. Sie trugen alle Jeans und T-Shirts mit Turnschuhen und sahen sehr harmlos aus. Kaum hatte Christian das Taschentuch in den Müllbehälter geworden, als auch schon einer der Verfolger einen Einweghandschuh anzog und das Taschentuch wieder heraus angelte. Zufrieden grinsend machten sich dann zwei auf den Rückweg, der dritte folgte Christian weiter. In der Dienststelle gaben sie das Taschentuch in der Spurensicherung ab, dann suchten sie den Kommissar in seinem Büro auf und berichteten. Der lobte seine Mitarbeiter und hoffte, dass der Fund ihn in der der Aufklärung dieses Falles weiterbringen würde.

Als der Beamte aus der Spurensicherung anrief, war Frank Hagenlocher erleichtert. Das war also der Grund, warum keine Spuren festgestellt werden konnten, raffiniert, das musste er zugeben. Jetzt hatte er den Mörder, jetzt half kein Leugnen und Abstreiten mehr: Die Blutspuren und die DNA des getöteten Golflehrers konnten einwandfrei nachgewiesen werden. Zudem fanden sich auch noch Fingerabdrücke von Christian Frasch auf der Folie. ‚Eigentlich eine geniale Idee', dachte Hagenlocher, so konnten wir natürlich nichts finden.' Sofort schickte er eine Polizeistreife zur Wohnung Christians.

Als es klingelte, öffnete er ahnungslos die Wohnungstür. „Was wollen Sie denn schon wieder? Gerade erst bin ich von einer Vernehmung durch Kommissar Hagenlocher heimgekommen."
„Wir verhaften Sie hiermit wegen des Verdachtes, einen Mord begangen zu haben. Alles was Sie sagen, kann gegen Sie verwandt werden." Dann legten sie ihm Handschellen an.

Erneut saßen sich der Kommissar und Christian im Vernehmungsraum gegenüber. „Nun habe ich Beweise, die eindeutig Sie als Mörder des Golflehrers Martin Schweizer identifizieren. Sie werden anschließend dem Haftrichter übergeben. Über Ihr weiteres Schicksal wird das Gericht entscheiden."

Christians Gesicht war kreideweiß. Die nächsten Jahre würde er auf das Golfspielen und auch auf Afrika verzichten müssen.

Printed in Poland
by Amazon Fulfillment
Poland Sp. z o.o., Wrocław

80605811R00184